Donde el alma se perdió

Jamil Ausking

Published by Jamil Ausking, 2024.

DONDE EL ALMA SE PERDIÓ

First edition. October 20, 2024.

ISBN: 979-8227996961

Written by Jamil Ausking.

Tabla de Contenido

DONDE EL ALMA SE PERDIÓ

UN THRILLER PSICOLÓGICO, CON DRAMA FAMILIAR, ROMANCE GÓTICO Y SOBRENATURAL

JAMIL AUSKING

Preludio

E l viento nocturno recorría los caminos vacíos del pueblo, arrastrando murmullos olvidados por las esquinas y entre los árboles que se mecían en la oscuridad. Bajo la mirada distante de la luna, las sombras se alargaban, escondiendo secretos que la luz del día nunca se atrevía a revelar.

Las campanas de la iglesia resonaban en la lejanía, como un eco de advertencia. Algo inquietante flotaba en el aire, un presentimiento que calaba en los huesos de quienes vivían atrapados entre lo cotidiano y lo inexplicable. En este lugar, las leyendas y la realidad se entrelazan de formas que pocos comprenden, y donde cada noche trae consigo la promesa de que lo conocido puede desmoronarse en cualquier momento.

A veces, la vida se convierte en un delicado equilibrio entre lo visible y lo oculto, entre lo humano y lo que está más allá. Y cuando los límites entre ambos mundos se desdibujan, todo lo que queda es el deseo de hallar respuestas antes de que la oscuridad lo consuma todo.

Capítulo 1:
El reloj detenido

E l viento de noviembre soplaba con un aullido helado, cargado de hojas secas que danzaban como advertencias en la oscuridad. Amelia se encontraba en la mesa principal del gran comedor, rodeada por el murmullo de voces que apenas le prestaban atención. La luz cálida de la lámpara colgante proyectaba sombras alargadas sobre las paredes, como dedos espectrales que parecían señalarla.

La cena familiar era una escena perfectamente montada, con su madre, Elena, hablando animadamente sobre los últimos detalles de la boda, mientras su padre, Fernando, bebía vino en silencio, como un fantasma más. Los invitados, todos ellos gente importante para los negocios de la familia, se mantenían en su propio mundo, cuchicheando sobre acuerdos y dinero, como si el evento no fuera más que una transacción.

Amelia se esforzaba por sonreír, pero un dolor repentino, agudo como una espina, la hizo llevarse una mano al pecho. No era la primera vez que ocurría. Era como si su corazón se hubiera detenido por un segundo, antes de retomar su ritmo. Miró a su alrededor, buscando alguna reacción, pero nadie notó su gesto. El dolor pasó tan rápido como había llegado, dejando tras de sí un mal presentimiento, una sombra en su mente.

El reloj de pie al fondo de la sala marcó las nueve en punto, pero el péndulo se detuvo bruscamente, como si el tiempo mismo se hubiera congelado por un instante. Nadie más pareció notarlo. Para ellos, la cena continuaba, ininterrumpida por el detalle insignificante de un reloj que se había detenido en el momento exacto en que Amelia sintió que algo dentro de ella había cambiado.

"Amelia, querida, ¿has decidido ya sobre los centros de mesa?" preguntó su madre con una sonrisa, pero en sus ojos no había verdadero interés. Para Elena, la boda era más que una unión: era la salvación de la familia, la garantía de que sus problemas financieros quedarían sepultados bajo el brillo de una alianza de oro.

Amelia abrió la boca para responder, pero solo consiguió articular un débil "Sí, mamá", mientras el zumbido en su cabeza crecía, una sensación de presión, como si el mundo se encogiera a su alrededor. La conversación continuó sin ella, girando una vez más hacia los costos de la ceremonia y las expectativas de la familia del novio. Nadie mencionó su malestar, ni el sudor frío que comenzaba a perlar su frente.

El tintineo de los cubiertos sobre la porcelana llenaba el aire, pero para Amelia sonaban como un eco lejano, distorsionado. Quería levantarse, decir algo, pero la idea de interrumpir la perfección de la cena con su debilidad le parecía un sacrilegio. Después de todo, ¿no era ese su papel? Ser la perfecta hija, la perfecta novia, la pieza que mantenía en pie un imperio en ruinas.

Fue entonces cuando lo vio: su reflejo en la ventana, débil y pálido. Sus ojos se encontraron con los suyos, pero lo que vio le provocó un escalofrío. La figura en el cristal no era ella. Era una versión suya distorsionada, con la piel grisácea y los ojos hundidos, como si ya estuviera... muerta. Parpadeó, y la visión se desvaneció. Pero el malestar permaneció.

"¿Estás bien, Amelia?" La voz de su padre llegó con la misma frialdad con la que miraba su copa de vino vacía.

Ella asintió, obligando a sus labios a curvarse en una sonrisa. "Solo un poco cansada."

Nadie insistió. La preocupación en esa casa siempre tenía un precio, y en ese momento, la salud de Amelia no estaba en la lista de prioridades. El reloj seguía detenido, su péndulo inmóvil, como si el tiempo hubiera decidido dejar de correr para ella.

Capítulo 2:
La mancha en el Vestido

Las nubes negras se agolpaban en el cielo como un presagio funesto, mientras la luz grisácea del día apenas lograba filtrarse por las ventanas de la mansión Lázaro. El aire dentro de la casa era pesado, denso, cargado de secretos y silencios no confesados. La familia parecía moverse como fantasmas, con una cadencia rota, enajenada por las apariencias.

Amelia estaba frente al espejo del vestidor principal, envuelta en la blancura inmaculada de su vestido de novia. Las sedas y los encajes se deslizaban sobre su piel como un velo etéreo, pero ella no podía sentir el entusiasmo que esperaba. Una inquietud la carcomía, un malestar que se había vuelto casi una constante desde aquella cena en la que su corazón se había rebelado contra ella. Ahora, esa incomodidad se manifestaba en pequeños detalles: manos frías, una leve punzada en el pecho, el eco distante de un reloj que marcaba los segundos de su propia existencia, como una cuenta regresiva silenciosa.

"Mantén la postura, querida. No queremos arrugas en la falda," murmuró su madre, Elena Lázaro, con un tono autoritario que intentaba disfrazar su preocupación. Para Elena, todo dependía de ese vestido, de esa boda. Era la última jugada de una familia que alguna vez había ostentado poder y riqueza, pero que ahora se desmoronaba como una fachada vieja, a punto de colapsar.

Amelia asintió sin decir nada, sus ojos clavados en el reflejo. ¿Siempre había tenido esa mirada tan apagada? Sus propios ojos le devolvían una imagen que parecía ajena: opacos, vacíos, como si en algún rincón oscuro de su alma algo se hubiera perdido para siempre. Pero antes de poder ahondar más en esa sensación, un repentino mareo la hizo tambalearse.

"¡Amelia!" exclamó su madre al verla tambalear. Pero fue demasiado tarde.

Amelia se sostuvo del tocador, pero el vaso de café que había dejado a un lado se volcó, derramando su contenido sobre el delicado vestido blanco. El líquido oscuro se extendió como un mancha de tinta, un símbolo ominoso en el lienzo de su pureza.

Amelia observó cómo la mancha se expandía, sintiendo que algo profundo dentro de ella se quebraba al mismo ritmo.

"No... esto no puede estar pasando," susurró Elena, sus ojos desorbitados, atrapada entre la furia y el pánico. Para la matriarca de los Lázaro, ese vestido arruinado no era solo una mancha; era la representación física de la ruina que acechaba a la familia.

Amelia, sin embargo, no podía apartar la vista de la mancha. En su mente, el oscuro círculo en la tela parecía expandirse más allá del vestido, engullendo todo a su alrededor. Los zumbidos en su cabeza regresaron, junto con una sensación opresiva, como si algo la estuviera observando desde algún rincón de la habitación, invisible pero presente. El vestido ya no era un símbolo de esperanza o celebración; era un sudario, una anticipación de lo que estaba por venir.

"Tranquila, podemos limpiarlo," balbuceó Concha, la sirvienta, mientras se apresuraba a buscar algo con qué secar el vestido. Pero cuando se acercó, sus manos temblaban. Concha era una mujer supersticiosa, nacida y criada en los límites oscuros de las creencias populares. Había visto demasiado en su vida como para ignorar un mal augurio. Para ella, el café derramado no era un accidente; era una advertencia. Y en su fuero interno, Concha sabía que esas manchas no se borrarían tan fácilmente, porque no eran del todo humanas.

"Es solo un malestar," murmuró Amelia, intentando convencerse a sí misma mientras su madre seguía dando órdenes. Pero en el fondo, sabía que algo estaba fuera de lugar. Se sentía como una pieza de porcelana que, sin razón aparente, había comenzado a agrietarse por dentro.

Poco después, al salir de la habitación para tomar aire, Amelia caminó por el corredor hacia el jardín trasero. El ambiente allí era igual de pesado, con la brisa húmeda arrastrando un olor terroso, como de hojas muertas. Su mirada se dirigió instintivamente hacia la calle adoquinada frente a la mansión, y allí, justo al otro lado, vio algo que la paralizó.

Un cuervo se posaba sobre la verja, con sus ojos negros como el abismo fijados en ella. El reloj de la iglesia del pueblo, a lo lejos, comenzó a sonar las campanadas. Sin saber por qué, Amelia se sintió atraída hacia el sonido, hacia el cuervo, hacia lo inevitable. Dio un paso adelante, cruzando la calle, como si algo la empujara a moverse.

El chirrido de neumáticos resonó en el aire antes de que lo viera: un auto surgió de la nada, acelerando por la curva. Los segundos se alargaron, se congelaron, mientras Amelia, en ese instante suspendido, sintió una certeza fría recorrerle la columna. El auto la golpeó con un impacto brutal, pero en su mente, Amelia solo escuchó una última campanada antes de que todo se volviera oscuro.

Capítulo 3:
El eco de la noche

La mansión Lázaro permanecía envuelta en un silencio espectral. Afuera, la lluvia caía en un murmullo constante, transformando los adoquines en espejos negros que reflejaban las luces parpadeantes de los faroles. En el interior, la casa entera parecía contener la respiración, como si esperara una revelación que se cernía en el aire, pesada e inevitable.

La familia se encontraba en el gran salón, sumida en una mezcla de nerviosismo y falsa calma. Elena Lázaro no había soltado su copa de brandy desde que se habían confirmado la muerte de su hija. El líquido ambarino temblaba en su mano como un reflejo de la inquietud que bullía en su mente. La noticia había sido como un golpe brutal, pero su reacción no había sido la de una madre desconsolada, sino la de una estratega acorralada.

—No podemos permitir que todo esto se derrumbe por un accidente estúpido —dijo Elena, con los labios apretados, mientras caminaba de un lado a otro—. La boda tiene que seguir adelante como estaba planeado.

Federico, el novio de Amelia, no estaba presente en la escena. Elena había decidido que era mejor mantenerlo al margen, al menos por ahora. Pidió a toda la familia que el accidente quedara como un secreto en el seno familiar. No quería que él supiera los detalles sórdidos. Más que nada, mantenía viva la esperanza de que algo sucediera, aunque tuviera que recurrir a rituales oscuros.

En medio del salón, Concha, la empleada, se acercó a Elena con una mirada de advertencia. Era una mujer de escasos recursos, pero de instintos agudos. Había servido a la familia durante años y conocía sus secretos como si fueran los suyos propios. Sus manos curtidas sostenían un pequeño crucifijo que se aferraba con fuerza.

—Señora, no estamos solos en esto —susurró, inclinándose hacia Elena—. Hay cosas que no deberían hacerse... cosas que traen consecuencias. El alma de la señorita Amelia no está en paz.

9

Elena la fulminó con la mirada, pero en su interior, la advertencia resonó. No era la primera vez que Concha hablaba de ese cementerio en las afueras, de las "Tierras de los Muertos". Había oído las leyendas cuando era niña, pero siempre las había desechado como supersticiones. Sin embargo, el miedo y la desesperación podían transformar las creencias de cualquiera.

—No digas tonterías, Concha —respondió Elena, pero su voz sonó más débil de lo que hubiera querido. Sabía que si perdía el control de la situación, la familia estaba condenada.

Mientras la familia debatía en voz baja qué hacer, la escena se cortó hacia otro rincón del pueblo.

⚜

La Tienda del Pueblo

En la tienda del pueblo, un lugar polvoriento con estanterías repletas de antigüedades y objetos olvidados, Don Toribio se preparaba para cerrar. Era un hombre de edad indefinida, con una barba enmarañada y ojos que parecían ver más allá de este mundo. Mientras contaba las monedas que había ganado ese día, notó cómo el viento aullaba con fuerza afuera, golpeando la puerta con insistencia.

"El viento trae mensajes", murmuró para sí mismo. "La noche será larga".

Justo cuando apagaba la última lámpara de aceite, alguien cruzó el umbral. Era Concha, con el rostro pálido y la mirada perdida.

—Necesito su ayuda, Don Toribio —dijo, con voz temblorosa—. La familia Lázaro está en problemas... han perdido a alguien importante.

Don Toribio levantó una ceja, intrigado. Conocía bien a los Lázaro; eran poderosos, pero también estaban desmoronándose, y ese tipo de situaciones solían llevar a decisiones desesperadas.

—Las Tierras de los Muertos no ofrecen consuelo para cualquiera, mujer —respondió el anciano—. Una vez que cruzas ese umbral, no hay vuelta atrás.

Concha asintió, tragando saliva. Sabía lo que implicaba lo que estaba pidiendo, pero también sabía que no tenía elección.

—Haré lo que sea necesario. La familia Lázaro no puede permitir que todo termine así.

Don Toribio se quedó en silencio por un momento, observando a la mujer con una mezcla de lástima y curiosidad. Sabía lo que estaba en juego, y sabía que cualquier ritual que se llevara a cabo en ese cementerio tendría un precio.

—Entonces prepárate, mujer. Esta noche, en las Tierras de los Muertos, Amelia Lázaro regresará... pero no de la manera en que esperan.

Cuando Concha se marchó, don Toribio habló para sí "Esta oportunidad no pienso desaprovecharla a mi favor."

$\otimes$

El Cementerio

La noche era espesa y sin estrellas cuando el coche de la familia Lázaro atravesó el camino de tierra que conducía al cementerio. Los árboles torcidos y desnudos se alineaban como figuras fantasmales en la oscuridad. Elena, Concha y Don Toribio se encontraban juntos en un acto desesperado, cada uno con sus propios motivos ocultos.

Concha sostenía una vela mientras Don Toribio comenzaba a trazar un círculo en la tierra con polvo blanco. Las palabras que pronunciaba eran un susurro en un idioma que ni Elena podía entender, pero la sensación de que estaban cometiendo un acto irreversible crecía con cada segundo.

Elena no dejaba de mirar el rostro de Amelia, ahora pálido y sin vida dentro del ataúd. "Esto es lo que se necesita", se dijo a sí misma, tratando de convencerse de que todo iba según lo planeado. Pero una duda oscura se arrastraba en su mente. Algo estaba fuera de lugar, y lo sentía en lo profundo de sus huesos.

Mientras el ritual continuaba, una brisa helada comenzó a soplar desde las profundidades del cementerio. La tierra alrededor del ataúd empezó a moverse, como si algo bajo la superficie estuviera intentando salir.

Y entonces, con un grito ahogado de horror, Amelia abrió los ojos.

Capítulo 4:
El Regreso de Amelia

E l grito de Amelia rasgó la noche, un alarido tan profundo y desesperado que heló la sangre de todos los presentes. El frío que envolvía la escena parecía provenir no del viento, sino de un abismo oscuro, un lugar del que Amelia había regresado pero al que no pertenecía.

Don Toribio retrocedió con el rostro desencajado. Sus años de práctica en lo oculto le habían enseñado a reconocer cuando las fuerzas invocadas superaban el control humano. Los ojos de Amelia estaban abiertos, pero vacíos, como dos pozos negros que absorbían todo a su alrededor. La muerte la había reclamado, y ahora algo más se aferraba a su cuerpo.

Elena Lázaro observó a su hija con un terror que no podía ocultar. Amelia no parecía estar del todo presente; sus movimientos eran rígidos y espasmódicos. Era como si el cuerpo se moviera por sí solo, tironeado por hilos invisibles. Elena, luchando contra la creciente sensación de pánico, se acercó con pasos lentos y temblorosos.

—¿Amelia? —susurró, esperando alguna señal de reconocimiento.

Pero la voz que respondió no era la de su hija. Era un susurro bajo y gutural, como si proviniera de las profundidades de una caverna.

—¿Por qué me trajeron... aquí?

El tono no pertenecía a ninguna cosa viva. Márgara, la hermana menor de Amelia, se estremeció al escuchar esas palabras. Ella había estado al margen de muchas de las decisiones recientes en la familia, pero siempre había sentido que algo oscuro se cernía sobre su casa. Ahora, el horror cobraba forma frente a ella, haciéndola retroceder hacia la protección que ofrecía la penumbra de una esquina.

Don Toribio tomó la palabra, su voz impregnada de autoridad y miedo.

—No deberías estar aquí, niña. No así. Algo ha cruzado junto a ti desde donde no se debe regresar.

Elena intentó recuperar la compostura.

—Amelia necesita descansar —dijo, su voz teñida de desesperación—. Esto... esto es demasiado.

Márgara asintió, aunque sus ojos no podían apartarse de la figura de su hermana, que se mantenía inmóvil como una estatua. Concha, sin embargo, no apartaba la vista de Don Toribio. Algo en la manera en que el anciano miraba a Amelia la inquietaba profundamente. ¿Sabía él más de lo que decía? ¿Estaba ocultando algo?

⚜

La Mansión Lázaro

La familia regresó a la mansión con Amelia entre ellos. Su cuerpo caminaba por inercia, como si fuera empujado por una fuerza invisible. A pesar de su aparente vida, todos podían sentir que algo esencial faltaba en ella. Elena y Márgara ayudaron a Amelia a subir las escaleras, llevándola a su habitación, mientras Sofía, la prima de Amelia, observaba desde el fondo del pasillo. Los pasos resonaban en el vacío de la casa, y cada crujido de la madera parecía amplificar el silencio cargado de tensión.

Sofía, prima de Amelia, observaba la escena con ojos entrecerrados. Aunque había venido a apoyar a la familia en su luto, se había encontrado con que en realidad su prima estaba viva, sin poder comprender nada de lo que estaba pasando. No podía evitar la sensación de que algo oculto y peligroso se movía bajo la superficie. Sofía siempre había sentido una sutil envidia hacia Amelia, una mezcla de rivalidad y resentimiento que ahora la hacía cuestionar lo que estaba presenciando. ¿Era posible que esta situación tuviera otra explicación? ¿Un complot, quizá?

Una vez que Amelia estuvo acostada, las sombras en la habitación parecían alargarse y retorcerse de manera antinatural. Márgara intentó hacerle preguntas a su hermana, pero todo lo que recibió como respuesta fueron susurros incoherentes y palabras en un idioma que ninguna de las dos reconocía. Al final, las dejó sola, temblando al cerrar la puerta.

Elena, incapaz de aceptar lo que había sucedido, preparó una cena rápida para mantener la normalidad. Sofía se unió a ellas, aunque la incomodidad entre las primas era evidente. Sofía no dejaba de lanzar miradas furtivas, buscando leer en los rostros de Elena y Márgara alguna pista, algún indicio de que sabían más de lo que querían admitir.

Durante la cena, Sofía no pudo evitar soltar un comentario lleno de veneno.

—Las tragedias siempre parecen seguir a los Lázaro, ¿no? —dijo, con una sonrisa que apenas ocultaba su malicia—. Es casi como si algo estuviera destinado a suceder una y otra vez.

Elena fingió no escuchar la insinuación, aunque sus manos temblaban ligeramente. Márgara, por su parte, desvió la mirada hacia su plato, evitando cualquier confrontación. Sin embargo, un susurro débil se escuchó desde las escaleras. Era Amelia, murmurando desde su habitación, y aunque nadie entendió lo que decía, un aire pesado se instaló en la casa.

Más tarde, mientras la mansión dormía, las paredes empezaron a crujir como si fueran testigos de un malestar profundo. Márgara no podía dormir; la imagen de su hermana en ese estado se repetía una y otra vez en su mente. Decidió salir de la cama y recorrer los pasillos, en busca de algún consuelo, pero todo lo que encontró fue oscuridad y una sensación de ser observada.

Al pasar cerca de la habitación de Amelia, notó algo extraño. Desde la rendija bajo la puerta, un parpadeo de luz y sombra se filtraba, como si hubiera alguien más dentro. Pegó la oreja contra la madera y escuchó un murmullo constante, una voz susurrante que no era la de Amelia. Se llenó de valor y empujó la puerta lentamente. Lo que vio dentro hizo que un grito ahogado se formara en su garganta.

Amelia estaba sentada en la cama, sus ojos aún vacíos, y murmuraba en ese idioma desconocido mientras las sombras a su alrededor parecían moverse con vida propia. Márgara retrocedió rápidamente y cerró la puerta con un golpe seco, incapaz de creer lo que había visto. Había algo oscuro en esa habitación, algo que no pertenecía al mundo de los vivos.

☙❧

Amanecer en la Mansión

Elena se despertó temprano, pero la casa estaba sumida en un silencio lúgubre. Ni siquiera los pájaros cantaban en el exterior. Se dirigió a la habitación de Amelia, con la esperanza de que la noche hubiera apaciguado lo que fuera que perturbaba a su hija, pero al abrir la puerta, lo único que encontró fue a Amelia sentada en la cama, con una sonrisa inexplicable y macabra en el rostro.

—El verdadero peligro no está donde lo buscan... ya ha comenzado —dijo Amelia, pero no con su voz, sino con esa mezcla de tonos ajenos, como si múltiples entidades hablaran a través de ella.

Elena retrocedió, llevándose la mano al pecho. Sentía que algo estaba acechando desde las sombras, y la certeza de que el regreso de su hija había traído consigo un mal antiguo comenzó a afianzarse en su mente. Márgara llegó corriendo, alarmada por el grito de su madre, y ambas se quedaron observando a Amelia desde la puerta.

Sofía apareció detrás de ellas, sonriendo de manera enigmática, como si disfrutara del caos. Sabía que había secretos oscuros en esa casa, y estaba decidida a descubrirlos, incluso si eso significaba hundir a todos en el proceso.

Las sombras en la mansión Lázaro estaban despertando, y con ellas, los oscuros secretos que los personajes intentarían esconder mientras la locura y el terror se adueñan poco a poco de sus vidas.

Capítulo 5:
La Memoria de la Noche Prohibida

E lena se encontraba sola en el comedor, sumergida en sus pensamientos mientras contemplaba la luz temblorosa de las velas. La mansión estaba en silencio, excepto por el crujido ocasional de las viejas paredes. Hacía años que no experimentaba esa sensación de estar atrapada entre el miedo y la expectativa, esa mezcla de emociones que ahora la asaltaban cada vez que recordaba la noche del ritual.

Mientras mantenía las manos alrededor de su taza de té, el sonido de risas lejanas llegó hasta ella desde el jardín. Era Federico, que conversaba animadamente con Amelia y Márgara. A pesar del escalofrío que sintió, Elena sonrió al imaginar el futuro esplendor de la familia con aquella boda. Pero justo cuando estaba a punto de apartar esos pensamientos, una imagen se clavó en su mente: Don Toribio, con su voz áspera y ojos penetrantes, advirtiéndole sobre el destino de Amelia.

Flashback: La Noche del Ritual

La luna llena proyectaba sombras espectrales sobre el cementerio, y el aire era denso, casi insoportable. Amelia, inerte, yacía sobre una losa de piedra, rodeada por figuras encapuchadas. Elena recordaba cómo su corazón palpitaba en su pecho mientras los cánticos se elevaban en la oscuridad. No había vuelta atrás. Todo estaba en manos de Don Toribio.

Cuando el ritual terminó, Elena se acercó a Don Toribio para agradecerle, aunque sus palabras eran inciertas. Él la tomó por el brazo con una fuerza inesperada, acercando su rostro arrugado y sombrío al de ella.

—Recuerda bien mis palabras, Elena —susurró con un tono grave—. Amelia no está ni viva ni muerta. Pero si alguna vez alguien llega a ser consciente de esa verdad, ella dejará de existir poco a poco. En el instante en que alguien sepa este secreto, su alma se perderá para siempre en el abismo, pues será señalada y juzgada. Y lo más grave no es eso, sino que a la quinta noche después de que te la lleves de regreso a la mansión, Amelia será bella como siempre, pero solo de día, pues al anochecer se convertirá en una criatura esquelética y repugnante. Si realmente quieres que esa boda se realice, ella deberá ocultarse de su marido por las noches. Y así será por siempre.

Elena se estremeció al recordar aquellas palabras. Esa advertencia la había mantenido despierta dos noches desde entonces. Pero ahora, mientras observaba a Federico conversando con Amelia, supo que debía mantener el secreto a toda costa. Esa boda era su salvación; los beneficios y la estabilidad que traerían serían suficientes para mantener intacto el honor de los Lázaro.

Los Preparativos Continúan

Durante los días siguientes, la mansión se llenó de actividad mientras los preparativos avanzaban. Los invitados confirmaban su asistencia, el menú se definía, y las pruebas del vestido de novia de Amelia se multiplicaban. Todo parecía marchar bien, pero debajo de esa fachada, las tensiones crecían.

Federico, siempre encantador, se ganó el cariño de todos los que lograban conocerlo como el prometido, con su gentileza y nobleza. Era un hombre de porte distinguido, con un aire relajado que lo hacía parecer inmutable ante los desafíos. Su sonrisa franca y su mirada profunda cautivaban a todos, especialmente a Márgara, quien lo admiraba en silencio. Incluso Elena, con toda su frialdad, no podía evitar sentirse complacida de que un hombre como él fuera parte de la familia.

Amelia, sin embargo, seguía mostrando esa extraña indiferencia. Cada vez que Federico le tomaba la mano o le hablaba con ternura, ella respondía con gestos automáticos, como si una parte de su esencia se hubiera desvanecido. Pero, sobre todas las personas, Sofía era quien más admiración sentía por Federico Castaño, puesto que envidiaba todo lo que Amelia tenía, incluso su prometido, a quien había jurado conquistar.

Capítulo 6:

El Espejo Ausente

Amelia despertó con la sensación de que algo no estaba bien. La luz del sol se filtraba a través de las cortinas pesadas, proyectando sombras alargadas sobre las paredes de la habitación. Se sentó en la cama, el corazón latiendo con fuerza en su pecho, como si acabara de escapar de una pesadilla. Pero lo que le preocupaba no era un sueño; era la persistente sensación de que algo le faltaba.

Federico había pasado por su mente durante la noche. Sus conversaciones recientes habían sido cordiales, pero algo en la forma en que él la miraba, con esa mezcla de preocupación y devoción, la desconcertaba. Amelia sabía que había algo que debía recordar, algo importante, pero la niebla en su mente se negaba a disiparse.

Se levantó de la cama y se dirigió hacia el tocador, esperando encontrarse con su reflejo. Al llegar, su mano se detuvo en el aire, sorprendida al ver que el espejo había desaparecido. El marco vacío le devolvía la mirada, una pieza de su mundo que había sido removida sin su conocimiento.

"¿Dónde están los espejos?", murmuró, una leve sensación de pánico creciendo en su pecho. Recorrió la habitación con la mirada, buscando cualquier superficie que pudiera reflejar su rostro, pero no encontró nada.

Amelia salió de la habitación, su mente dando vueltas. Sabía que algo no estaba bien, pero no podía identificar qué era. El pasillo estaba en silencio, como si la mansión estuviera conteniendo la respiración. Bajó las escaleras con pasos lentos, cada uno resonando en las paredes, y se dirigió hacia el salón principal.

Allí, la familia Lázaro ya estaba reunida, inmersa en conversaciones triviales sobre los preparativos de la boda. Elena, siempre impecable, estaba dando instrucciones a Concha sobre la organización de la mesa para la cena de esa noche. Márgara, con su figura desgarbada y su expresión inexpresiva, estaba sentada a un lado, mirando al vacío.

Amelia observó a su madre, intentando captar alguna pista de lo que estaba ocurriendo. Algo en la forma en que Elena la evitaba le dio la sensación de que ella sabía más de lo que dejaba ver.

"Buenos días, mamá," dijo Amelia, su voz sonando más firme de lo que se sentía. "¿Qué pasó con el espejo de mi habitación?"

Elena levantó la vista por un instante, pero luego volvió a concentrarse en los papeles frente a ella. "Ah, ese espejo. Estaba un poco dañado, así que lo mandé a reparar. No te preocupes, querida, pronto lo tendrás de vuelta."

Amelia frunció el ceño. Sabía que su madre era una experta en desviar preguntas, pero esta vez sintió que había algo más detrás de su respuesta. Decidió no presionar el tema por el momento, aunque la inquietud persistía.

⌾⚬⚬⚬

El Misterio de la Noche

Esa noche, mientras la cena familiar se desarrollaba en la gran mesa del comedor, Amelia intentaba ignorar la sensación de malestar que se había instalado en su estómago. Federico, sentado a su lado, intentaba mantener la conversación ligera, pero ella apenas prestaba atención. Su mente estaba fija en la ausencia de los espejos y en la extraña incomodidad que había sentido en su propio reflejo durante los últimos días.

"Amelia, querida," dijo Federico con su sonrisa encantadora, "estás muy callada esta noche. ¿Todo está bien?"

Amelia forzó una sonrisa, tratando de parecer despreocupada. "Sí, solo un poco cansada, eso es todo."

Pero la mirada en los ojos de Federico indicaba que él no le creía del todo. A pesar de su encanto y su disposición cálida, Amelia notó una sombra de preocupación en su rostro, algo que antes no había estado allí. Sentía que él también percibía que algo estaba cambiando, aunque no lo expresaba en voz alta.

Mientras tanto, Sofía observaba a la pareja desde el otro extremo de la mesa, su mirada calculadora fija en Federico. Cada vez que él hablaba, cada sonrisa que le dirigía a Amelia, Sofía sentía un resentimiento creciente. Sabía que tenía que actuar, y pronto.

⌾⚬⚬⚬

La Sombra de la Noche

Esa noche, después de que todos se retiraron a sus habitaciones, Amelia se encontró de nuevo en su cuarto, sola con sus pensamientos. El silencio era opresivo, y la falta de reflejos en la habitación aumentaba su sensación de desconexión. Se acercó al tocador, deseando ver su rostro, aunque fuera en la sombra de la noche.

Mientras se sentaba, un escalofrío recorrió su espalda. Algo en la habitación no estaba bien. La falta de un espejo la dejó con una sensación de pérdida, como si una parte de su identidad hubiera sido arrancada. ¿Qué era lo que tanto temía ver? De repente, recordó las palabras de su madre sobre el espejo. ¿Por qué había sido retirado? ¿Había algo que no debía ver?

Con esa inquietud en mente, decidió salir de la habitación. Caminó en silencio por los pasillos oscuros, con la esperanza de encontrar algún reflejo en otra parte de la mansión. Mientras avanzaba, los murmullos de la casa, el crujido de la madera, y el susurro del viento a través de las ventanas rotas creaban una atmósfera que la ponía en vilo.

Finalmente, llegó a una habitación poco usada al final del pasillo. Dentro, descubrió un pequeño espejo olvidado, cubierto por una fina capa de polvo. Se acercó lentamente, sintiendo que su corazón latía más fuerte con cada paso. Finalmente, se inclinó hacia el espejo, preparada para lo que fuera que pudiera ver.

Pero justo cuando iba a tocar la superficie, una mano fuerte la detuvo.

"Amelia, ¿qué haces aquí?" La voz de Fernando, su padre, la sacó de su ensimismamiento. Estaba de pie detrás de ella, mirándola con preocupación.

Amelia se volvió, su respiración acelerada. "No lo sé... solo sentí que necesitaba ver mi reflejo."

Su padre la miró con ternura, aunque su rostro mostraba una expresión de incertidumbre. "No tienes nada de qué preocuparte, cariño. Estás perfecta tal como eres."

Ella asintió, aunque su inquietud no se disipaba del todo. Sabía que algo no estaba bien, algo que no podía explicar. Pero por ahora, decidió dejar el espejo en su lugar, volviendo junto a Fernando por el pasillo. Mientras caminaban de regreso a su habitación, Amelia sintió que las sombras a su alrededor se alargaban, como si algo en la oscuridad estuviera observando, esperando.

Esa noche, mientras dormía, Amelia tuvo un sueño perturbador. Se vio a sí misma en un espejo roto, su reflejo dividido en fragmentos que mostraban una versión de ella que no reconocía. En algunos pedazos, era la Amelia que todos conocían: hermosa y serena. Pero en otros, su rostro estaba distorsionado, convertido en una criatura esquelética y aterradora.

Se despertó con un sobresalto, el sudor frío cubriendo su cuerpo. Miró a su alrededor, pero todo estaba en calma. Sin embargo, no podía sacudirse la sensación de que algo había cambiado, algo profundo y aterrador.

Mientras la noche continuaba, las sombras en la mansión parecían moverse por sí mismas, y en algún lugar, oculto de la vista, un pequeño espejo reflejaba una verdad que Amelia aún no estaba lista para enfrentar.

Capítulo 7:
Las Sombras del Amanecer

Amelia se despertó temprano esa mañana, aún perturbada por los sueños de la noche anterior. La oscuridad parecía haberse aferrado a su mente, y la sensación de inquietud no la había abandonado. Sabía que algo dentro de ella había cambiado, aunque no lograba entender qué era.

Se levantó con lentitud, sus pasos pesados resonando en la habitación vacía. De nuevo, su mirada se dirigió al lugar donde solía estar el espejo, ahora un espacio vacío que solo le devolvía su propia confusión. Decidida a encontrar respuestas, salió de su habitación y se dirigió hacia la cocina, donde esperaba encontrar algo de consuelo en la rutina diaria.

Al entrar en la cocina, se sorprendió al ver a su padre, Fernando, sentado a la mesa con una taza de café en la mano. Su rostro, normalmente sereno y distante, mostraba signos de preocupación. Amelia se detuvo en el umbral, indecisa sobre si debía interrumpirlo.

Fernando levantó la vista al sentir su presencia, y una suave sonrisa se formó en su rostro.

—Buenos días, Amelia —dijo con voz grave pero cálida—. No esperaba verte tan temprano.

Amelia avanzó lentamente hacia la mesa y se sentó frente a él, intentando encontrar las palabras adecuadas.

—No pude dormir bien, papá —admitió—. He estado sintiendo cosas extrañas, y anoche... anoche tuve un sueño muy perturbador.

Fernando asintió, su mirada se oscureció ligeramente. Sabía que algo estaba ocurriendo con su hija, algo más allá de lo que podía comprender. Aunque había tratado de mantenerse al margen de los secretos que su esposa, Elena, guardaba tan celosamente, no podía evitar preocuparse por Amelia.

—A veces, nuestros sueños nos muestran cosas que no entendemos de inmediato —respondió, intentando ser reconfortante—. Pero no siempre significan algo malo.

Amelia lo miró fijamente, sintiendo que había algo más en sus palabras, algo que él no estaba compartiendo. Decidió no presionar, al menos por el momento. Sin embargo, su mente seguía dando vueltas, buscando respuestas en la oscuridad de sus recuerdos.

◦◦◦

La Casa sin Reflejos

Elena estaba en el salón principal, revisando las últimas cartas de invitación para la boda. A su alrededor, la casa comenzaba a despertar, pero la ausencia de espejos en cada habitación parecía sumir el lugar en una extraña calma. Como si al quitar los reflejos, Elena hubiera logrado mantener los secretos de la familia ocultos un poco más.

Concha entró en la sala, con una mirada de preocupación en su rostro.

—Señora Elena, todo está preparado como pidió. No queda ningún espejo en la casa.

Elena asintió, satisfecha pero sin mostrar alivio. Sabía que era necesario, pero también sabía que no podía ocultar la verdad para siempre. Tarde o temprano, Amelia descubriría lo que realmente estaba ocurriendo. Pero, por ahora, todo debía mantenerse bajo control.

—Bien, Concha. Asegúrate de que nadie en la familia mencione nada sobre esto. La boda es nuestra prioridad, y no podemos permitir que nada la arruine.

Concha asintió en silencio, comprendiendo el peso de las palabras de Elena. Ambas mujeres sabían que lo que estaban haciendo era jugar con fuerzas más allá de su comprensión, pero no había vuelta atrás.

◦◦◦

La Cena con los Suegros

Más tarde ese día, Amelia se encontraba en el comedor de la casa de los padres de Federico, acompañada por su madre y su padre. La cena había sido organizada como una oportunidad para que las dos familias se conocieran mejor antes de la boda. Pero Amelia no podía dejar de sentirse incómoda.

Los padres de Federico, especialmente su madre, la señora Isabel Castaño, la miraban con una mezcla de cortesía y desaprobación. Era evidente que esperaban algo más de la futura esposa de su hijo, alguien que encajara perfectamente en su mundo de refinamiento y expectativas.

Durante la cena, la conversación giró en torno a trivialidades: el clima, los planes para la boda, los negocios de la familia. Pero Amelia sentía que cada palabra era una evaluación, un juicio silencioso de su carácter y su lugar en la familia Castaño.

—Amelia, querida —dijo la señora Castaño con una sonrisa que no llegaba a sus ojos—, ¿cómo te sientes con todos estos preparativos? Debe ser muy emocionante para ti.

Amelia, aún lidiando con la inquietud que la había seguido durante todo el día, forzó una sonrisa.

—Sí, es emocionante... aunque un poco abrumador a veces.

La señora Isabel Castaño asintió, pero su expresión no cambió. Era claro que no estaba del todo convencida de la idoneidad de Amelia para su hijo.

Federico, por su parte, intentaba suavizar la tensión, conversando con calidez y encanto. Pero Amelia notó cómo, de vez en cuando, la señora Castaño lanzaba miradas furtivas hacia su marido, como si compartieran un secreto sobre su desaprobación.

El padre de Amelia, Fernando, permanecía en silencio durante gran parte de la cena, observando la dinámica entre las dos familias. Aunque normalmente no se involucraba en estas cuestiones, no podía ignorar el evidente desdén que los Castaño sentían por su hija.

Al final de la noche, cuando las familias se despidieron, Amelia no pudo evitar sentirse aún más aislada. Sabía que la familia de Federico no la aceptaba completamente, y eso solo aumentaba su inquietud.

⚮

El Encuentro con la Sombra

Esa noche, de regreso en la mansión Lázaro, Amelia se dirigió directamente a su habitación, evitando el contacto con los demás. La cena había dejado un mal sabor en su boca, y lo único que quería era descansar y olvidarse de todo.

Pero al llegar a su habitación, notó algo extraño. La puerta, que había dejado cerrada, estaba entreabierta. Un frío inusual invadió la habitación, y las sombras parecían moverse de manera extraña, como si tuvieran vida propia.

Amelia avanzó lentamente hacia su cama, y entonces lo vio. En el rincón más oscuro de la habitación, donde la luz no alcanzaba, una figura se movía, una sombra que no pertenecía a ninguna cosa viva.

La figura se deslizó hacia adelante, y en la tenue luz de la luna que entraba por la ventana, Amelia vio un destello de algo que la hizo retroceder de inmediato. Una mano esquelética, alargada y grotesca, se extendió hacia ella, como si la invitara a unirse a las sombras.

Amelia soltó un grito ahogado y corrió hacia la puerta, cerrándola de golpe. Su corazón latía con fuerza en su pecho, y su mente se llenó de pánico. Sabía que lo que había visto no era producto de su imaginación, y la certeza de que algo oscuro y terrible la acechaba se apoderó de ella.

Las sombras en la mansión se estaban volviendo cada vez más inquietantes, y Amelia sentía que estaba perdiendo el control de su propia realidad. Pero lo más aterrador de todo era que comenzaba a sospechar que no podría escapar de ellas.

Capítulo 8:
La Quinta Noche

La noche estaba en su apogeo cuando Amelia se levantó de la cama, su corazón latiendo con fuerza. Las palabras de su madre, la cena tensa con los Castaño, y la sombra en su habitación la mantenían en un estado de alerta constante. Pero había algo más, algo que sentía en lo más profundo de su ser: una oscuridad que crecía dentro de ella, esperando el momento adecuado para salir.

Era la quinta noche desde su regreso de aquel lugar desconocido, y aunque durante el día todo parecía estar en su lugar, las noches se habían convertido en una pesadilla recurrente. Amelia se dirigió hacia la ventana, observando el paisaje sombrío que rodeaba la mansión. Las nubes negras se movían pesadamente, ocultando la luna y sumiendo todo en una penumbra opresiva.

"¿Qué me está pasando?", murmuró para sí misma, abrazándose en un intento de encontrar consuelo. Pero no había respuesta, solo el eco de su propia voz en la oscuridad.

Amelia decidió que no podía quedarse en la habitación. Necesitaba respuestas, y sabía que no las encontraría entre esas cuatro paredes. Abrió la puerta con cautela, esperando no despertar a nadie, y se deslizó fuera de la habitación, sus pies descalzos apenas haciendo ruido sobre los fríos pisos de madera.

Mientras caminaba por los pasillos, sintió que algo la observaba. Las sombras parecían moverse a su alrededor, susurrando secretos que no lograba comprender. Pero no se detuvo; su deseo de entender lo que estaba sucediendo era más fuerte que su miedo.

Al llegar al salón principal, Amelia notó que las velas estaban apagadas, sumiendo el lugar en una oscuridad casi total. Solo la luz tenue de la luna, que se filtraba a través de las ventanas, iluminaba débilmente el espacio.

"¿Quién está ahí?", preguntó en voz baja, esperando que fuera solo su imaginación.

Para su sorpresa, una figura emergió de las sombras. Su padre, Fernando, estaba de pie junto a la chimenea, su rostro iluminado por el resplandor de las brasas que aún ardían. Amelia sintió un alivio momentáneo al verlo, pero pronto se dio cuenta de que algo no estaba bien. El rostro de su padre estaba pálido, casi fantasmal, y sus ojos reflejaban una preocupación que no había visto en él antes.

"Papá, ¿qué haces aquí a estas horas?", preguntó, acercándose lentamente.

Fernando levantó la vista, como si acabara de notar su presencia. "No podía dormir", respondió en un tono grave. "Hay demasiadas cosas en mi mente."

Amelia se detuvo a su lado, observando el fuego que parpadeaba en la chimenea. "Yo tampoco puedo dormir. Desde que... volví, siento que algo no está bien. No soy la misma, papá."

Fernando la miró con tristeza, su mano temblando ligeramente mientras la colocaba sobre el hombro de su hija. "Lo sé, Amelia. Algo cambió en ti esa noche. Y tengo miedo de lo que eso significa."

Amelia sintió que sus ojos se llenaban de lágrimas. "¿Qué fue lo que me hicieron? ¿Por qué me siento así?"

Fernando suspiró, apartando la mirada hacia el fuego. "Tu madre... ella estaba desesperada. Hizo un trato con alguien que no debería haber contactado. Traerte de vuelta no fue natural, Amelia. Hay un precio que estamos empezando a pagar."

Amelia se estremeció, comprendiendo que las palabras de su padre contenían una verdad aterradora. Pero antes de que pudiera responder, el sonido de pasos ligeros interrumpió la conversación.

Ambos se giraron para ver a Sofía, parada en el umbral de la habitación. Su expresión era difícil de descifrar, una mezcla de curiosidad y algo más oscuro. Amelia no pudo evitar sentir una punzada de desconfianza.

"¿Interrumpo algo?", preguntó Sofía, con una sonrisa que no alcanzaba sus ojos.

Amelia se tensó. "No, solo... no podía dormir."

Sofía asintió lentamente, su mirada deslizándose hacia Fernando. "Es una noche inquietante, ¿verdad? He estado pensando mucho en lo que pasó... en cómo sucedió el accidente. No logro comprender cómo es que estás viva."

Amelia sintió un escalofrío recorrerle la espalda. Hablar del accidente siempre la ponía nerviosa, como si al mencionar lo que ocurrió, el pasado pudiera regresar para atormentarla.

"Es mejor no hablar de eso, Sofía", dijo Fernando, su voz más firme de lo habitual. "Hay cosas que es mejor dejar en el pasado."

Pero Sofía no parecía dispuesta a dejar el tema. "Lo entiendo, tío. Pero es extraño, ¿no? Un accidente así... y nadie parece saber cómo ocurrió realmente."

Amelia miró a su prima, sintiendo que cada palabra suya estaba calculada. Había algo en la forma en que Sofía la miraba que la hizo sentir vulnerable, como si estuviera desnudando su alma.

"¿Qué estás insinuando, Sofía?", preguntó Amelia, su voz temblando ligeramente.

Sofía sonrió de nuevo, esta vez con una frialdad que hizo que Amelia se sintiera incómoda. "Solo estoy diciendo que, con todos los rumores que han circulado... uno se pregunta si realmente fue un accidente."

El silencio que siguió fue opresivo. Fernando dio un paso adelante, colocándose entre Amelia y Sofía, como si intentara proteger a su hija de las insinuaciones de su prima.

"Es suficiente, Sofía", dijo con severidad. "No hay nada más que decir sobre lo que pasó."

Sofía levantó las manos en un gesto de rendición, pero la sonrisa nunca desapareció de su rostro. "Por supuesto, tío. No quise molestar. Solo estaba... pensando en voz alta."

Amelia observó a su prima mientras se retiraba, sintiendo que había algo más detrás de sus palabras. Algo que la hizo sentir que Sofía sabía más de lo que dejaba ver.

⊛

El Horror de la Quinta Noche

Esa misma noche, Amelia se encontró nuevamente en su habitación, el miedo y la ansiedad que había sentido antes ahora multiplicados. Sabía que la quinta noche traería consigo algo más oscuro, algo que ella no estaba segura de poder enfrentar.

Se acostó en la cama, intentando mantener la calma, pero su mente no dejaba de pensar en lo que su padre le había dicho. Algo se había roto dentro de ella, y ahora sentía que las piezas se estaban reconfigurando en algo monstruoso.

Justo cuando estaba a punto de cerrar los ojos, un dolor agudo la atravesó. Amelia gritó, aferrándose a las sábanas mientras una ola de terror la invadía. Su cuerpo se convulsionó, y una sensación de frío mortal se apoderó de ella.

Intentó levantarse, pero sus piernas no respondían. Algo estaba cambiando dentro de ella, algo que no podía controlar. Miró desesperadamente alrededor, buscando ayuda, pero la habitación estaba vacía.

De repente, sintió la necesidad desesperada de ver su reflejo, de entender qué estaba sucediendo. Con gran esfuerzo, se arrastró fuera de la cama y se dirigió hacia el rincón donde había visto el espejo la noche anterior.

Pero cuando finalmente se miró en el pequeño espejo cubierto de polvo, lo que vio la dejó sin aliento. Su rostro, que durante el día había sido hermoso y radiante, ahora estaba cubierto por una máscara de horror. Su piel era grisácea y seca, sus ojos hundidos en cavidades oscuras, y su boca se torcía en una mueca de dolor.

Amelia soltó un grito ahogado, retrocediendo en estado de shock. "¡No! ¡Esto no puede estar pasando!"

Pero el reflejo en el espejo no cambió. Era la realidad que ahora debía enfrentar: durante el día, seguiría siendo Amelia Lázaro, pero durante la noche, se transformaría en una criatura esquelética y repugnante.

Luchando por mantenerse en pie, se alejó del espejo, su mente en caos. Necesitaba ayuda, pero ¿quién podría entender lo que estaba ocurriendo? ¿Y cómo podría ocultar esta verdad a quienes la rodeaban, especialmente a Federico?

Amelia se tambaleó hasta la puerta, su cuerpo temblando de miedo. Sabía que no podría mantener este secreto por mucho tiempo. La verdad estaba empezando a desmoronarse, y con ella, todo lo que había conocido.

Justo cuando abrió la puerta, escuchó un ruido en el pasillo. Se detuvo, el corazón latiendo con fuerza en su pecho. Podía oír los pasos de alguien acercándose lentamente.

Amelia se obligó a calmarse, a no dejar que el pánico la dominara. Sabía que no podía dejar que nadie la viera en ese estado. De inmediato, se deslizó hacia la sombra más cercana, ocultándose detrás de una cortina gruesa. Su respiración era pesada y temblorosa, pero se esforzó por no hacer ruido.

Los pasos se acercaron y, a través de la rendija de la cortina, Amelia vio la figura de Sofía, que avanzaba por el pasillo con una expresión pensativa. Sofía parecía estar buscando algo, pero no se detuvo. Pasó junto a la puerta de Amelia sin darse cuenta de su presencia, y finalmente se alejó, su figura desvaneciéndose en la oscuridad.

Amelia esperó hasta que estuvo segura de que Sofía se había ido, antes de salir de su escondite. Su corazón seguía latiendo con fuerza, y las lágrimas amenazaban con derramarse por la desesperación que sentía.

Sabía que la situación era insostenible. No podía seguir ocultando su transformación, pero tampoco podía permitir que Sofía, o cualquier otro miembro de la familia, descubriera su terrible secreto. Tenía que encontrar una solución antes de que fuera demasiado tarde.

Decidida, se dirigió de nuevo a su habitación, sabiendo que debía planear cómo ocultar su condición y descubrir qué o quién la había traído de vuelta a la vida, y a qué costo.

Pero en el fondo de su mente, la risa suave y perturbadora de Sofía seguía resonando, como una amenaza latente, como si de alguna manera supiera más de lo que dejaba ver.

Capítulo 9:
Las Apariencias Engañan

El amanecer trajo una tranquilidad aparente a la mansión Lázaro, pero en su interior, las sombras de la noche anterior todavía resonaban. Amelia se despertó agotada, como si hubiera librado una batalla en sus sueños. Se levantó con lentitud, sus pensamientos aún nublados por la visión de su propio reflejo distorsionado en el espejo.

Intentando apartar esos recuerdos, Amelia decidió enfocarse en los preparativos para la boda. Se vistió con cuidado, evitando mirarse en cualquier superficie reflectante, y salió de su habitación para enfrentar el día.

Federico y su Mundo

Mientras tanto, en la casa de los Castaño, Federico estaba inmerso en su rutina matutina. Su vida, a pesar de la cercanía de la boda, continuaba con la misma disciplina que siempre lo había caracterizado. Se levantaba temprano, disfrutaba de un desayuno ligero preparado por el servicio, y luego se dirigía a su estudio, donde dedicaba horas a revisar los documentos de la empresa familiar.

Ese día, sin embargo, no podía concentrarse. La imagen de Amelia se interponía constantemente en sus pensamientos. Había algo en ella que lo inquietaba, una fragilidad que antes no había notado. Sabía que Amelia estaba bajo mucha presión debido a la boda, pero sentía que había algo más, algo que ella no le estaba contando.

Mientras revisaba unos contratos, su madre, la señora Castaño, entró en el estudio. Era una mujer elegante y autoritaria, que siempre había tenido grandes expectativas para su único hijo. Federico la miró, esperando la habitual charla sobre las responsabilidades y el deber.

"Federico, querido," comenzó la señora Castaño, su tono suave pero cargado de intención, "necesitamos hablar sobre Amelia."

Federico cerró los documentos y se volvió hacia su madre. "¿Qué pasa con ella?"

La señora Castaño se sentó frente a él, con una expresión que mezclaba preocupación y desaprobación. "Amelia es... una buena muchacha, pero tengo mis dudas sobre si es realmente adecuada para nuestra familia. Hay algo en ella, una debilidad que me preocupa."

Federico frunció el ceño. "Madre, Amelia ha pasado por mucho. La boda es una gran presión para ella. No podemos juzgarla tan duramente."

Su madre suspiró, mostrando una paciencia que claramente estaba forzando. "Lo sé, hijo. Pero debes considerar el futuro. Nuestra familia necesita a alguien fuerte, alguien que pueda enfrentar los desafíos que se avecinan. No estoy segura de que Amelia sea esa persona."

Federico se levantó, irritado por la falta de comprensión de su madre. "Amelia es fuerte, solo que... está pasando por algo que no entiendo del todo. Pero estoy seguro de que con el tiempo, todo se resolverá."

La señora Castaño lo miró con escepticismo. "Espero que tengas razón, Federico. Porque si no, podrías estar tomando una decisión que lamentarás por el resto de tu vida."

Federico la observó marcharse, sus palabras resonando en su mente. Sabía que su madre solo quería lo mejor para él, pero también sabía que no podía dejar que sus dudas socavaran su relación con Amelia. La amaba, y estaba dispuesto a luchar por ella, aunque no pudiera entender completamente lo que estaba ocurriendo.

◦◦◦◦◦◦◦

E lena y Sus Planes

En la mansión Lázaro, Elena estaba ocupada en su oficina personal, revisando los planes para la boda. Sus manos, normalmente firmes y decididas, temblaban ligeramente mientras pasaba las páginas de su agenda. La advertencia de Don Toribio sobre la transformación de Amelia la atormentaba, pero no podía permitir que el miedo la controlara. Esta boda era su única oportunidad de salvar a la familia de la ruina.

Concha, la sirvienta, entró en la habitación, trayendo una bandeja con té. Elena apenas levantó la vista cuando Concha se acercó, pero la mujer no pudo evitar notar la expresión tensa en el rostro de su empleadora.

"Señora Elena, ¿se encuentra bien?", preguntó Concha, con una mezcla de respeto y preocupación.

Elena asintió, aunque su mente estaba en otro lugar. "Estoy bien, Concha. Solo... preocupada por todo lo que hay que organizar."

Concha dejó la bandeja sobre el escritorio, pero no se fue de inmediato. Había servido a la familia Lázaro durante años, y conocía bien a Elena. Sabía cuándo algo estaba realmente mal.

"Si me permite decirlo, señora," dijo Concha con cautela, "parece que hay algo más que la preocupa. Algo que no tiene que ver solo con la boda."

Elena la miró, sus ojos duros como el acero. "No es asunto tuyo, Concha. Solo ocúpate de lo que te corresponde."

Concha asintió, inclinando la cabeza en señal de disculpa. "Por supuesto, señora. Si necesita algo más, estaré en la cocina."

Cuando Concha salió, Elena se permitió un suspiro. Sabía que mantener todo bajo control sería más difícil de lo que había imaginado. La transformación de Amelia ya había comenzado, y las noches estaban volviéndose peligrosas. Pero no podía permitirse mostrar debilidad, ni siquiera ante sí misma.

Elena miró por la ventana, observando el jardín oscuro y desolado. Debía proteger a su familia, incluso si eso significaba tomar decisiones que la aterraban. La boda debía realizarse, y nadie debía saber la verdad sobre Amelia. No ahora, no nunca.

⚜

El Encuentro en la Biblioteca

Amelia se encontraba vagando por la mansión, intentando escapar de sus pensamientos, cuando se topó con la puerta de la biblioteca. Siempre había encontrado consuelo en los libros, y ese día no era diferente. Entró en la habitación y se dirigió a las estanterías, buscando un libro que la distrajera de la realidad que se volvía cada vez más insoportable.

Mientras revisaba los títulos, escuchó un susurro proveniente de la esquina más oscura de la biblioteca. Se detuvo, el corazón latiéndole con fuerza. Sabía que no estaba sola.

"Amelia", susurró una voz familiar, y ella giró sobre sus talones para ver a Federico, que emergía de las sombras.

"Federico", dijo, aliviada pero sorprendida de verlo allí. "¿Qué haces aquí?"

Federico se acercó, su expresión llena de preocupación. "No podía dejar de pensar en ti. Algo te está afectando, Amelia. Lo siento, pero no sé cómo ayudarte si no me cuentas lo que pasa."

Amelia lo miró, sintiendo un nudo en la garganta. Quería contarle todo, quería que supiera lo que estaba viviendo, pero ¿cómo podría explicarle algo tan terrible? ¿Cómo podría revelarle su transformación sin perderlo para siempre?

"Estoy bien, Federico", mintió, forzando una sonrisa. "Solo... necesito un poco de tiempo para adaptarme a todo."

Federico no parecía convencido, pero no insistió. En lugar de eso, tomó su mano con suavidad y la miró a los ojos. "Amelia, sabes que siempre estaré aquí para ti, ¿verdad? No importa lo que pase."

Amelia sintió sus ojos llenarse de lágrimas, y asintió lentamente. "Lo sé, Federico. Y eso significa mucho para mí."

Se quedaron así por un momento, en silencio, tomados de la mano en la penumbra de la biblioteca. Pero en el fondo de su mente, Amelia sabía que este momento de paz no duraría mucho. La noche estaba acercándose, y con ella, la sombra de lo que se estaba convirtiendo.

El Secreto Bajo la Luna

Esa noche, mientras la luna llena ascendía en el cielo, la mansión Lázaro cayó en un silencio inquietante. Amelia, acurrucada en su cama, sentía que el cambio comenzaba nuevamente. Sabía que no podía detenerlo, y el pánico comenzó a instalarse en su corazón.

Intentó mantenerse tranquila, recordando las palabras de Federico, pero el dolor y la transformación eran demasiado intensos. Sintió su cuerpo retorcerse, sus huesos crujir, y una vez más, su reflejo en el pequeño espejo en la esquina de su habitación le reveló la verdad aterradora.

Pero esta vez, algo era diferente. La puerta de su habitación se abrió con un suave chirrido, y Amelia sintió una presencia entrando en la habitación. El terror la invadió mientras escuchaba los pasos acercándose.

"Amelia", susurró una voz en la oscuridad. Una voz que conocía demasiado bien.

Amelia giró sobre sí misma, pero en lugar de ver a alguien en la puerta, se encontró sola en la habitación. Los pasos, los susurros, todo había sido producto de su imaginación. Sin embargo, el temor seguía presente, y lo que más la aterraba no era lo que había imaginado, sino lo que realmente estaba sintiendo

Capítulo 10:
La Sombra en el Espejo

El sol ascendía lentamente sobre la mansión Lázaro, bañando la propiedad con una luz que parecía casi irreal después de la oscuridad y el terror de la noche anterior. Amelia se despertó con un sobresalto, la claridad del día apenas logrando disipar los restos de las pesadillas que la habían atormentado. Se sentó en la cama, respirando con dificultad, sus manos temblando mientras intentaba convencerse de que todo había sido solo un mal sueño.

Pero sabía que no lo era. La transformación que había sentido la noche anterior no había sido una mera ilusión. Era real, y el terror de enfrentarla nuevamente esa noche se aferraba a su mente como una sombra que no podía apartar.

Decidió levantarse y enfrentar el día, aunque cada movimiento le resultaba un esfuerzo monumental. Se dirigió al tocador, evitando deliberadamente el pequeño espejo que había en la habitación. No quería volver a ver lo que se había convertido. No quería confirmar lo que ya sabía.

Los Planes de Elena

Elena estaba en el comedor, rodeada de papeles y listas de invitados. El reloj en la pared marcaba las horas con una precisión inquebrantable, pero para ella, el tiempo parecía correr demasiado rápido. La boda se acercaba, y con ella, la necesidad de mantener el control sobre todo y sobre todos.

Mientras revisaba los detalles del banquete, sus pensamientos volaron hacia Amelia. Sabía que su hija estaba luchando contra algo que no comprendía del todo, pero Elena se negó a permitir que ese problema arruinara sus planes. Había trabajado demasiado duro para que todo se desmoronara ahora.

"Concha", llamó, y la sirvienta apareció en el umbral de la puerta con la misma rapidez y eficiencia que siempre la caracterizaba.

"Sí, señora", respondió Concha, esperando instrucciones.

"Quiero que vigiles a Amelia hoy", dijo Elena sin levantar la vista de sus papeles. "Asegúrate de que esté bien, y de que no se aleje demasiado de la casa. No quiero que pase nada inesperado antes de la boda."

Concha asintió, aunque en su rostro se podía ver una ligera preocupación. "Por supuesto, señora. Haré lo que me pide."

Elena finalmente levantó la mirada y la fijó en Concha. "Y no menciones nada de lo que has visto o escuchado. Nadie debe saber lo que realmente está ocurriendo."

Concha bajó la cabeza en señal de obediencia. Sabía que había cosas en esa casa que era mejor no mencionar, pero también sabía que los secretos tenían una forma de salir a la luz, tarde o temprano.

Federico y la Sombra del Pasado

Federico estaba en su casa, sentado en la biblioteca de su familia. La luz que entraba por las ventanas era suave y cálida, pero él no podía disfrutarla. Su mente estaba atrapada en un torbellino de pensamientos y dudas. Amelia había cambiado, lo sabía. Algo en ella ya no era como antes, y eso lo inquietaba profundamente.

Mientras revisaba un libro, sus pensamientos se desviaron hacia el pasado, hacia el momento en que su padre lo había presionado para aceptar el compromiso con Amelia. En ese entonces, había aceptado sin mucha resistencia, más por cumplir con las expectativas familiares que por un verdadero deseo de casarse. Amelia le había parecido una opción adecuada, una mujer hermosa y educada, pero sin ningún sentimiento fuerte de por medio.

Sin embargo, algo había cambiado en él con el tiempo. A medida que pasaban los días, había comenzado a sentir una simpatía creciente hacia Amelia. La admiraba por su fuerza y dignidad, incluso cuando se enfrentaba a las dificultades. Aunque no estaba seguro de estar enamorado, había empezado a preocuparse genuinamente por ella. Y esa preocupación se había intensificado con la proximidad de la boda.

"¿Qué te está pasando, Amelia?", se preguntó en voz baja, cerrando el libro con un suspiro.

Decidió que tenía que hablar con ella, intentar comprender lo que estaba ocurriendo. No podía seguir ignorando sus propias dudas. Pero, al mismo tiempo, sentía que cada vez que se acercaba más a la verdad, algo oscuro y desconocido se interponía en su camino.

El Espejo y la Realidad

Amelia pasó gran parte del día en la mansión, evitando a los demás y buscando cualquier cosa que la mantuviera ocupada. La inquietud no la abandonaba, y la idea de que la noche se acercaba la aterrorizaba. Se dirigió al jardín, buscando consuelo en la naturaleza que rodeaba la casa, pero ni siquiera las flores y los árboles le ofrecían la paz que necesitaba.

Decidió regresar a su habitación, esperando que el encierro la ayudara a encontrar algo de tranquilidad. Pero al llegar, se encontró con una sorpresa desagradable: el pequeño espejo que había estado evitando ya no estaba en su lugar.

Amelia sintió que su corazón se aceleraba. ¿Quién lo había movido? ¿Por qué? Un temor irracional la invadió, y comenzó a buscarlo por toda la habitación. Finalmente, lo encontró en un rincón oscuro, medio oculto detrás de una cortina.

Lo levantó con manos temblorosas, sabiendo que no debería mirar, pero incapaz de resistir la tentación. Se acercó al espejo, su reflejo lentamente apareciendo en la superficie.

Al principio, todo parecía normal. Era ella, la misma Amelia de siempre. Pero a medida que pasaban los segundos, algo en su reflejo comenzó a cambiar. Su piel empezó a perder color, sus ojos se hundieron en sus órbitas, y su rostro se desfiguró en una mueca de horror.

Amelia dejó caer el espejo con un grito, cubriéndose el rostro con las manos. No podía ser real, no podía estar ocurriendo. Pero sabía que lo estaba. La transformación estaba avanzando, y no había forma de detenerla.

⚜

La Decisión de Amelia

Esa noche, mientras se preparaba para acostarse, Amelia tomó una decisión. No podía seguir ignorando lo que estaba ocurriendo. Necesitaba encontrar respuestas, y para hacerlo, debía enfrentar sus miedos.

Sabía que debía hablar con alguien, pero ¿con quién? Federico era la persona en la que más confiaba, pero ¿cómo podría contarle lo que estaba viviendo sin que él la rechazara? Su madre, Elena, estaba demasiado ocupada con la boda para escucharla. Y Concha, aunque leal, no era la persona adecuada para hablar de estas cosas.

Finalmente, decidió que enfrentaría la noche por su cuenta. Sabía que la transformación llegaría nuevamente, pero esta vez, no la huiría. Se miraría en el espejo y enfrentaría lo que fuera que estaba ocurriendo en su interior.

Cuando la noche cayó y las sombras comenzaron a alargarse en su habitación, Amelia se sentó frente al espejo, decidida a no apartar la vista. Sentía que su cuerpo comenzaba a cambiar, que su piel se estiraba y sus huesos se alargaban, pero no se movió. Estaba decidida a entender lo que era.

Y entonces, mientras se observaba a sí misma convertirse en una criatura que no reconocía, una idea aterradora comenzó a formarse en su mente: ¿y si la verdadera Amelia había muerto aquella noche del accidente? ¿Y si lo que quedaba ahora no era más que una sombra, un eco de lo que alguna vez fue?

La pregunta la atormentaba, y mientras la oscuridad la envolvía, Amelia supo que encontrar la respuesta sería la clave para recuperar lo que había perdido... o para perderlo todo para siempre.

Capítulo 11:
El Oro de los Lázaro

El sol estaba en lo alto del cielo cuando la señora Isabel Castaño decidió confrontar a su esposo. Desde hacía tiempo, había notado la creciente cercanía entre Federico y Amelia, una relación que nunca había aprobado del todo. Aunque había intentado aceptar la elección de su hijo, no podía ignorar las dudas que la atormentaban.

Encontró a su esposo en su estudio, revisando unos documentos. La luz de la tarde se filtraba a través de las cortinas, proyectando sombras alargadas en las paredes. La señora Castaño entró con paso decidido, su expresión seria, y cerró la puerta tras de sí.

"Necesitamos hablar", dijo, su voz firme pero cargada de frustración.

El señor Ignacio Castaño levantó la vista de los papeles, sorprendido por la urgencia en la voz de su esposa. "¿Qué ocurre, querida?"

La señora Castaño se acercó al escritorio, cruzando los brazos frente a él. "Quiero saber por qué has apoyado tanto esta boda, cuando sabes perfectamente que Amelia no es la mejor opción para Federico. Es una muchacha débil, enfermiza... No es lo que nuestra familia necesita."

Ignacio la observó por un momento en silencio, sopesando sus palabras. Sabía que este momento llegaría eventualmente, pero no esperaba que fuera tan pronto.

"Entiendo tus preocupaciones", comenzó, "pero hay algo que tú no sabes. Algo que he mantenido en secreto por mucho tiempo, porque no estaba seguro de cómo manejarlo."

La señora frunció el ceño, confundida y preocupada. "¿De qué estás hablando? ¿Qué secreto?"

Ignacio suspiró, inclinándose hacia atrás en su silla. "Hace más de veinte años, cuando nuestra vida era diferente, tuve una experiencia que cambió mi forma de ver las cosas. Algo que involucra a la familia Lázaro."

Flashback: El Secreto del Oro

El escenario cambió a un día de verano, veinte años atrás. El señor Castaño, un hombre más joven pero con la misma determinación en sus ojos, conducía su auto por las afueras del pueblo. El paisaje rural se extendía a ambos lados del camino, con campos abandonados y un silencio que solo era interrumpido por el viento.

Mientras conducía, de repente, el auto comenzó a fallar. El motor tosió y se detuvo en medio del camino. El señor Castaño maldijo por lo bajo y se bajó del vehículo, abriendo el capó para ver qué ocurría. Pasó varios minutos tratando de encontrar la falla, pero sus esfuerzos fueron inútiles.

Frustrado, recogió una piedra del suelo y la arrojó con fuerza contra la llanta del auto. La piedra rebotó contra el ring de la llanta y se partió en dos al caer al suelo, revelando algo que lo dejó atónito: el interior de la piedra brillaba con un color dorado.

Incrédulo, el señor Castaño se agachó para recoger los pedazos. Al examinarlos de cerca, se dio cuenta de que la piedra contenía oro puro en su interior. Su mente comenzó a trabajar rápidamente, intentando comprender lo que acababa de encontrar.

Mientras estaba inmerso en sus pensamientos, un hombre mayor, vestido con ropa de campo, apareció en el camino. El hombre, de aspecto humilde pero con una mirada astuta, se ofreció a ayudarlo con el auto.

"Gracias, pero ya lo tengo bajo control", respondió el señor Castaño, aún impresionado por su hallazgo. Sin embargo, no pudo evitar preguntar: "¿Quién es el dueño de estas tierras? No he visto a nadie más por aquí."

El campesino lo miró con curiosidad y respondió: "Estas tierras pertenecen a la familia Lázaro. Han estado abandonadas por un tiempo, casi nadie viene por aquí."

El señor Castaño asintió lentamente, entendiendo que lo que había descubierto era más que una simple casualidad. Sabía que el oro no era algo que se encontrara por accidente. Era un recurso oculto, y las tierras de los Lázaro podrían estar llenas de él.

Con esa revelación en mente, el señor Castaño arregló su auto con la ayuda del campesino y se marchó, pero la idea del oro en las tierras de los Lázaro no lo abandonó. Durante años, había guardado ese secreto, esperando el momento adecuado para usarlo a su favor.

◦—∞—◦

La Revelación

De vuelta en el presente, el señor Castaño terminó su relato, observando la reacción de su esposa. La señora Isabel estaba asombrada, tratando de procesar lo que acababa de escuchar.

"¿Quieres decir que las tierras de los Lázaro están llenas de oro?", preguntó, aún incrédula.

Él asintió. "Exactamente. Nadie más lo sabe, ni siquiera los Lázaro. He esperado todos estos años para el momento adecuado, y ahora, con la boda de Federico y Amelia, ese momento ha llegado. Si esta boda se lleva a cabo, tendremos acceso a esas tierras, y con ellas, a una fortuna que asegurará el futuro de nuestra familia para siempre."

Isabel se quedó en silencio, asimilando la magnitud de lo que su esposo le había revelado. Aunque aún tenía dudas sobre la salud de Amelia y su capacidad para ser una buena esposa para Federico, comprendía ahora por qué su esposo había insistido tanto en la boda.

Finalmente, asintió, aceptando la explicación. "Entiendo por qué lo hiciste. Pero aún me preocupa la salud de Amelia. Debemos asegurarnos de que esta boda ocurra sin contratiempos, pero también debemos estar preparados para cualquier eventualidad."

El señor Castaño la miró con seriedad. "Lo sé, querida. Y haré todo lo que esté en mi poder para que así sea. Federico no debe saber nada de esto, y tampoco los Lázaro. Todo debe permanecer en secreto hasta que la boda se haya realizado."

La señora Castaño asintió, consciente de la delicada situación en la que se encontraban. Sabía que la boda debía llevarse a cabo, pero también que las intrigas y los secretos estaban lejos de terminar.

Las Intrigas de Sofía

Mientras tanto, en la mansión Lázaro, Sofía continuaba con sus propias intrigas. Aunque no sabía nada del secreto de su familia, había notado la tensión creciente en la casa y estaba decidida a descubrir la verdad. Sofía siempre había sido envidiosa de Amelia, y ahora veía una oportunidad de aprovechar cualquier debilidad que pudiera encontrar.

Observaba a Amelia con atención, notando su comportamiento cada vez más extraño. Los extraños ruidos que experimentaba cada noche en la mansión no habían pasado desapercibidos para Sofía, aunque no sabía exactamente lo que estaba ocurriendo. Pero sospechaba que había algo oscuro y peligroso en juego, y estaba decidida a utilizar esa información en su beneficio.

Sofía se acercó a Concha una tarde, mientras la sirvienta preparaba el té. Con una sonrisa que apenas ocultaba su intención, comenzó a hacerle preguntas indirectas, tratando de sonsacar alguna información.

"Concha", dijo con tono casual, "parece que Amelia ha estado muy cansada últimamente. ¿Has notado algo raro en ella?"

Concha, que conocía bien a Sofía y sus intenciones, se mantuvo cautelosa. "La señorita Amelia ha tenido mucho en qué pensar con la boda. Es normal que esté un poco agotada."

Sofía asintió, fingiendo estar de acuerdo, pero no dejó de presionar. "Sí, claro. Pero me pregunto si hay algo más. Quizás algo que no se le ha dicho a la familia... ¿Algún secreto?"

Concha levantó la vista, sus ojos encontrándose con los de Sofía. "No sé de qué estás hablando, señorita. Si hay algo que deba saberse, estoy segura de que la señora Elena lo manejará."

Sofía sonrió, sabiendo que no obtendría nada más de Concha en ese momento. Pero estaba decidida a descubrir la verdad, sin importar lo que tuviera que hacer para conseguirla.

Esa noche, mientras las sombras se alargaban en la mansión Lázaro, alguien llamó a la puerta principal. Elena, que estaba revisando los últimos detalles para la boda, levantó la vista con una mezcla de curiosidad y preocupación. No esperaba visitas a esa hora.

Concha abrió la puerta, y en el umbral estaba Don Toribio, el hombre que había realizado el ritual para traer a Amelia de vuelta a la vida. Su rostro estaba en sombras, y su expresión era grave.

"Necesito hablar con la señora Elena", dijo con voz firme, sus ojos oscuros reflejando una determinación que no admitía rechazo.

Elena se acercó a la puerta, su corazón latiendo con fuerza. Sabía que la presencia de Don Toribio no podía significar nada bueno.

"¿Qué es lo que quieres?", preguntó, tratando de mantener la calma.

Don Toribio la miró directamente a los ojos, y su respuesta fue directa y aterradora: "Hay algo que necesitas saber sobre Amelia. Algo que podría cambiarlo todo."

Elena sintió que el suelo se movía bajo sus pies. Sabía que no podía ignorar lo que Don Toribio tenía por decirle.

Capítulo 12:
La Pesadilla de Concha

Concha despertó sobresaltada, su respiración acelerada y su corazón latiendo desbocado en su pecho. Se sentó en su cama, los restos de una pesadilla aún frescos en su mente. Las imágenes de Don Toribio en la puerta, su expresión grave, y las palabras ominosas que le había dirigido a la señora Elena la atormentaban, dejándola con una sensación de inquietud que no podía sacudirse.

"Solo fue un sueño", se dijo a sí misma, tratando de calmarse. Pero el miedo seguía allí, latente, como una sombra que se aferraba a su conciencia.

Miró el reloj en la mesita de noche; marcaba las tres de la madrugada. Concha sabía que no podría volver a dormir, no con la sensación opresiva que llenaba la casa. Decidió levantarse, con la intención de caminar un poco por la mansión para despejar su mente.

Salió de su habitación con pasos silenciosos, la madera del suelo crujía bajo sus pies mientras avanzaba por el pasillo oscuro. A medida que caminaba, la atmósfera se volvía más densa, y una sensación de inquietud la invadió.

Los eventos de los últimos días habían puesto sus nervios al límite. La extraña transformación de Amelia, los secretos que rodeaban a la familia Lázaro, y el constante temor de que algo terrible estaba a punto de suceder. Todo se mezclaba en su mente, creando un torbellino de emociones que la dejaba en vilo.

Cuando dobló una esquina, el pasillo que conducía a las habitaciones principales apareció ante ella, sumido en la penumbra. Fue entonces cuando lo vio.

Al principio, pensó que su mente le estaba jugando una mala pasada, pero a medida que se acercaba, la figura que se movía lentamente en el pasillo se hizo más clara. Concha sintió que el aire se congelaba en sus pulmones al reconocer a Amelia, o lo que quedaba de ella.

Amelia deambulaba por el pasillo, su figura desgarbada y esquelética apenas sostenida por la luz tenue de la luna que entraba por las ventanas. Su piel, que durante el día era pálida pero hermosa, ahora era grisácea y tirante, casi translúcida, mostrando huesos que parecían a punto de romperse. Su cabello, una vez brillante y lleno de vida, colgaba en mechones apagados, como si la muerte lo hubiera tocado.

Concha se llevó una mano a la boca para contener un grito. La visión era aterradora, más allá de cualquier cosa que hubiera imaginado. Pero lo que más la horrorizó fue la mirada en los ojos de Amelia: vacíos, perdidos, como si no reconociera a nadie, ni siquiera a sí misma.

Amelia avanzaba lentamente, como si no supiera a dónde ir, cada paso más pesado que el anterior. Sus pies descalzos arrastraban por el suelo, y su respiración era un susurro ronco, como el de alguien que luchaba por mantenerse en este mundo.

Concha retrocedió un paso, su cuerpo temblando de terror. Quería gritar, correr, pero sus pies no respondían. Estaba atrapada en ese momento, incapaz de apartar la vista de la horrenda figura que una vez había sido la joven Amelia.

Finalmente, Amelia se detuvo, como si algo en el ambiente la hubiera alertado de la presencia de Concha. Giró lentamente la cabeza, sus ojos vacíos enfocándose en la sirvienta. Durante un instante que pareció eterno, sus miradas se encontraron, y Concha sintió que el mundo se desmoronaba a su alrededor.

Pero antes de que pudiera hacer o decir algo, Amelia se giró de nuevo y continuó su deambular por el pasillo, desapareciendo en la oscuridad al doblar la esquina.

Concha se quedó allí, paralizada por el miedo, su mente tratando de procesar lo que acababa de ver. Sabía que lo que había presenciado no era un sueño, ni una pesadilla. Era real. Amelia estaba cambiando, transformándose en algo que no pertenecía a este mundo.

Finalmente, encontró la fuerza para moverse. Sin hacer ruido, se deslizó por el pasillo de regreso a su habitación, cerrando la puerta tras de sí y apoyándose contra ella, intentando recuperar el aliento.

"Esto no puede continuar así", murmuró para sí misma, temblando. Sabía que debía hacer algo, pero ¿qué? ¿Cómo podría enfrentar una situación tan aterradora, cuando ni siquiera entendía lo que estaba ocurriendo?

La imagen de Amelia en ese estado la perseguiría por el resto de la noche. Sabía que debía advertir a alguien, quizás a la señora Elena, pero temía que la verdad pudiera desatar algo aún más terrible.

Concha se sentó en su cama, abrazando sus rodillas mientras el pánico la invadía. Sabía que la mañana llegaría pronto, pero dudaba que la luz del día pudiera disipar la oscuridad que ahora habitaba en la mansión Lázaro.

Y en el silencio de la noche, mientras las sombras se alargaban y los susurros del viento se colaban por las ventanas, Concha comprendió que lo que había visto era solo el comienzo de algo mucho peor.

Capítulo 13:
Café y Desconfianza

El sol había comenzado a asomarse por el horizonte cuando Amelia se levantó de la cama, su cuerpo aún sintiéndose pesado después de la noche anterior. Sabía que su vida estaba cambiando, que algo oscuro y extraño la estaba transformando desde adentro, pero no tenía tiempo para perderse en esos pensamientos. Necesitaba mantener las apariencias, al menos durante el día.

Se dirigió a la cocina, buscando algo que la ayudara a despejarse. El aroma del café fresco la atrajo, y al entrar en la cocina, encontró a Concha preparando la bebida, su rostro reflejando el cansancio y la tensión que sentía.

"Buenos días, Concha," dijo Amelia con una sonrisa que intentaba parecer despreocupada.

Concha levantó la vista, sorprendida por la presencia de Amelia tan temprano en la mañana. La sirvienta la observó con atención, recordando la terrorífica figura que había visto deambulando por los pasillos la noche anterior. A pesar de sus esfuerzos por mantener la calma, su mano temblaba ligeramente al verter el café en la taza.

"Buenos días, señorita Amelia," respondió Concha con voz baja, tratando de ocultar su nerviosismo.

Amelia tomó asiento en la mesa, observando cómo Concha le servía el café. El silencio entre ellas era pesado, cargado de una tensión que ninguna de las dos sabía cómo romper.

"Tuviste una noche tranquila, ¿verdad?" preguntó Amelia, notando la vacilación en los movimientos de Concha.

"Sí... tranquila," mintió Concha, evitando la mirada de Amelia mientras dejaba la taza frente a ella. "¿Y usted, señorita? ¿Durmió bien?"

Amelia asintió, tomando un sorbo de café para ocultar su propio nerviosismo. "Sí, más o menos. He estado... pensando mucho últimamente."

Concha la observó con cautela, su mente trabajando rápidamente. Sabía que algo estaba ocurriendo con Amelia, algo que no podía explicar. Pero cuando la veía ahora, sentada frente a ella, con su rostro suave y sus ojos claros, la figura monstruosa de la noche anterior parecía un mal sueño.

"Pensar puede ser agotador," dijo Concha, finalmente encontrando sus palabras. "A veces, es mejor dejar que las cosas sigan su curso."

Amelia la miró con curiosidad, sintiendo que había más en esas palabras de lo que Concha estaba dispuesta a admitir. "¿Tú crees? A veces me parece que si no lo hago, perderé el control de todo."

Concha sonrió débilmente, tratando de ocultar su propia incertidumbre. "El control es importante, señorita. Pero a veces... hay cosas que no podemos controlar, y debemos aprender a vivir con eso."

Amelia asintió lentamente, sintiendo un nudo en el estómago. Sabía que Concha estaba intentando ser amable, pero no podía deshacerse de la sensación de que había algo más, algo que la sirvienta sabía y no quería decir.

"Gracias por el café, Concha," dijo finalmente, terminando su taza y levantándose de la mesa. "Necesito salir a despejarme un poco."

Concha la observó marcharse, su mente todavía atrapada entre la imagen de la Amelia que había visto esa mañana y la criatura que había presenciado deambulando en la oscuridad. Sabía que debía mantenerse alerta, pero al mismo tiempo, sentía una extraña simpatía por la joven. Quizás, pensó, estaba exagerando todo. Tal vez Amelia solo estaba pasando por un mal momento.

⚜

Elena y la Decisión de Vigilar

E   No pasó mucho tiempo antes de que Elena entrara en la cocina, su rostro reflejando la determinación de alguien que no está dispuesto a dejar que nada se le escape. Encontró a Concha limpiando la mesa donde Amelia había estado sentada momentos antes.

"Concha," dijo Elena, su tono firme, "¿has vigilado a Amelia esta mañana? ¿Notaste algo extraño?"

Concha, sintiendo una punzada de culpa por lo que había visto y por lo que estaba a punto de decir, decidió mantener la mentira. "No, señora. La señorita Amelia parecía... tranquila. Todo está bien."

Elena asintió, aunque la preocupación no abandonaba sus ojos. Sabía que algo estaba ocurriendo con su hija, algo que escapaba a su control. No podía confiar en que Concha o cualquier otra persona vigilara a Amelia adecuadamente.

"Esta noche la vigilaré yo misma," dijo Elena, más para sí misma que para Concha. "No podemos permitirnos ningún error."

Concha no respondió, pero en su mente, las palabras de Elena resonaban con un peso que la inquietaba. Sabía que la señora Lázaro era capaz de cualquier cosa por proteger los secretos de la familia, pero al mismo tiempo, sentía que estaban caminando por un camino peligroso, uno del cual no habría retorno.

Federico y un Nuevo Rival

Mientras tanto, en la casa de los Castaño, Federico se preparaba para su visita diaria a Amelia. Aunque los días habían pasado con relativa normalidad, su preocupación por ella no había disminuido. Sabía que algo estaba ocurriendo, algo que no lograba comprender del todo, pero no estaba dispuesto a perderla. Se sentía cada vez más atraído por Amelia, y esa sensación lo empujaba a querer estar a su lado, apoyarla en todo lo que pudiera.

Antes de salir, su madre, la señora Castaño, se acercó a él con una expresión de preocupación. "Federico, hijo, ten cuidado. Sé que te preocupas por Amelia, pero no debes permitir que sus problemas te consuman."

Federico sonrió, aunque la preocupación en los ojos de su madre no pasó desapercibida. "No te preocupes, madre. Solo quiero estar con ella, ayudarla a superar lo que sea que esté enfrentando."

La señora Castaño asintió, aunque su corazón estaba lleno de dudas. Sabía que Federico estaba decidido, y aunque no estaba completamente de acuerdo con la boda, tampoco podía oponerse a los deseos de su esposo. Todo lo que podía hacer era esperar y observar.

Federico se despidió de su madre y salió de la casa, su mente enfocada en Amelia. Sin embargo, al llegar a la mansión Lázaro, se encontró con una sorpresa inesperada.

En el jardín, Amelia estaba hablando con un hombre que Federico no había visto antes. El extraño era alto, de complexión atlética, con una sonrisa encantadora y un aire de confianza que lo hacía destacar. Federico se detuvo en seco, observando cómo Amelia reía ante algo que el hombre le había dicho, una risa que hacía tiempo no veía en ella.

Sintió una punzada de celos, algo que no había experimentado antes. ¿Quién era ese hombre? ¿Y qué hacía allí, con Amelia?

Amelia levantó la vista y vio a Federico acercándose. "¡Federico! Ven, quiero presentarte a alguien."

El extraño se volvió hacia él, su sonrisa relajada. "Hola, soy Alejandro. He venido a visitar a la familia, y tuve la suerte de encontrarme con Amelia."

Federico asintió, aunque en su interior sentía una creciente desconfianza hacia Alejandro. "Mucho gusto," dijo con cortesía, aunque su mirada se mantuvo fija en el hombre. "No sabía que Amelia esperaba a alguien."

Alejandro sonrió, notando la tensión en la voz de Federico. "Fue una visita inesperada, pero parece que llegué en el momento justo."

Amelia, sin percibir la tensión entre los dos hombres, continuó conversando con entusiasmo, agradecida por la compañía de alguien que no estaba inmerso en los problemas familiares. Sentía que, con Alejandro, podía ser ella misma, sin las sombras que la acosaban durante la noche.

Federico, por su parte, no pudo evitar preguntarse qué lugar ocupaba Alejandro en la vida de Amelia, y si su presencia significaría un nuevo obstáculo en su relación.

⤚⟡⤙

La Tensión con Elena

Esa tarde, después de la visita de Federico, Amelia se encontraba en su habitación, sumida en pensamientos confusos. La charla con Alejandro había sido un respiro de la opresión que sentía, pero esa paz momentánea fue rota cuando su madre, Elena, entró de golpe en la habitación, su rostro endurecido por la preocupación y la ira contenida.

"Amelia," comenzó Elena, su tono frío y autoritario, "quiero hablar contigo. Ahora mismo."

Amelia levantó la vista, notando la rigidez en la voz de su madre, y algo en su interior se rompió. Todo el miedo, la confusión y la rabia que había estado acumulando durante días explotaron de repente.

"¿Hablar? ¿Hablar de qué, mamá?" replicó Amelia, su voz cargada de una ira que rara vez dejaba salir. "¿Hablar de cómo me condenaste? ¿De cómo hiciste que me convirtiera en... esto?"

Elena, sorprendida por la furia en los ojos de su hija, intentó mantener su control habitual. "Hicimos lo que era necesario para salvarte. ¡No teníamos otra opción!"

"¡Salvarme!" Amelia soltó una risa amarga. "No me salvaste, mamá. Me condenaste. ¿Qué me hiciste realmente? ¿Qué le hiciste a mi vida?"

Elena dio un paso hacia ella, su rostro reflejando tanto determinación como miedo. "Todo lo que hice fue por tu bien. No puedes entender ahora, pero un día lo harás."

"¡No, mamá! ¡Lo que hiciste fue por ti! ¡Porque no soportabas la idea de perder todo lo que tienes! ¡Porque para ti, lo único que importa es la riqueza y el poder!" Amelia gritó, su voz quebrada por la mezcla de dolor y rabia. "¡Eres capaz de vender hasta tu alma, y la mía también, con tal de mantener tu posición y tu dinero!"

Elena, furiosa, cruzó la habitación en un par de pasos y, sin previo aviso, abofeteó a Amelia con fuerza. El golpe resonó en la habitación, y la sorpresa en el rostro de Amelia fue reemplazada por una fría determinación.

"No hables así," siseó Elena, levantando la mano para darle otra bofetada. El segundo golpe fue aún más fuerte, y Amelia se tambaleó hacia atrás, pero sus ojos no mostraban ni un rastro de miedo. En su lugar, había algo más oscuro, algo que hasta ahora había mantenido oculto.

Justo en ese momento, la puerta se abrió de golpe, y Fernando, el padre de Amelia, entró en la habitación, atraído por los gritos. Detrás de él, otros miembros de la familia se congregaban en el pasillo, alarmados por la creciente intensidad de la confrontación.

"¡Elena! ¿Qué estás haciendo?" Fernando exclamó, mirando a su esposa y a su hija con horror.

Amelia, con lágrimas de ira en los ojos, miró a su padre, buscando en él un apoyo que sabía que no recibiría de su madre. "Papá, ella... ella me hizo esto. ¡Todo esto es culpa suya!"

Elena, sin perder la compostura, se giró hacia Fernando. "Fernando, esto no es asunto tuyo. Amelia está fuera de control, y es mi responsabilidad ponerle fin."

Los gritos de la confrontación se hicieron cada vez más fuertes, mientras los miembros de la familia, que no podían escuchar claramente lo que se decían, se miraban entre sí, llenos de preocupación y miedo.

"¡Salgan todos de aquí!" ordenó Elena, su voz cortante y autoritaria. "Esto es un asunto de familia, y se manejará en privado."

Fernando intentó intervenir, pero Elena levantó una mano, su mirada implacable. "Sal también, Fernando. Esto lo resolveré yo."

Los familiares, aunque reacios, comenzaron a dispersarse, susurros nerviosos llenando el pasillo mientras se alejaban. Cuando todos se hubieron ido, Elena cerró la puerta con un golpe sordo, dejando a Amelia sola con ella.

"Escúchame bien, Amelia," dijo Elena, su voz ahora baja pero llena de una amenaza subyacente. "No vas a salir de esta habitación hasta que aprendas a comportarte como es debido. No me importa lo que pienses de mí, pero harás lo que yo diga."

Amelia la miró con ojos llenos de furia contenida, pero no respondió. Sabía que enfrentarse a su madre no serviría de nada en ese momento. Pero en su interior, algo había cambiado. Sabía que ya no podía confiar en Elena, ni seguir aceptando sus decisiones sin cuestionarlas.

Cuando Elena salió de la habitación, la mansión estaba en un silencio tenso. Pero a medida que avanzaba por el pasillo, algo la detuvo. Una sensación extraña, como si alguien la estuviera observando. Giró lentamente la cabeza, buscando el origen de esa sensación, pero no vio a nadie.

Sin embargo, en el rincón más oscuro del pasillo, una sombra pareció moverse ligeramente, como si algo o alguien estuviera allí, oculto en la penumbra. Elena entrecerró los ojos, tratando de enfocar, pero cuando se acercó, la sombra se desvaneció.

Elena se quedó allí, con el corazón latiendo más rápido de lo que quería admitir, sintiendo que la oscuridad de la casa escondía más de lo que ella podía controlar.

Capítulo 14:
Sombras del Pasado y Luces del Presente

El sol se filtraba a través de las ventanas de la mansión Lázaro, trayendo consigo la promesa de un nuevo día. Pero dentro de sus muros, la tensión seguía creciendo, con secretos oscuros y emociones conflictivas en cada rincón. Amelia, aún conmocionada por la confrontación con su madre, intentaba sobrellevar la mañana con una calma forzada. Sus pensamientos estaban atrapados entre la rabia y la desesperación, y sentía que el peso de todo lo que había sucedido la estaba aplastando.

Concha, mientras tanto, se movía por la cocina con movimientos mecánicos. Su mente no dejaba de repasar la terrible imagen de Amelia deambulando por los pasillos durante la noche, y su corazón se llenaba de una tristeza profunda. Había servido a la familia Lázaro durante años, pero nunca se había sentido tan impotente como ahora.

A pesar de sus miedos, Concha no podía ignorar la empatía que sentía por Amelia. Sabía que, de alguna manera, la joven estaba sufriendo, y aunque no comprendía completamente lo que estaba ocurriendo, estaba decidida a ayudarla en lo que pudiera.

Tomando una bandeja con el desayuno, Concha decidió llevarle algo de comida a Amelia, a escondidas de Elena. Subió las escaleras con pasos silenciosos, deteniéndose un momento frente a la puerta de la habitación de Amelia antes de llamar suavemente.

"Señorita Amelia, soy yo, Concha," dijo en voz baja, esperando que Amelia respondiera.

Después de un momento de silencio, la puerta se abrió lentamente, y Amelia apareció en el umbral, sus ojos mostrando el cansancio y la tristeza que la atormentaban.

"Concha... no esperaba verte," dijo Amelia, su voz suave y agradecida al mismo tiempo.

Concha sonrió con calidez, a pesar de la preocupación que aún sentía en su corazón. "Te traje algo para desayunar. Pensé que podrías necesitarlo."

Amelia la dejó pasar, y Concha entró en la habitación, colocando la bandeja en una mesa cercana. Se sentó frente a Amelia, observando cómo la joven intentaba mantener la compostura.

"Gracias, Concha," dijo Amelia, tomando una taza de café y sosteniéndola entre sus manos. "No sabes cuánto aprecio esto."

"Es lo menos que puedo hacer," respondió Concha, su voz cargada de sinceridad. "No estás sola, Amelia. Puedes hablar conmigo si lo necesitas."

Amelia sonrió débilmente, sintiendo una calidez en su corazón que no había experimentado en días. "A veces, siento que estoy perdiendo el control. Que no soy yo misma... No sé cómo enfrentar lo que está pasando."

Concha asintió, su mirada comprensiva. "Entiendo que debe ser difícil. Pero eres fuerte, Amelia. No dejes que el miedo te consuma. Estoy aquí para ayudarte en lo que pueda."

Amelia sintió que las lágrimas se acumulaban en sus ojos, pero las contuvo, no queriendo mostrarse vulnerable. "Gracias, Concha. Realmente necesito a alguien en quien confiar."

Las dos mujeres compartieron un momento de silenciosa comprensión, un vínculo que se fortalecía a través de la empatía y el apoyo mutuo. Concha sabía que debía ser cautelosa, pero estaba decidida a hacer lo que fuera necesario para ayudar a Amelia, incluso si eso significaba desafiar las órdenes de Elena.

Alejandro y la Primera Prueba

Mientras tanto, en el jardín de la mansión, la familia Lázaro se preparaba para la llegada del fotógrafo de la boda, quien venía a hacer unas pruebas de cámara y conocer el entorno antes del gran día. Federico, que había llegado temprano para pasar tiempo con Amelia, esperaba junto a su padre, Ignacio Castaño, quien observaba la escena con su habitual aire de autoridad.

"Recuerda, Federico," dijo Ignacio en voz baja, "esta boda es importante para nuestra familia. No puedes permitir que nada ni nadie la descarrile."

Federico asintió, aunque su mente estaba en otra parte. Desde su última visita, no podía dejar de pensar en la extraña tensión que había notado en Amelia. Y ahora, con la llegada de Alejandro, sentía una punzada de celos que no lograba sacudirse.

Cuando Alejandro finalmente llegó, su presencia inmediatamente llenó el espacio con una energía vivaz y carismática. Alto, de complexión atlética, y con una sonrisa deslumbrante, se movía con la confianza de alguien que sabe cómo manejar cualquier situación.

"¡Buenos días!" exclamó Alejandro al bajar del coche, cargando su equipo de fotografía. "Es un placer estar aquí. ¡Qué lugar tan hermoso!"

Federico lo observó con una mezcla de desconfianza y curiosidad, mientras Ignacio lo saludaba con un apretón de manos. "Bienvenido, Alejandro. Espero que todo esté a la altura de tus expectativas."

"Sin duda lo estará," respondió Alejandro con una sonrisa. "Estoy seguro de que la boda será espectacular. Pero hoy, solo vengo a hacer algunas pruebas. Quiero asegurarme de que cada ángulo esté perfecto."

Amelia apareció en el jardín poco después, y su rostro se iluminó al ver a Alejandro. "¡Hola, Alejandro! Qué bueno verte de nuevo."

Alejandro le devolvió la sonrisa, su mirada cálida y atenta. "Amelia, qué gusto verte. Pensaba que podrías ayudarme con las pruebas, si no te importa. Me gustaría hacer algunas tomas contigo para probar la luz y el ambiente."

Federico sintió un nudo en el estómago mientras observaba la interacción entre Amelia y Alejandro. "Quizás podríamos ayudar ambos," sugirió, intentando ocultar su incomodidad.

Alejandro asintió, sin perder la sonrisa. "Por supuesto, Federico. Me encantaría tener a los dos en algunas tomas."

La sesión de fotos comenzó, y Alejandro, con su carisma natural, logró hacer que Amelia se sintiera más relajada y cómoda frente a la cámara. Incluso logró que soltara algunas risas, algo que Federico notó con una mezcla de alivio y celos. Sin embargo, no podía negar que Alejandro tenía una forma de hacer que Amelia brillara de una manera que él nunca había visto.

Después de varias tomas, Alejandro sugirió algo más aventurado. "Amelia, ¿qué te parece si hacemos algunas fotos fuera de la mansión? Hay lugares en el pueblo que podrían ofrecer un fondo perfecto."

Amelia pareció dudar por un momento, pero la idea de salir de la mansión, aunque solo fuera por un rato, le resultaba tentadora. "No estoy segura de que sea una buena idea..."

"Vamos, será divertido," insistió Alejandro, su tono ligero y convincente. "Solo unas pocas fotos. Prometo que estaremos de vuelta en un santiamén."

Federico se tensó al escuchar la propuesta. La idea de que Amelia y Alejandro pasaran tiempo juntos, lejos de su supervisión, lo llenaba de una inquietud que no podía ignorar.

"Quizás deberíamos quedarnos aquí," sugirió Federico, intentando mantener la voz calmada. "No queremos que Amelia se canse demasiado."

Pero Amelia, atraída por la idea de una breve escapada, decidió aceptar la oferta de Alejandro. "Está bien, solo será un rato."

Mientras se preparaban para salir, Federico sintió que su control sobre la situación se escapaba lentamente. Las emociones contradictorias que sentía hacia Alejandro y Amelia lo mantenían en un estado de tensión constante, y aunque intentaba mantenerse tranquilo, sabía que la situación solo se volvería más complicada. Tomó a su padre del brazo y se fueron a su casa.

El Conflicto en la Familia Castaño

De vuelta en la casa de los Castaño, la señora Castaño estaba visiblemente molesta por lo que había escuchado sobre Amelia y Alejandro. Decidió que era momento de confrontar a su esposo, Ignacio, para discutir lo que ella consideraba una falta de respeto hacia su hijo.

"Ignacio, esto ya es demasiado," comenzó la señora Castaño, su voz cargada de irritación. "Amelia se fue a tomar fotos con ese fotógrafo en plena compañía de Federico. No le importó que su prometido estuviera allí. ¡Es un desaire evidente, y Federico no merece que lo traten así! Pobre de mi hijo, con razón no hizo más que pasar directo a su habitación."

Ignacio levantó la vista de los documentos que estaba revisando, notando la tensión en su esposa. "Entiendo que estés molesta, pero debemos considerar las cosas con calma."

"¿Calma? Ignacio, ¡nuestro hijo está siendo humillado! Acepté esta boda porque sé que hay mucho en juego, pero si Amelia no respeta a Federico ahora, ¿qué podemos esperar en el futuro? Amelia está desubicada y parece no tener ningún sentido de lealtad o compromiso."

Ignacio suspiró, entendiendo que su esposa tenía razón en estar preocupada, pero también sabiendo que había mucho más en juego que solo los sentimientos de Federico. "No te preocupes, resolveremos esto. Federico es fuerte, y Amelia... ella está pasando por un momento difícil. A veces, la presión puede hacer que la gente actúe de manera extraña."

La señora Castaño cruzó los brazos, claramente insatisfecha con la respuesta de su esposo. "No se trata solo de lo que ella está pasando, Ignacio. Se trata de cómo trata a nuestro hijo. No estoy dispuesta a permitir que nadie lo humille, sin importar cuánto dinero haya en las tierras de esos desconsiderados."

Capítulo 15:
Bajo la Sombra del Crepúsculo

El sol, que durante la tarde había dorado los campos y los tejados del pueblo, comenzaba a descender lentamente hacia el horizonte, tiñendo el cielo de un cálido anaranjado que presagiaba el ocaso. Los tonos del crepúsculo se reflejaban en los ojos de Amelia mientras ella y Alejandro se acercaban de regreso al auto, después de una larga sesión de fotografías.

Alejandro, con su cámara colgando del cuello, observaba a Amelia con una mezcla de admiración y preocupación. Había pasado toda la tarde capturando su imagen, enmarcándola en paisajes rurales y en ruinas que, bajo su dirección, parecían cobrar una nueva vida. Pero ahora, el tiempo había pasado más rápido de lo que esperaban, y la luz empezaba a desvanecerse.

"Es increíble cómo este lugar parece cambiar con cada paso que damos," comentó Alejandro con un tono que intentaba ser ligero, aunque el nerviosismo comenzaba a colarse en sus palabras. "Y tú... bueno, haces que todo luzca aún más hermoso."

Amelia, aunque halagada, no podía ocultar su creciente preocupación. Había disfrutado de la tarde más de lo que esperaba, pero ahora la hora se le hacía tarde, y una inquietud oscura crecía en su pecho, como una sombra que sabía que no podía evitar. "Gracias, Alejandro. Realmente disfruté esto... pero creo que deberíamos volver cuanto antes."

Alejandro asintió, aunque en su interior deseaba que pudieran pasar más tiempo juntos. Le gustaba la compañía de Amelia, su belleza etérea y la forma en que la luz del atardecer se reflejaba en su cabello rojizo. Pero entendía su preocupación. "Tienes razón, no queremos preocupar a nadie."

Se dirigieron al auto, pero al girar la llave en el encendido, el motor no respondió. Alejandro frunció el ceño, intentando de nuevo. El vehículo permaneció en silencio, como si compartiera un secreto con el crepúsculo que los rodeaba.

"¿Qué sucede?" preguntó Amelia, sintiendo que la preocupación se transformaba en miedo.

"No lo sé... simplemente no enciende," respondió Alejandro, apretando los labios en una línea tensa. Salió del auto para revisar el motor, pero tras unos minutos, se rindió, sacudiendo la cabeza. "Parece que algo está mal y no tengo las herramientas para arreglarlo aquí."

Amelia sintió un escalofrío recorrer su columna vertebral. El sol se deslizaba cada vez más hacia el horizonte, y con él, su esperanza de regresar antes de que la oscuridad reclamara la noche. "Tenemos que hacer algo. No podemos quedarnos aquí."

Alejandro notó la urgencia en su voz, y aunque compartía su preocupación, no pudo evitar sentir una extraña satisfacción por tenerla a su lado, incluso en una situación así. "Vamos a intentar encontrar señal para llamar a alguien," sugirió, su tono intentando ser tranquilizador. "Mientras tanto, piensa en esto como una pequeña aventura. Es un hermoso lugar para estar atrapados, ¿no crees?"

Amelia intentó sonreír, pero su mente estaba en otra parte, preocupada por lo que el crepúsculo podría traer. No podían quedarse allí mucho más tiempo, lo sabía, pero tampoco quería alarmar a Alejandro con la verdad que ni ella misma terminaba de comprender.

⁊∼∽∼⁊

La Preocupación en la Mansión Lázaro

Mientras tanto, en la mansión Lázaro, Elena caminaba de un lado a otro de la sala, su mente atrapada en un torbellino de pensamientos. La preocupación crecía en su interior como una tormenta inminente, y cada minuto que pasaba sin noticias de Amelia añadía peso a la ansiedad que la asfixiaba.

Concha, nerviosa, decidió que era momento de hablar. "Señora Elena, Amelia salió con el fotógrafo esta tarde. Fueron a hacer unas fotos en algunos lugares del pueblo, pero ya debería haber regresado..."

Elena se detuvo en seco, su mirada se afiló como un cuchillo mientras giraba hacia Concha. "¿Qué dijiste? ¿Que se fue con ese fotógrafo? ¿Y no te molestaste en avisarme antes?"

El miedo en los ojos de Concha era palpable. "No pensé que se demoraría tanto, señora. Ella parecía tan... feliz, y yo no quería... No quería preocuparla más de la cuenta."

La ira de Elena se mezcló con una preocupación intensa, y una sombra de pánico cruzó su rostro. Sabía lo que podía ocurrir cuando el sol se ponía, sabía lo que la noche podía desatar en su hija. "¿Dónde se fueron? ¿Qué lugares visitaron?"

Concha vaciló, intentando recordar los lugares que Amelia había mencionado. "Creo que mencionaron las afueras del pueblo, algunas ruinas..."

Elena no esperó a escuchar más. Se giró rápidamente hacia la puerta, su voz cortante al dirigirse a uno de los sirvientes. "¡Llama a Federico, inmediatamente! ¡Dile que venga ahora mismo!"

En cuestión de minutos, Federico llegó a la mansión, su rostro reflejando una mezcla de preocupación y urgencia. "¿Qué ha pasado? ¿Dónde está Amelia?"

Elena se acercó a él, su expresión grave. "Salió con ese fotógrafo, Alejandro. Fueron a tomar fotos y no han regresado. Ya es casi de noche, Federico, tienes que encontrarla antes de que sea demasiado tarde."

Federico asintió, sintiendo que su corazón se aceleraba. "Iré a buscarla ahora mismo."

Justo en ese momento, Sofía apareció en la puerta, su expresión curiosa y una sonrisa que no lograba ocultar del todo. "Yo puedo acompañarte, Federico. Dos ojos ven mejor que uno, ¿no crees?"

Elena la miró con desconfianza, pero no tenía tiempo para discutir. "Está bien, Sofía, ve con él. Pero asegúrense de traerla de vuelta antes de que anochezca. No quiero imaginar lo que podría pasar si no lo hacen."

※

La Búsqueda y la Traición

Federico y Sofía se subieron al auto, y en cuanto arrancaron, la preocupación de Federico se hizo evidente. Su mente estaba atrapada en un torbellino de pensamientos: ¿Qué le habría pasado a Amelia? ¿Por qué se había ido sin avisarle?

Mientras recorrían los caminos del pueblo, la luz del día se desvanecía rápidamente, y Federico apretó el volante con más fuerza. "Tenemos que encontrarla rápido, Sofía. No sé por qué se fue sin decirme nada..."

Sofía, sentada a su lado, observaba el paisaje con aparente indiferencia, pero en su interior, disfrutaba del pánico que veía en Federico. Cuando pasaron cerca de un sendero apartado, Sofía vio a lo lejos la figura de Amelia y Alejandro junto al auto, pero en lugar de decir algo, decidió guardar silencio.

"Creo que deberíamos seguir adelante," sugirió, su voz cargada de una dulzura falsa. "Quizás se dirigieron más lejos, hacia los campos abiertos."

Federico, demasiado preocupado como para notar la falsedad en sus palabras, asintió, acelerando por el camino que Sofía le indicaba. Sofía, por su parte, disfrutaba de la tensión, sabiendo que cada minuto que pasaba, el sol se acercaba más al horizonte y la noche traería consigo un peligro que ni Federico podía imaginar.

※

La Transformación y el Peligro

De vuelta en el sendero, Amelia y Alejandro finalmente se dieron por vencidos con el auto. La oscuridad comenzaba a descender rápidamente, envolviéndolos en sombras que parecían alargarse con cada segundo que pasaba.

Alejandro, a pesar de la situación, intentó mantenerse positivo. "Bueno, parece que estamos atrapados aquí por un rato. Pero al menos tenemos este paisaje tan hermoso, y una noche estrellada a punto de desplegarse."

Amelia intentó sonreír, pero el pánico comenzaba a apoderarse de ella. Sabía que no podían quedarse allí, que tenía que volver antes de que la noche cayera por completo. Pero mientras intentaba pensar en una solución, comenzó a sentir el familiar y aterrador cambio en su cuerpo.

"No... no podemos quedarnos aquí, Alejandro. Debemos irnos. ¡Ahora!" La urgencia en su voz era palpable, pero Alejandro, sin comprender del todo, intentó calmarla.

"Tranquila, Amelia. Todo va a estar bien..."

Pero antes de que pudiera terminar la frase, Amelia sintió un dolor agudo recorrer su cuerpo. Sabía lo que estaba por venir.

Alejandro, al darse cuenta de que algo estaba terriblemente mal, dio un paso hacia ella, pero Amelia retrocedió rápidamente. "No te acerques... ¡No te acerques!"

Mientras el sol finalmente se ocultaba por completo y la oscuridad se apoderaba del paisaje, Amelia se adentró en las sombras, intentando ocultarse de Alejandro, sintiendo cómo la transformación comenzaba a tomar el control.

Bajo el Velo de la Noche

El cielo se había oscurecido por completo, y las primeras estrellas comenzaron a titilar tímidamente en la bóveda celeste. Sin embargo, para Amelia, la llegada de la noche no traía consigo la serenidad que tanto anhelaba. Mientras se ocultaba en las sombras, lejos de la mirada preocupada de Alejandro, sentía cómo su cuerpo comenzaba a cambiar, retorciéndose en una forma que no podía controlar.

El dolor era como una marea imparable, inundando cada nervio, cada fibra de su ser. Su piel, que durante el día había sido suave y tersa, se estiraba ahora en un tono grisáceo y pálido. Sus manos, que minutos antes habían sostenido con delicadeza las flores del campo, se alargaban en garras esqueléticas. Amelia luchaba contra el grito que amenazaba con escapar de su garganta, temiendo que Alejandro la viera en ese estado, que descubriera lo que realmente era.

"Amelia, ¿dónde estás?" La voz de Alejandro resonaba en la distancia, cargada de preocupación y confusión. Él no entendía lo que estaba ocurriendo, y cada segundo que pasaba sin verla aumentaba su temor.

Amelia se acurrucó contra el tronco de un árbol, escondiéndose en la oscuridad, mientras el proceso de transformación llegaba a su punto álgido. Su rostro, que había sido la envidia de muchos, se desfiguraba en una máscara de horror, con ojos hundidos y una boca que apenas podía abrirse. Sabía que no podía dejar que Alejandro la viera así. No podía permitir que nadie lo viera.

La Búsqueda de Federico

En otro punto del pueblo, Federico conducía con los nudillos blancos de tanto apretar el volante. La tensión en el auto era palpable, pero su preocupación por Amelia no le permitía pensar en otra cosa. Sofía, sentada a su lado, mantenía una expresión serena, aunque en su mente, calculaba cada movimiento con precisión.

"¿Estás seguro de que no deberíamos haber girado en el cruce anterior?" preguntó Federico, con la duda marcándose en su voz.

Sofía, sabiendo perfectamente que habían pasado cerca de donde Amelia y Alejandro estaban, ocultó su sonrisa mientras respondía con un tono calmado. "Estoy segura, Federico. Conozco bien este camino. Si seguimos un poco más, llegaremos a un lugar donde suelen hacer sesiones de fotos al atardecer. Quizás los encontremos allí."

Federico asintió, confiando en las palabras de Sofía, aunque su intuición le decía que algo no estaba bien. Miró de reojo a su acompañante, notando su calma inusitada, pero decidió no decir nada. No tenía tiempo para confrontaciones; necesitaba encontrar a Amelia.

"Deberíamos apurarnos. No quiero que estén afuera cuando caiga la noche," dijo Federico, acelerando por la carretera cada vez más oscura.

Sofía observó cómo la oscuridad se apoderaba del paisaje, disfrutando en secreto del poder que tenía en ese momento. Sabía que estaba jugando con fuego, pero la posibilidad de tener a Federico para ella valía cualquier riesgo. "No te preocupes, Federico. Los encontraremos."

La Espera en la Mansión

En la mansión Lázaro, la atmósfera era sofocante. Elena caminaba de un lado a otro, incapaz de ocultar su preocupación. Las horas pasaban con una lentitud tortuosa, y cada minuto que Amelia no aparecía, su corazón se hundía un poco más en el miedo.

"¿Qué haremos si no la encuentran?" preguntó Concha, su voz temblando mientras preparaba una taza de té que ni siquiera intentaba beber.

Elena la fulminó con la mirada, su tono firme y autoritario. "La encontrarán. No hay otra opción."

Pero por dentro, Elena sabía que estaba perdiendo el control de la situación. Sabía lo que ocurriría si Amelia no regresaba antes de que la noche se asentara por completo. Sabía que el monstruo que había ayudado a crear se desataría, y que nadie en el pueblo estaría a salvo de la oscuridad que habitaba en su hija.

Cerró los ojos por un momento, intentando calmarse, pero las imágenes de lo que podría ocurrir la asaltaban sin tregua. "Federico debe encontrarla... Sofía sabe que hacer..."

Pero una parte de ella, la que había aprendido a desconfiar de todos, incluso de aquellos más cercanos, se preguntaba si Sofía realmente quería que Amelia fuera encontrada.

⟡⟡⟡

La Transformación Completa

En el claro donde se encontraba, Amelia sintió cómo la transformación alcanzaba su clímax. Sabía que cualquier intento de detenerla era inútil, y la desesperación la envolvía como un manto de tinieblas.

Alejandro seguía buscándola, su voz cada vez más urgente. "Amelia, ¡por favor! No sé qué está pasando, pero necesitamos regresar. ¡Hablemos de esto!"

Pero Amelia no podía hablar. No podía moverse. Todo lo que podía hacer era esperar, esperar a que el monstruo dentro de ella se calmara, a que la oscuridad que la había envuelto se desvaneciera. Sabía que en algún momento, la luz del amanecer volvería a transformarla en la joven que todos conocían, pero ahora, mientras la noche se cernía sobre ella, era solo una criatura atrapada entre dos mundos, ni viva ni muerta.

Finalmente, el dolor comenzó a disminuir, y la transformación llegó a su fin. Amelia, ahora una sombra de lo que había sido, se desplomó contra el árbol, con la respiración entrecortada. Sabía que no podía regresar a la mansión en ese estado, no podía enfrentar a Alejandro ni a nadie más.

Capítulo 16:
Sombras en la Noche

El aire nocturno comenzaba a volverse más frío a medida que la oscuridad envolvía los campos y caminos del pueblo. Federico conducía con el ceño fruncido, sintiendo una creciente ansiedad que lo mantenía en vilo. La carretera parecía alargarse interminablemente bajo las luces del auto, y cada segundo que pasaba sin encontrar a Amelia aumentaba su preocupación. A su lado, Sofía observaba el paisaje con una mezcla de nerviosismo y malicia, sopesando sus opciones.

De repente, algo llamó la atención de Sofía en la oscuridad. Una figura retorcida y esquelética se movía entre las sombras, apenas visible bajo la débil luz de la luna. Un grito ahogado escapó de sus labios, y sin pensarlo, se lanzó hacia Federico, abrazándolo con fuerza.

"¡Federico, hay algo allí!" exclamó, su voz temblando mientras enterraba su rostro en su pecho. "¡Tengo miedo!"

Federico frenó bruscamente, su corazón latiendo con fuerza. Miró hacia donde Sofía señalaba, pero no vio nada inusual. Solo la oscuridad envolvía el paisaje, y el viento susurraba entre los árboles, creando sombras danzantes que jugaban con su imaginación.

"Sofía, no veo nada," murmuró Federico, confundido. La calidez de su cuerpo contra el suyo lo desorientaba, pero intentó mantenerse concentrado en encontrar a Amelia. "¿Estás segura de que viste algo?"

Sofía, aprovechando la situación, se apretó más contra él, su respiración entrecortada. "Sí, lo vi... algo horrible, como un monstruo. ¡Por favor, no me dejes sola!"

Federico, aunque no convencido de lo que Sofía decía, no podía ignorar el miedo evidente en su voz. "Está bien, no te preocupes. Vamos a seguir adelante, pero quédate conmigo."

Sofía, con una sonrisa que ocultaba sus verdaderas intenciones, dejó que Federico la consolara. Sabía que la figura que había visto era real, aunque no sabía que se trataba de Amelia. La sensación de peligro la asustaba, pero no podía dejar pasar la oportunidad de acercarse más a Federico.

Mientras continuaban conduciendo, Sofía no dejaba de aferrarse a Federico, disfrutando del calor de su cuerpo y del poder que sentía al estar tan cerca de él. Federico, por su parte, estaba cada vez más confundido, atrapado entre la preocupación por Amelia y la cercanía inesperada de Sofía.

⸎

El Ladrón y Don Toribio

Mientras tanto, en otro rincón del pueblo, un ladrón conocido por sus fechorías observaba con ojos codiciosos la tienda de Don Toribio. La noche, con su manto protector, parecía ofrecerle la oportunidad perfecta para entrar y llevarse algo de valor. Sabía que Don Toribio era un hombre extraño, pero también sabía que su tienda estaba llena de objetos valiosos, amuletos y reliquias que podían venderse por una buena suma.

Con pasos sigilosos, el ladrón forzó la cerradura de la puerta trasera y entró en la tienda. El interior estaba oscuro y lleno de sombras, pero sus ojos se acostumbraron rápidamente. Mientras rebuscaba entre las estanterías, una sensación incómoda comenzó a crecer en su pecho, como si lo estuvieran observando.

De repente, un gruñido profundo resonó en la oscuridad, y el ladrón se dio la vuelta, encontrándose cara a cara con los ojos brillantes de un Rottweiler. La bestia lo observaba con una mirada penetrante, y antes de que pudiera reaccionar, otro gruñido le llegó desde la entrada.

Don Toribio estaba allí, con su sombrero de ala ancha y su rostro envuelto en sombras, sosteniendo una linterna que iluminaba solo parte de su expresión.

"¿Creías que podrías entrar aquí y salir con vida?" murmuró Don Toribio, su voz baja y amenazante. Con un gesto, los perros se abalanzaron sobre el ladrón, obligándolo a salir corriendo de la tienda, con los animales pisándole los talones.

El ladrón corrió hacia las afueras del pueblo, pero los perros no lo dejaban en paz, y Don Toribio los seguía de cerca. El ladrón se adentró en el bosque, buscando desesperadamente escapar de sus perseguidores, pero la oscuridad lo envolvía, y pronto perdió el camino.

Finalmente, el ladrón tropezó y cayó al suelo, jadeando de miedo y agotamiento. Cuando levantó la vista, vio a los perros acercándose lentamente, sus dientes brillando bajo la luz de la luna. Don Toribio se detuvo a una distancia prudente, observando en silencio.

"Has desatado algo que no puedes controlar," dijo Don Toribio en un susurro que parecía resonar en el aire. "Esta noche, la muerte te acecha, y no será misericordiosa."

Los gritos del ladrón se apagaron rápidamente en la oscuridad, y el silencio regresó al bosque, roto solo por el suave murmullo del viento entre los árboles.

⸙

El Encuentro con Alejandro

Al amanecer, cuando las primeras luces del día empezaban a teñir el cielo, Alejandro corría desesperadamente hacia el pueblo. Estaba exhausto, con la mente nublada por la preocupación y el miedo. No entendía qué había sucedido la noche anterior, pero sabía que tenía que encontrar ayuda.

En su camino, se encontró con el auto de Federico, que regresaba de su búsqueda. Sin pensarlo, Alejandro se plantó frente al vehículo, obligándolo a detenerse. Federico salió del auto con el corazón acelerado, y al ver a Alejandro, su preocupación se transformó rápidamente en ira.

"¡Alejandro! ¿Dónde está Amelia? ¿Cómo te atreviste a no llevarla de vuelta?" Federico avanzó hacia él con pasos decididos, sin darle tiempo a Alejandro de explicar.

"Federico, lo siento, no sé qué pasó. Algo... algo nos detuvo y no pudimos regresar," trató de decir Alejandro, pero sus palabras se ahogaron cuando Federico lo golpeó con un puñetazo directo a la mandíbula.

Alejandro cayó al suelo, con la boca y la nariz sangrando, pero no intentó defenderse. Estaba demasiado aturdido por todo lo que había ocurrido. "Lo siento... lo siento..."

Sofía, que había salido del auto detrás de Federico, observó la escena con una mezcla de satisfacción y horror. Sabía que esto solo complicaría más las cosas, pero también sabía que le daría una excusa para estar más cerca de Federico.

"Federico, por favor, basta. No va a ayudar en nada golpearlo," dijo Sofía, con una voz que intentaba ser calmada, mientras se acercaba para poner una mano en el brazo de Federico.

Federico, respirando con dificultad, se detuvo, sus ojos llenos de furia. "¡Dime dónde está, Alejandro!"

Antes de que Alejandro pudiera responder, una figura apareció tambaleándose por el camino. Era Amelia, su ropa desordenada y sus manos manchadas de sangre. Su rostro estaba pálido, y sus ojos tenían un brillo febril.

"Amelia..." murmuró Federico, su ira desvaneciéndose instantáneamente, reemplazada por una preocupación abrumadora. Corrió hacia ella, sujetándola antes de que cayera al suelo.

"¿Qué te pasó? ¿Por qué tienes sangre en las manos?" preguntó, su voz llena de pánico mientras examinaba sus manos manchadas.

Amelia, aún somnolienta y confundida, trató de encontrar las palabras. "Un perro... intentó atacarme... yo... solo me defendí..."

Federico la observó con una mezcla de incredulidad y alivio, queriendo creer su explicación pero sabiendo que algo no encajaba.

Sofía, por su parte, observaba la escena con una expresión que fingía empatía, mientras disfrutaba en secreto de la situación. "Debemos llevarla de vuelta a la mansión," dijo Sofía con un tono de preocupación. "No sabemos lo que le pudo haber pasado realmente." Federico, aún sosteniendo a Amelia, asintió. "Tienes razón, vamos." Subieron a Amelia al auto con cuidado, mientras Alejandro, aún adolorido y sangrando, observaba desde la distancia, sintiéndose más impotente que nunca.

⟨∾⟩

L a Noticia del Pueblo
      De regreso en la mansión, después de asegurarse de que Amelia estuviera segura, Federico se quedó en el salón, tratando de procesar todo lo que había sucedido. Mientras tanto, Sofía, aprovechando cada oportunidad para estar cerca de él, se mantenía a su lado, ofreciendo consuelo con su hipocresía cuidadosamente disfrazada.

Poco después, Concha entró con el periódico de la mañana, su rostro pálido al ver la noticia que ocupaba la primera página. "Señor Federico... hay algo que debe ver."

Federico tomó el periódico y leyó el titular, sintiendo que un escalofrío recorría su espalda: *"Hombre hallado muerto en las afueras del pueblo. Cuerpo destrozado en un ataque sin precedentes. Testigos afirman que fue obra de una criatura salvaje."

Capítulo 17:
La Confrontación del Amanecer

El día había avanzado con una lentitud exasperante para Elena. Mientras la tarde se deslizaba hacia el ocaso, ella se sentaba en la sala, su taza de té entre las manos, intentando mantener la compostura. A su lado, Ignacio, su esposo, entraba tras haber pasado la mañana buscando por su cuenta, tratando de encontrar respuestas en medio del caos que se había desatado.

Ignacio tomó asiento junto a Elena, y ella apenas levantó la vista de su taza. "¿Alguna noticia?" preguntó, su tono neutro, pero con un filo que no pudo ocultar.

"Nada," respondió Ignacio, cansado, pasándose una mano por el cabello canoso. "He hablado con algunas personas en el pueblo, pero nadie sabe nada. Todo lo que tenemos son rumores y esa maldita noticia en el periódico."

Elena asintió, sus pensamientos oscuros girando en torno a la noticia del ladrón muerto en las afueras del pueblo. No podía ignorar la posibilidad de que Amelia hubiera estado involucrada, de que su hija, en ese estado que apenas entendía, hubiera hecho algo irreparable. Pero antes de que pudiera expresar sus preocupaciones, Márgara, su hija menor, apareció en la puerta de la sala.

"Mamá," dijo Márgara con una mezcla de cautela y nerviosismo, "Amelia ya despertó. Ha dormido mucho desde que la trajeron a casa."

Elena apretó la taza de té con más fuerza, sus nudillos blanqueándose. Sin decir nada, se levantó de su asiento, sus pensamientos centrados en una única cosa: obtener respuestas.

※

L a Confrontación en el Cuarto de Amelia
Elena subió las escaleras con pasos decididos, su mente repleta de preguntas sin respuesta. Sabía que tenía que enfrentar a Amelia, descubrir qué había pasado realmente. Al llegar a la puerta de la habitación de su hija, tomó una respiración profunda y entró sin esperar una invitación.

Amelia estaba sentada en la cama, todavía pálida y con los ojos cansados. Al ver a su madre entrar, su cuerpo se tensó, sabiendo que la confrontación era inevitable.

"¿Qué demonios estabas pensando, Amelia?" comenzó Elena, su voz afilada como un cuchillo. "Irte con ese fotógrafo sin permiso, dejar que la noche te alcanzara... ¿Acaso no entiendes lo peligroso que es para ti? ¡Para todos!"

Amelia, aunque débil, mantuvo la mirada firme en su madre. Sabía que había cometido errores, pero también estaba cansada de que la trataran como una niña imprudente. "Sé que me equivoqué, mamá... pero tú no entiendes lo que es estar atrapada aquí, sin poder salir, sin poder ser yo misma."

Elena soltó una risa amarga. "¿Tú misma? ¡Ni siquiera sabes quién eres! Lo que has hecho es poner en peligro todo lo que hemos trabajado por mantener en secreto. ¿Sabes lo que podría significar si alguien descubriera lo que eres?"

Amelia bajó la vista, sintiendo que su madre tenía razón hasta cierto punto, pero también sintiendo una rabia creciente. "Sé que he cometido errores, pero no soy un monstruo, mamá. Solo quiero... quiero una vida normal, y eso incluye poder salir, poder estar con alguien que no me mire como si fuera una amenaza."

Elena cruzó los brazos, su mirada dura como el acero. "No puedes tener una vida normal, Amelia. No después de lo que pasó. Ahora lo único que importa es proteger este secreto, protegernos a todos de las consecuencias de tus acciones."

Antes de que Amelia pudiera responder, se escuchó un ruido fuera de la puerta. Elena frunció el ceño y avanzó rápidamente para abrirla. Allí, en el pasillo, encontró a Sofía, quien se había acercado para escuchar, pero que ahora fingía estar solo de paso.

"Sofía, ¿qué crees que estás haciendo?" espetó Elena, con los ojos entrecerrados.

Sofía, manteniendo su compostura, sonrió con suavidad. "Solo estaba... buscando a Concha, quería pedirle algo. No sabía que estaban aquí."

Antes de que Elena pudiera responder, Concha apareció detrás de Sofía, notando la tensión en el ambiente. "Sofía, ven conmigo, te ayudaré con lo que necesitas," dijo rápidamente, llevándosela lejos de la puerta antes de que la situación empeorara.

Una vez que la puerta se cerró nuevamente, Amelia miró a su madre con una mezcla de desesperación y súplica. "Mamá... te pido solo una cosa. No le hagas nada a Alejandro. Déjalo entrar si llega. No tuvo la culpa de lo que pasó."

Elena la observó en silencio por un momento, sopesando sus opciones. Finalmente, asintió con rigidez. "Está bien, Amelia. Pero si algo sale mal, será tu responsabilidad."

L a Llegada de Alejandro y el Conflicto
Poco después, la tranquilidad de la tarde fue interrumpida por un golpe en la puerta principal. Federico, que estaba en la sala, se apresuró a abrirla, encontrándose cara a cara con Alejandro. El fotógrafo, aunque nervioso, había decidido regresar para asegurarse de que Amelia estaba bien.

"¿Qué estás haciendo aquí?" exigió Federico, sus ojos llenos de ira.

"Vine a ver a Amelia, solo quiero asegurarme de que está bien," respondió Alejandro, su tono conciliador pero firme.

Pero antes de que pudiera decir más, Federico, cegado por la rabia y los celos, se abalanzó sobre él, propinándole un golpe que lo hizo tambalearse. Alejandro intentó defenderse, pero Federico lo golpeó nuevamente, esta vez en la nariz, haciendo que la sangre comenzara a correr.

El ruido del altercado atrajo la atención de Fernando, quien entró rápidamente en la escena. "¡Basta!" gritó, separando a los dos hombres con una fuerza que solo un hombre acostumbrado a mantener el control podía ejercer.

"Federico, ¡detente de una vez!" ordenó Ignacio, su voz cortante. "Esto no es la forma de solucionar nada."

Federico, respirando con dificultad, miró a Alejandro con furia contenida. Ignacio lo observó con una mirada firme. "Te sugiero que te retires, hijo. Regresa cuando te hayas calmado."

Federico, aunque reacio, asintió, lanzando una última mirada de advertencia a Alejandro antes de salir de la casa.

Fernando se volvió hacia Alejandro, quien se estaba limpiando la sangre de la nariz con un pañuelo. "Deberías irte también, joven. No es un buen momento para estar aquí."

Alejandro, aún sintiendo la adrenalina del enfrentamiento, asintió y se dispuso a marcharse, aunque en su interior, la preocupación por Amelia seguía pesando. Mientras se alejaba, Sofía observaba desde la ventana, disfrutando en silencio del caos que se estaba desatando.

⚬⚬⚬

La Conversación en el Cementerio

Mientras tanto, en un rincón apartado del cementerio conocido como La Tierra de los Muertos, Don Toribio estaba de pie junto a una tumba antigua. A su lado, una figura envuelta en sombras lo escuchaba en silencio. La conversación entre ambos era un susurro, apenas audible entre el susurro del viento.

"Las cosas están cambiando, y no para bien," murmuró Don Toribio, sus ojos fijos en la tierra oscura a sus pies. "La oscuridad se está desatando, y los vivos ya no pueden protegerse de los muertos."

La figura en las sombras asintió lentamente, su voz tan baja que apenas era un susurro en la noche. "Lo que se ha desatado no puede ser contenido por mucho tiempo. Pronto, todos los secretos serán revelados, y las consecuencias serán inevitables."

Don Toribio, con una expresión grave, levantó la vista hacia el cielo, donde las primeras estrellas comenzaban a brillar. "Entonces, será mejor que estemos preparados."

El Misterio de la Sangre

De regreso en la mansión, Amelia, aunque agotada, fue interrogada por sus padres sobre la sangre en sus manos. Aunque les contó que un perro la había atacado, su madre, Elena, no estaba convencida. Sabía que había más en la historia, algo que Amelia no quería o no podía decir.

Al día siguiente, cuando la noticia de la muerte del ladrón apareció en todos los titulares. Elena rogaba a cielo para que su hija no estuviera implicada. "Hombre hallado muerto en las afueras del pueblo. Cuerpo destrozado en un ataque sin precedentes. Testigos afirman que fue obra de una criatura salvaje.", se podía leer en las noticias.

Elena leyó la noticia con el estómago revuelto, temiendo lo peor. Sabía que Amelia había estado cerca de ese lugar la noche anterior, y aunque quería desesperadamente creer en su versión, la duda seguía carcomiéndola.

Capítulo 18:
Ecos de la Calma

El sol brillaba con fuerza sobre la mansión Lázaro, proyectando cálidas sombras en el jardín que rodeaba la propiedad. Aunque la tensión de los últimos días aún colgaba en el aire como un presagio, la mañana se desplegaba con una tranquilidad que contrastaba con los recientes eventos.

Elena, siempre ocupada en mantener el control de cada detalle de la vida familiar, estaba ahora concentrada en los preparativos florales para la boda. La diseñadora de arreglos florales había llegado temprano, y ambas estaban inmersas en la selección de flores que adornarían la ceremonia dentro de un mes. A su alrededor, el salón estaba cubierto de ramos de rosas, lirios y otras flores exóticas que Elena revisaba con mirada crítica.

"Quiero que todo sea perfecto," insistía Elena, sin dejar espacio para errores. "Esta boda tiene que ser el evento del año. Nada puede salir mal."

Mientras tanto, en otro rincón de la mansión, Amelia permanecía en su habitación, recuperándose del extraño malestar que había sentido la noche anterior. Estaba sumida en sus pensamientos cuando Concha entró en silencio, llevando una bandeja con el desayuno. La expresión de Concha era cálida, y se notaba la empatía en su mirada.

"Señorita Amelia, le traje algo para que coma," dijo Concha con suavidad, colocando la bandeja sobre la mesa junto a la cama. "Sé que ha pasado por mucho, pero debe mantenerse fuerte."

Amelia, aún algo desorientada, le dedicó una pequeña sonrisa. "Gracias, Concha. Eres muy amable conmigo. No sé qué haría sin ti." Concha, tomando asiento cerca de la cama, la miró con ternura. "Solo hago lo que puedo, señorita. Sé que esto no es fácil para usted. Pero recuerde que no está sola. Puede confiar en mí." Las palabras de Concha, simples pero sinceras, llenaron a Amelia de una cálida sensación de alivio. Era una sensación que había extrañado en los últimos días, rodeada de tantas expectativas y presiones. "Gracias, Concha. Eso significa mucho para mí."

⚭

L a Visita de la Chismosa
       Mientras Elena seguía enfrascada en la elección de las flores, alguien llamó a la puerta de la mansión. Márgara, que estaba cerca, fue la encargada de abrir, encontrándose con una mujer de mediana edad que llevaba un vestido sencillo y un crucifijo colgando del cuello. Era Doña Remedios, una mujer conocida en el pueblo tanto por su devota religiosidad como por su incesante chismorreo.

"Buenos días, hija," saludó Doña Remedios con una sonrisa que parecía demasiado amplia para ser sincera. "No me gusta el chisme ni nada por el estilo, pero creo que tengo algo importante que decirle a tu madre."

Márgara, que conocía bien la reputación de Doña Remedios, dudó por un instante, pero finalmente la dejó pasar. "Mi madre está ocupada, pero la llamaré."

Elena, que se encontraba en el salón, se acercó a la entrada con una mezcla de curiosidad y molestia. No era común que Doña Remedios la visitara, y menos sin motivo aparente.

"Doña Remedios, qué sorpresa," dijo Elena con una sonrisa que apenas disimulaba su incomodidad. "¿Qué la trae por aquí?"

Doña Remedios se inclinó ligeramente hacia Elena, como si estuviera a punto de revelar un gran secreto. "Ay, doña Elena, no me gusta andar contando cosas, pero el pueblo anda alborotado por lo que le pasó a ese pobre ladrón. ¡Horrible, simplemente horrible! Y pensé que sería prudente advertirla, especialmente con sus hijas..."

Elena frunció el ceño, sin entender del todo a dónde quería llegar la mujer. "¿Advertirme? ¿De qué?"

Doña Remedios asintió con una expresión grave, sus ojos brillando con un mal disimulado deleite. "Pues verá, dicen que fue una criatura de otro mundo la que hizo eso. Algo que acecha en la oscuridad, que no deja huella, pero que destroza a su víctima sin piedad. Y pensé... con todo el respeto, doña Elena, que debe cuidar mucho a sus hijas, especialmente a la señorita Amelia. Una criatura tan divina y angelical no debería estar expuesta a esos horrores."

Elena la miró con frialdad, controlando su irritación. "Agradezco su preocupación, Doña Remedios. Pero mis hijas están perfectamente seguras."

"Por supuesto, por supuesto," respondió Doña Remedios, sin perder la sonrisa. "Solo quería advertirla. Uno nunca sabe con estas cosas..."

Elena, deseando terminar la conversación, la acompañó hacia la puerta con un gesto educado pero firme. "Le agradezco la visita. Que tenga un buen día."

Doña Remedios se despidió con una inclinación y se marchó, aunque Elena no pudo evitar sentir una punzada de inquietud mientras cerraba la puerta. La conversación había sido absurda, pero el miedo instintivo que la mujer había sembrado seguía latente.

$$\infty$$

Un Desayuno en el Jardín

Federico, que había estado esperando el momento adecuado para acercarse a Amelia, decidió visitarla en su habitación. Después de los eventos recientes, sentía la necesidad de reconectar con ella, de intentar comprender qué estaba ocurriendo entre ambos.

Golpeó suavemente la puerta antes de entrar. Amelia lo miró con sorpresa, pero también con algo de alivio. Federico, con una sonrisa suave, se acercó y tomó asiento junto a ella. "Amelia, pensé que te gustaría salir un poco de esta habitación. El jardín está hermoso esta mañana... ¿Te gustaría desayunar conmigo allí?"

Amelia, aunque un poco vacilante, asintió. "Sí, me gustaría."

Juntos, se dirigieron al jardín, donde el sol brillaba cálidamente sobre las flores recién regadas. Federico había dispuesto una mesa con un sencillo pero delicioso desayuno, y ambos se sentaron, disfrutando de la calma y el aire fresco.

"Es hermoso aquí," comentó Amelia, dejando que la brisa suave acariciara su rostro. "Gracias por sacarme de la habitación, necesitaba esto."

Federico la miró con ternura. "Siempre estaré aquí para ti, Amelia. Solo quiero que estés bien."

Amelia le devolvió la sonrisa, sintiendo que, a pesar de todo lo que había sucedido, aún había un lazo entre ellos que no podía romperse tan fácilmente.

⌒◈⌒

El Encuentro de Sofía y Alejandro

Mientras tanto, Alejandro había decidido regresar a la mansión Lázaro, con la esperanza de hablar con Elena y aclarar las cosas. Sin embargo, antes de llegar a la puerta principal, se encontró con Sofía, que había estado observando desde una de las ventanas.

"Alejandro," lo llamó Sofía con una sonrisa que escondía su habitual astucia. "¿Qué te trae por aquí?"

Alejandro, aún con las heridas del encuentro anterior, miró a Sofía con cierta desconfianza. "Vine a hablar con la señora Elena. Quiero asegurarme de que todo está bien con Amelia."

Sofía se acercó a él, su tono amistoso y casi conspirativo. "Amelia te aprecia mucho, ¿lo sabías? Siempre habla de ti con mucho cariño... me ha dicho que admira tu trabajo, que eres un hombre increíble."

Alejandro frunció el ceño, sintiendo una extraña mezcla de confusión y esperanza. "¿En serio? Amelia nunca me ha dicho nada de eso..."

Sofía asintió, con una sonrisa que parecía brillar de honestidad. "Oh, claro que sí. Pero Amelia es tímida, ya sabes cómo es... A veces le cuesta expresar lo que siente. Pero yo lo sé. Y creo que, si te lo propones, podrías ganarte su corazón. Después de todo, en un mes pueden pasar muchas cosas."

Las palabras de Sofía calaron profundamente en Alejandro, despertando una nueva determinación en él. Sin embargo, Sofía disfrutaba en silencio del juego que estaba creando, sabiendo que sus palabras solo sembrarían más caos en la situación.

⧼⧽

El Cementerio y la Sombra Femenina

En La Tierra de los Muertos, el cementerio que ocultaba tantos secretos, Don Toribio caminaba lentamente entre las tumbas, su rostro sombrío y lleno de preocupación. Al llegar a una pequeña casita de piedra situada en el extremo más alejado del lugar, se detuvo.

En el interior, una figura femenina estaba sentada en una silla antigua, apenas iluminada por la luz tenue de una vela. Su rostro estaba oculto por las sombras, pero su presencia era innegablemente poderosa.

"Los tiempos están cambiando," murmuró Don Toribio, su voz cargada de una gravedad que solo la mujer parecía comprender. "Lo que se desató aquella noche no puede ser contenido por mucho tiempo."

La figura en la silla asintió lentamente, su voz baja y resonante. "Lo sé. Y cuando llegue el momento, todos deberán enfrentar lo que han sembrado."

Don Toribio la miró con una mezcla de respeto y temor, sabiendo que las palabras de aquella mujer, aunque enigmáticas, eran una advertencia.

Capítulo 19:
Sombras de Sospecha

Elena comenzaba a notar cambios en Amelia, cambios que no podía ignorar. Aunque intentaba mantener la compostura y seguir adelante con los preparativos para la boda, un temor creciente se enraizaba en su mente. ¿Y si Amelia, en su estado, era una amenaza para los demás? ¿Para Márgara, su hija menor, o incluso para Sofía? Estos pensamientos la atormentaban, y a medida que pasaban los días, la incertidumbre solo se intensificaba.

Una tarde, mientras estaba en la cocina revisando algunos documentos, Elena decidió tomar medidas. Sabía que no podía actuar sola; necesitaba respuestas. Concha, como siempre, estaba a su lado, preocupada por la extraña tensión que emanaba de su señora.

"Concha," dijo Elena finalmente, rompiendo el silencio. "Quiero que vayas a ver a Don Toribio. Pregúntale... pregúntale qué puede hacer para asegurarse de que Amelia no se convierta en un peligro para los demás."

Concha se quedó en silencio por un momento, sabiendo que la petición de Elena no era una simple consulta. Había un miedo profundo detrás de sus palabras, un miedo que solo Don Toribio podría disipar o confirmar.

"Sí, señora," respondió Concha, con una leve inclinación de cabeza. "Iré a verlo esta misma tarde."

Encuentro Explosivo en el Pueblo

En otro punto del pueblo, Federico conducía su auto con la mente llena de pensamientos confusos. Su preocupación por Amelia, la tensión en su relación con ella, y las crecientes sospechas sobre Alejandro lo tenían al borde de un colapso emocional. Fue en ese estado de ánimo que, al doblar una esquina, se encontró cara a cara con Alejandro, quien también conducía por la misma calle.

Ambos vehículos se detuvieron en seco, los motores rugiendo en la quietud del pueblo. Los dos hombres intercambiaron miradas a través del parabrisas, la tensión entre ellos palpable.

Federico fue el primero en salir de su auto, su rostro una máscara de furia contenida. "¿Qué diablos estás haciendo aquí, Alejandro?"

Alejandro salió de su auto con calma, aunque sus ojos mostraban una chispa de desafío. "Solo estoy pasando, Federico. No estoy aquí para pelear."

"¿No estás aquí para pelear?" Federico se acercó a él, su tono gélido. "¿Crees que no sé lo que intentas? Estás tratando de meterte entre Amelia y yo, pero te advierto, Alejandro, si sigues por ese camino, lo lamentarás."

Alejandro se mantuvo firme, sin dar un paso atrás. "Amelia no es una posesión, Federico. Ella tiene derecho a decidir con quién quiere estar, y no voy a quedarme de brazos cruzados mientras tú la manipulas y controlas."

Federico soltó una risa amarga, pero había algo peligroso en su mirada. "¿Manipular? Tú no entiendes nada, Alejandro. Esto va más allá de lo que puedes imaginar. Pero si sigues interfiriendo, te juro que terminarás muerto."

La amenaza quedó flotando en el aire, un presagio oscuro de lo que estaba por venir. Alejandro, aunque sintió un escalofrío recorrer su espalda, no dejó que Federico viera su miedo. "¿Eso es una amenaza, Federico? Porque si lo es, acabas de cruzar una línea muy peligrosa."

Federico dio un paso adelante, su rostro cerca del de Alejandro. "Tómalo como quieras, pero te sugiero que desaparezcas mientras puedas."

Los dos hombres se quedaron en silencio, mirándose a los ojos como si estuvieran midiendo quién cedería primero. Finalmente, Federico dio media vuelta y regresó a su auto, lanzando una última mirada de advertencia a Alejandro antes de arrancar y alejarse.

Alejandro, con el corazón latiendo con fuerza, se quedó en el lugar por un momento, sabiendo que las cosas habían llegado a un punto sin retorno.

El Rumor del Pueblo

Esa misma noche, mientras las sombras se alargaban en las calles del pueblo, un nuevo rumor comenzó a extenderse como una llama en una pradera seca. Un segundo cadáver había aparecido, destrozado de manera similar al primero. Esta vez, el cuerpo fue encontrado en una calle más cercana al centro del pueblo, lo que desató una ola de miedo y paranoia entre los habitantes.

Doña Remedios, siempre alerta a cualquier chisme que pudiera alimentar su afán de protagonismo, fue la primera en enterarse. Esa noche, se la vio en la plaza del pueblo, rodeada de un pequeño grupo de curiosos que se acercaban para escuchar lo último que se murmuraba. Con los ojos brillando de emoción contenida, comenzó a hablar en voz baja, pero lo suficientemente alta como para asegurarse de que todos la escucharan.

"Dicen que fue una criatura de la oscuridad," susurró, su voz impregnada de dramatismo. "Y lo más inquietante es que alguien vio a una joven, parecida a Amelia Lázaro, deambulando cerca de la escena del crimen justo antes de que encontraran el cuerpo. Imagínense... ¡Amelia, tan angelical, relacionada con algo tan horrendo!"

Los murmullos se intensificaron, y las palabras de Doña Remedios se extendieron rápidamente por todo el pueblo, como un incendio alimentado por el viento. A medida que el rumor se propagaba, la historia comenzó a tomar matices más oscuros y peligrosos.

"¿Y si ese cadáver es el del fotógrafo, Alejandro?" murmuró alguien en la multitud. "Escuché que esta mañana Federico lo amenazó de muerte. Dicen que lo iba a matar... ¿Y si lo hizo?"

La idea se afianzó rápidamente en la mente de los aldeanos, sembrando una sospecha aún más peligrosa. La conexión entre Amelia y la muerte se volvía cada vez más difícil de ignorar, y el miedo se mezclaba con la sed de chismes y especulaciones.

⟨∾⟩

L a Reacción de Doña Isabel

Doña Isabel, la madre de Federico, no tardó en enterarse de los rumores que circulaban por el pueblo. Sentada en el salón de su casa, su expresión se transformó de preocupación a puro horror mientras escuchaba los susurros que llegaban hasta sus oídos. La idea de que su hijo pudiera estar involucrado en algo tan terrible, y que la joven Amelia estuviera en el centro de todo, la desmoronó.

"¡Esa muchacha... esa maldita muchacha!" exclamó Isabel entre lágrimas, su voz temblando por la angustia. "¿Cómo es posible que algo así esté pasando? ¡Federico no merece esto! ¡Amelia ha traído desgracia a nuestra familia!"

Sus lágrimas se convirtieron en sollozos profundos, mientras las palabras salían entrecortadas de su boca. "¿Qué hemos hecho para merecer esto? ¡Amelia es un desastre, una maldición!"

Fue en medio de estos sollozos que Federico entró a la casa. Al escuchar los lloriqueos de su madre, sintió una mezcla de rabia e impotencia, pero estaba demasiado afectado por los rumores que lo señalaban como un posible asesino para reaccionar con calma. Sin decir una palabra, pasó directamente al estudio, cerrando la puerta detrás de él con un golpe seco.

Una vez dentro, se dejó caer en el sillón, sintiendo que el mundo se desmoronaba a su alrededor. Las palabras que había escuchado en la calle, las miradas sospechosas de los aldeanos, y ahora el llanto desconsolado de su madre... todo lo estaba llevando al límite.

Federico apretó los puños, intentando controlar la marea de emociones que lo embargaba. Sabía que no podía permitir que los rumores lo consumieran, pero la ira que sentía hacia Alejandro, hacia Amelia, y hacia todos los que se atrevían a dudar de él, era casi insoportable.

⚜

Sofía y la Madre de Federico

Mientras Federico se refugiaba en el estudio, Sofía, siempre astuta y oportunista, decidió que era el momento perfecto para fortalecer su influencia en la familia Castaño. Visitó a doña Isabel bajo el pretexto de consolarla por la creciente tensión en torno a su hijo.

"Doña Isabel," dijo Sofía con tono suave y comprensivo, "sé que esto debe ser muy difícil para usted. Con todo lo que está pasando... los rumores sobre Federico y esa pobre Amelia... no me extraña que esté preocupada."

Isabel, aún con lágrimas en los ojos, asintió con un suspiro tembloroso. "Es todo tan... complicado, Sofía. No sé en quién confiar, y estos rumores están afectando a Federico de maneras que no imaginé."

Sofía, aprovechando la oportunidad, tomó la mano de doña Isabel en un gesto de apoyo. "Lo sé, pero Federico es fuerte. Y con su apoyo, podrá superar esto. Tal vez solo necesita a alguien que lo comprenda, alguien que esté a su lado en estos momentos tan difíciles."

Las palabras de Sofía, aunque aparentemente consoladoras, llevaban consigo un veneno sutil. Estaba plantando la semilla de la duda, sugiriendo que quizás Amelia no era la mejor opción para Federico, mientras se ofrecía a sí misma como la alternativa ideal.

Doña Isabel, aunque no lo admitiera abiertamente, comenzó a considerar las palabras de Sofía. Después de todo, en un mes podían suceder muchas cosas, y si Amelia seguía siendo una fuente de problemas, tal vez Sofía sería una solución más segura.

⬦

La Conversación en el Cementerio

Esa misma noche, en el cementerio conocido como La Tierra de los Muertos, Don Toribio caminaba lentamente hacia la pequeña casita de piedra en el extremo más alejado del lugar. Dentro, la figura femenina que había visitado antes estaba sentada en la misma silla antigua, apenas iluminada por la luz de una vela.

Don Toribio entró en silencio, cerrando la puerta detrás de él. "La situación se está descontrolando," dijo en voz baja, su rostro sombrío.

La figura femenina, envuelta en sombras, levantó la vista hacia él. "Lo sabía desde el momento en que la trajiste de vuelta. No hay vuelta atrás, Toribio. Amelia es una criatura del otro lado, y su presencia aquí solo traerá más oscuridad."

Don Toribio asintió lentamente, con el peso de la culpa apoderándose de él. "Lo sé. Pero hay fuerzas en juego que ni siquiera nosotros podemos controlar. Y ahora, el destino de todos pende de un hilo."

La figura femenina permaneció en silencio por un momento, antes de hablar con un tono firme. "Entonces, debemos prepararnos para lo inevitable. Porque cuando la oscuridad caiga por completo, todos deberán enfrentar las consecuencias."

Capítulo 20:
Revelaciones en el Silencio

Elena se encontraba en el jardín de la mansión Lázaro, disfrutando de un desayuno tardío bajo la suave luz del sol matutino. El aire era fresco, y el sonido de los pájaros llenaba el ambiente, pero en su mente, la calma era solo una fachada. Mientras removía lentamente el café en su taza, sus pensamientos vagaban hacia un recuerdo reciente que la inquietaba profundamente.

Recordaba cómo Alejandro, el fotógrafo, había llegado a la mansión días atrás, buscando disculparse por los incidentes con Federico. Se presentó ante ella con una expresión de culpa, nervioso por la tensión que se había generado. Elena, con su característica habilidad para ocultar sus verdaderas intenciones, lo había recibido con una sonrisa cálida y comprensiva, asegurándole que todo estaba bien.

"Tranquilo, Alejandro," le había dicho, tocando suavemente su brazo. "Lo que pasó no tiene importancia. Entiendo que ambos estaban tensos, pero no hay necesidad de preocuparse más por eso."

Alejandro, aliviado por sus palabras, se había relajado, sin saber que la sonrisa de Elena era tan afilada como una cuchilla oculta. Mientras lo observaba irse, Elena supo que había logrado sembrar una falsa sensación de seguridad en él. Pero ahora, con Alejandro desaparecido, las sospechas comenzaban a rondar su mente. ¿Hasta qué punto había ido para asegurarse de que los secretos de su familia se mantuvieran ocultos?

Elena sacudió la cabeza, tratando de apartar esos pensamientos oscuros. Se obligó a concentrarse en su desayuno, pero no podía ignorar la creciente sombra de incertidumbre que se cernía sobre ella.

⟊⟊⟊

Concha y las Sombras del Misterio

Mientras tanto, Concha, siempre leal y preocupada por Amelia, había estado escuchando los rumores que corrían como pólvora por el pueblo. La desaparición de Alejandro, las acusaciones veladas contra Federico, y los susurros sobre la posible conexión de Amelia con el segundo cadáver eran temas que no podía ignorar. Sabía que Amelia tenía derecho a saber lo que se estaba diciendo.

Subió rápidamente a la habitación de Amelia, llamando a la puerta antes de entrar. Amelia, que estaba sentada junto a la ventana, se giró para mirarla con curiosidad.

"¿Qué sucede, Concha?" preguntó Amelia, notando la preocupación en el rostro de su fiel empleada.

Concha cerró la puerta tras de sí, acercándose a Amelia con una expresión grave. "Señorita Amelia, hay cosas que necesita saber... cosas que están sucediendo en el pueblo."

Amelia frunció el ceño, sintiendo un nudo formarse en su estómago. "¿Qué cosas? ¿Qué están diciendo?"

Concha respiró hondo antes de hablar. "Dicen que Alejandro ha desaparecido. Nadie lo ha visto desde hace días, y ahora hay rumores de que podría estar... muerto. La gente habla de que Federico lo amenazó, y algunos piensan que fue él quien lo hizo desaparecer. Pero no solo eso... también están hablando de usted."

Amelia sintió que el suelo se movía bajo sus pies. "¿De mí? ¿Qué están diciendo de mí?"

"Dicen que alguien vio a una joven parecida a usted deambulando cerca de donde encontraron el segundo cadáver," continuó Concha, su voz temblando. "Pero usted estaba aquí esa noche, ¿verdad?"

"Sí, Concha, no salí esa noche," respondió Amelia, claramente confundida y aterrada por las implicaciones. "No sé qué es lo que están diciendo, pero no tiene sentido... yo no hice nada."

Concha la miró con compasión, pero también con una preocupación creciente. "Lo sé, señorita. Pero hay algo extraño en todo esto... algo que no entiendo."

El Hallazgo de la Cámara

Esa tarde, Concha decidió salir a buscar a Don Toribio para consultar sus dudas y pedir consejo. Mientras caminaba por una calle desierta en las afueras del pueblo, algo en el suelo llamó su atención. Era una cámara, abandonada y ligeramente dañada, como si hubiera sido arrojada o caído en medio de una pelea.

Concha se agachó y recogió la cámara, limpiándola con cuidado. Sabía que esa cámara debía ser de Alejandro, ya que era el único fotógrafo que conocía en el pueblo. Sin pensarlo dos veces, decidió llevársela a Amelia, esperando que pudiera arrojar algo de luz sobre la situación.

Cuando llegó a la mansión, subió directamente a la habitación de Amelia y le entregó la cámara. "Señorita, encontré esto en la calle... creo que es la cámara de Alejandro."

Amelia la miró con sorpresa y curiosidad. Tomó la cámara en sus manos, sintiendo un escalofrío recorrerle la espalda. La encendió y comenzó a revisar las fotografías, esperando encontrar algo que pudiera explicar la desaparición de Alejandro.

Al principio, las imágenes eran normales: fotografías del pueblo, del jardín, y algunas de la sesión fotográfica que Alejandro le había hecho días atrás. Pero entonces, al pasar a la siguiente foto, se quedó helada.

Allí, en la pantalla, había una imagen de ella misma durante la sesión. Su rostro, normalmente hermoso, estaba distorsionado por el flash de la cámara, revelando una apariencia esquelética y aterradora. Su piel parecía haberse desvanecido, dejando al descubierto un rostro cadavérico, con ojos hundidos y vacíos.

Amelia dejó escapar un grito ahogado, incapaz de apartar la vista de la imagen. Era como si, por un momento, la cámara hubiera capturado su verdadera naturaleza, aquella que solo emergía durante la noche.

En ese preciso instante, la puerta de la habitación se abrió, y Elena entró, atraída por el sonido. Al ver la cámara en las manos de Amelia y la imagen en la pantalla, su rostro se endureció.

Elena avanzó lentamente hacia Amelia, su mirada fija en la fotografía. Ambas mujeres quedaron en silencio, el aire cargado de una tensión que parecía capaz de romper el mismo tiempo.

"Así que Alejandro... sabía," murmuró Elena finalmente, su voz apenas un susurro. "Supo lo que eres... antes de que... desapareciera."

Amelia levantó la vista hacia su madre, sus ojos llenos de preguntas y temor. No necesitaban decir más; el silencio que compartían era suficiente para comprender la gravedad de la situación. En ese instante, ambas supieron que Alejandro había descubierto el secreto antes de su presunta muerte, y la cámara que tenía en sus manos era la única prueba de ello.

Capítulo 21:
Sombras Reveladas

El aire en la habitación se había vuelto espeso, cargado con la tensión que crecía entre Amelia y Elena. Ambas seguían mirando la fotografía en la cámara, esa imagen que revelaba la verdad aterradora que Amelia había sospechado pero nunca había visto con sus propios ojos. La cámara, en su implacable honestidad, había capturado algo que no debería existir: el rostro de Amelia, esquelético y grotesco, como una visión de pesadilla. El silencio era abrumador, pero Amelia fue la primera en romperlo.

"Entonces, Alejandro desapareció justo después de esto," susurró Amelia, con la voz temblorosa pero llena de una peligrosa insinuación. "¿Qué hiciste, mamá? ¿Sabías que él descubrió esto?"

Elena se tensó, sus ojos traicionando un destello de nerviosismo antes de recomponerse. Su voz, normalmente firme y controlada, tambaleó un poco mientras respondía. "¿Cómo te atreves a insinuar eso? No tienes idea de lo que estás diciendo, Amelia. No olvides que tú también eres sospechosa en todo esto. ¿Cómo explicas que en el pueblo dicen haber visto a una mujer deambulando por las calles, alguien que se parece a ti?"

Amelia apretó los labios, sintiendo el miedo y la confusión arrastrándola hacia un abismo desconocido. No tenía respuestas para las acusaciones de su madre, pero no podía ignorar las sombras de duda que comenzaban a nublar su juicio.

Antes de que la situación pudiera escalar más, Concha intervino, su tono firme pero conciliador. "¡Basta las dos! Culpándose mutuamente no llegarán a ninguna parte. Lo importante aquí no es quién hizo qué, sino descubrir qué le pasó a Alejandro y, si descubrió el secreto, a quién más se lo pudo haber contado."

Elena y Amelia intercambiaron miradas llenas de desconfianza, pero las palabras de Concha lograron calmar las tensiones, al menos momentáneamente. Las tres mujeres sabían que la situación era mucho más peligrosa de lo que cualquiera de ellas quería admitir.

◎❧

Sofía y su desesperación

Mientras tanto, en otra parte de la mansión, Sofía no podía quedarse quieta. La inquietud la carcomía por dentro, deseando saber qué se discutía en la habitación donde se encontraban Elena, Amelia y Concha. Sofía sabía que algo importante estaba ocurriendo, y no podía permitir que esos secretos quedaran fuera de su alcance.

Con la determinación grabada en su rostro, se dirigió hacia la cocina, donde encontró a un joven sirviente de nombre Mario, que había llegado recientemente a la casa. Sofía se acercó a él con una sonrisa calculada, sus ojos brillando con una mezcla de astucia y malicia.

"Necesito que me ayudes con algo," susurró, sacando un pequeño fajo de billetes del bolsillo de su vestido. "Quiero que averigües todo lo que puedas sobre lo que sucede en esa habitación. Si lo haces bien, este dinero será tuyo, y habrá más si lo que descubres es útil."

El joven, tentado por la oferta, asintió rápidamente. "Haré lo que me pide, señorita Sofía."

Sofía sonrió, satisfecha, mientras el sirviente se retiraba para cumplir con su encargo. Aunque dudaba que pudiera descubrir algo significativo, había sembrado la semilla de la traición en la casa, y eso era suficiente por el momento.

La Casa de Federico

En la casa de los Castaño, la tensión también se había intensificado. Doña Isabel no había dejado de culpar a Federico por haber amenazado públicamente al fotógrafo, por la situación en la que se encontraban, y sus palabras llenas de angustia y rabia resonaban en las paredes del salón.

"¡Todo esto es culpa tuya!" exclamó, mirando a su esposo con ojos llenos de desesperación. "Federico está en problemas por esa muchacha, y todo porque tú permitiste que se comprometieran. Maldigo el día en que esa boda se acordó. ¡Esa Amelia es una maldición!"

El padre de Federico, Ignacio, se mantuvo calmado, intentando razonar con su esposa. "Isabel, debes tranquilizarte. Yo confío en Federico, y también en Amelia. Todo esto es culpa de esa chismosa, Doña Remedios, que se dedica a inventar cosas sin sentido. Federico es un buen muchacho, y Amelia... ella solo está atrapada en algo que ninguno de nosotros entiende por completo. Quizá solo sea algún tipo de confusión por el estrés de los preparativos de la boda"

Isabel lo miró con incredulidad y sospecha. "¿Cómo puedes estar tan seguro? A veces, me pregunto si tú también tienes algo que ver con la desaparición de Alejandro. Después de todo, tienes interés en que nadie se interponga en esa boda, ¿verdad?"

Ignacio suspiró, sabiendo que las palabras de su esposa nacían del miedo y la desesperación. "Isabel, nunca haría algo que pudiera dañar a nuestra familia. Todo esto... simplemente ha salido de nuestro control, pero lo resolveremos. Confía en mí."

A pesar de sus palabras, la duda había sido plantada en el corazón de Isabel, y el matrimonio que una vez fue sólido como una roca ahora se tambaleaba bajo el peso de las sospechas y los miedos no expresados.

El Secreto de Don Toribio

En el cementerio, la figura solitaria de Don Toribio se movía con una calma inquietante, adentrándose en la casita de piedra donde lo esperaba una presencia oscura. Al entrar, cerró la puerta detrás de él, dejando que la tenue luz de una vela parpadeante iluminara la pequeña habitación.

"Sabes que este asunto se está complicando demasiado," dijo Don Toribio, su voz grave resonando en la penumbra.

Desde un rincón de la casita, una figura femenina emergió de las sombras, sus ojos brillando con una luz extraña. "Lo sé, hermano," respondió la figura, su voz susurrante y etérea. "Pero tú robaste la sombra de Amelia el día de la resurrección... y gracias a ella, puedo seguir existiendo en este mundo."

Don Toribio asintió lentamente, sin mostrar emociones en su rostro. "Es cierto. Pero debemos tener cuidado. La sombra de Amelia es lo que te mantiene aquí, y si algo sale mal, podrías desaparecer para siempre."

La figura femenina, cuya apariencia etérea se mantenía gracias a la sombra robada de Amelia, esbozó una sonrisa siniestra. "Entonces, asegúrate de que nada salga mal, hermano. Porque si yo desaparezco, la oscuridad que he desatado no tendrá control alguno."

Don Toribio, con un nudo en la garganta, supo que las cosas estaban mucho más allá de su control. Su hermana, una vez muerta, ahora existía en un plano entre la vida y la muerte, gracias al ritual que la vinculó a la sombra de Amelia. Pero ese equilibrio era frágil, y cualquier error podría desatar un caos inimaginable.

Capítulo 22:
Sombras en la Oscuridad

El recuerdo de Elena

Elena se encontraba sentada en su habitación, la taza de té entre sus manos se había enfriado, pero no le importaba. Su mente estaba atrapada en los acontecimientos recientes, los cuales la habían llevado a tomar decisiones que nunca pensó que tomaría. Cerró los ojos por un momento, dejando que un recuerdo reciente la invadiera.

En ese recuerdo, se veía a sí misma caminando con determinación por una calle estrecha y desierta, hasta llegar a una pequeña casa en los límites del pueblo. Allí, la esperaba un hombre de mediana edad, con un rostro duro y marcado por cicatrices de experiencias pasadas.

"Necesito que hagas un trabajo para mí," había dicho Elena con una frialdad que casi la sorprendió a sí misma. "Un trabajo que no deje rastro."

El hombre la había observado en silencio durante un largo momento, como si estuviera evaluando hasta dónde llegaba su desesperación. "¿Y de quién estamos hablando?"

"De un hombre... un fotógrafo que ha estado rondando demasiado cerca," respondió Elena, evitando mencionar el nombre de Alejandro. "Debo asegurarme de que desaparezca sin dejar huellas."

El hombre había asentido, un gesto leve pero suficiente para sellar el pacto entre ellos. "Será como si nunca hubiera existido."

Elena volvió al presente con un ligero estremecimiento. Sabía que lo que había hecho estaba mal, pero el miedo a que Alejandro representara más peligro en la boda que tanto anhelaba para su hija, y que incluso, la empujara más allá de sus límites morales. Ahora, cada vez que cerraba los ojos, la sombra de lo que había ordenado la perseguía, y se preguntaba si había cometido un error fatal.

⁂

Concha y el Misterio de Don Toribio

Mientras tanto, en otro rincón del pueblo, Concha avanzaba con pasos sigilosos hacia la casita de Don Toribio. Había salido de la mansión con la excusa de hacer un recado, pero en realidad, estaba más decidida que nunca a descubrir la verdad detrás de lo que había ocurrido con Alejandro y el vínculo entre Amelia y Don Toribio.

Lo que Concha no sabía era que la seguían. Mario, el sirviente a quien Sofía había sobornado, la seguía de cerca, con los ojos entrecerrados y la mente llena de sospechas. Su lealtad a Sofía lo había llevado a aceptar el soborno, pero ahora, a medida que se adentraban en el misterio de Don Toribio, empezaba a arrepentirse de su curiosidad.

Concha llegó finalmente a la casita, asegurándose de que no había sido vista, y se acercó a la puerta entreabierta. Desde el interior, escuchó la voz grave de Don Toribio, que parecía estar hablando con alguien más. Se asomó con cuidado, y lo que vio la dejó helada: la sombra que se proyectaba en el suelo no pertenecía a Don Toribio ni a ninguna otra figura humana visible, sino a la figura esquelética de Amelia.

"Necesitas alimentarte, hermana," dijo Don Toribio en voz baja. "La carne y la sangre son lo que te mantienen en este plano, y mientras el secreto de Amelia se mantenga, podrás seguir existiendo. Pero todo esto depende de que nada salga mal."

La voz femenina, suave y siniestra, respondió: "No te preocupes, hermano. Me alimentaré de lo que necesito... pero debes asegurarte de que nadie más descubra la verdad, o ambos pagaremos el precio."

Concha sintió un frío mortal en el cuerpo al escuchar esas palabras. Sabía que lo que acababa de descubrir era peligroso, más de lo que jamás hubiera imaginado. Decidió que debía salir de allí lo antes posible, pero en su prisa, tropezó con un objeto detrás de la puerta, provocando un ruido que resonó en la quietud de la noche.

Don Toribio se detuvo en seco, sus ojos oscuros escaneando la habitación. "¿Quién anda ahí?"

Sin esperar a escuchar más, Concha salió corriendo, pero su miedo fue en aumento cuando escuchó el sonido de los perros de Don Toribio, los temidos *Rottweilers*, ladrando furiosamente mientras se lanzaban en su persecución.

Mario, quien había estado observando todo desde las sombras, se unió a la carrera, el pánico apoderándose de él cuando Concha pasó corriendo junto a él. "¡Lo escuché todo, Concha!" gritó mientras corrían por las calles oscuras. "Esa Amelia... ¡es una maldita muerta! ¡Voy a contarle a todos lo que sucede en esa mansión!"

Concha no respondió; su única prioridad era escapar. Pero en su mente, sabía que la situación había salido completamente de control.

⌖

Federico y la Cena Familiar
     En la mansión Lázaro, Federico finalmente salió de su habitación después de horas de aislamiento. Su rostro mostraba los signos de la tensión y la preocupación que lo habían consumido, pero se obligó a componerse. Sabía que debía mantener las apariencias, al menos por el bien de Amelia.

Se arregló con cuidado, eligiendo una ropa que mostrara confianza y elegancia, aunque en su interior se sentía al borde del colapso. Esta noche, tenía la intención de visitar a Amelia y cenar con su familia, una ocasión que esperaba pudiera ayudar a aliviar las tensiones entre ellos.

Mientras tanto, Sofía, quien había estado observando atentamente desde la entrada principal de la mansión, se encontraba inquieta. Había algo en la atmósfera de esa noche que le daba la sensación de que el misterio que había estado persiguiendo estaba a punto de desvelarse.

Sofía se inclinó ligeramente hacia adelante, observando la calle con intensidad, como si esperara que en cualquier momento, la verdad saliera a la luz.

⚜

L a Persecución en la Oscuridad

Don Toribio salió de la casita, sus ojos encendidos por la ira mientras soltaba a sus perros para perseguir a los intrusos. El ladrido de los Rottweilers resonó en la noche, y las sombras parecían alargarse a medida que los perros corrían tras las figuras de Concha y Mario.

Sin saber quién exactamente había escuchado su conversación, Don Toribio sabía que debía actuar rápido para asegurarse de que la verdad no saliera a la luz. La figura etérea de su hermana lo observaba desde las sombras, su presencia un recordatorio constante del peligro que acechaba.

Al mismo tiempo, en la mansión, Sofía seguía vigilando la entrada, sus ojos fijos en la calle. Algo se avecinaba, y aunque no sabía exactamente qué, su instinto le decía que estaba a punto de descubrir el secreto más oscuro de la familia Lázaro.

Capítulo 23:
La Cena y la Persecución

La tarde comenzaba a oscurecer cuando Federico llegó a la mansión Lázaro. Fernando y Márgara, ambos en la sala principal, estaban discutiendo sobre algo trivial cuando notaron a Federico acercándose a la entrada principal. Márgara, siempre atenta, fue la primera en verlo y lo llamó con una sonrisa cálida.

"¡Federico, qué bueno que has llegado!" exclamó, apresurándose hacia la puerta para recibirlo. "Ven, entra. La cena está por comenzar."

Fernando, siguiéndola, lo saludó con una leve inclinación de cabeza. "No querrás perderte la cena familiar, ¿verdad? Amelia está por bajar."

Federico, agradecido por la intervención que lo salvó de un encuentro con Sofía en la entrada, asintió y se dejó guiar hacia el interior. El ambiente dentro de la mansión parecía normal, una cálida ilusión en medio de la tensión que había dominado los últimos días.

La cena en la mansión Lázaro se servía puntualmente a las 4 de la tarde por orden de Elena. Había insistido en esta hora inusual para asegurarse de que la comida se llevara a cabo antes de que cayera la noche, una medida precautoria para evitar cualquier incidente relacionado con el secreto de Amelia.

Mientras se dirigían al comedor, Márgara sonrió, feliz de ver que todo parecía estar en orden. "Amelia se ha preparado mucho para esta noche. Seguro que estará encantada de verte."

Federico, aunque todavía nervioso, sintió un alivio inesperado al escuchar esas palabras. Era como si, por un momento, todo lo extraño y peligroso se desvaneciera, permitiéndole concentrarse solo en ella.

⚜

La Persecución de Concha y Mario

Al mismo tiempo, en las afueras del pueblo, la persecución de Concha y Mario por los perros de Don Toribio continuaba con una intensidad desesperada. El suelo irregular y la creciente oscuridad dificultaban su huida, pero ambos seguían corriendo con todas sus fuerzas, conscientes de que sus vidas dependían de ello.

Concha, aunque aterrada, sabía que debía seguir adelante. Podía escuchar el feroz ladrido de los Rottweilers acercándose. A su lado, Mario también estaba al borde del colapso, pero el miedo a lo que había presenciado lo impulsaba a seguir corriendo.

"¡Debemos separarnos!" gritó Concha, esperando que al dividirse pudieran confundir a los perros.

Mario asintió, aunque la desesperación lo embargaba. "¡Nos encontrarán de todos modos! ¡Esa mujer... no es de este mundo! ¡Debemos contarle a todos lo que vimos!"

Concha no respondió, concentrada en encontrar una salida. El bosque se hacía más denso, y cada sombra parecía moverse con vida propia. Los perros estaban cada vez más cerca, y el corazón de Concha latía con una intensidad que le martillaba en los oídos. Sabía que estaba corriendo contra el tiempo y el destino.

⚜

La Cena Comienza

De vuelta en la mansión, la cena familiar estaba a punto de comenzar. Federico tomó asiento en el comedor, nervioso pero expectante, mientras la familia Lázaro se reunía. La atmósfera estaba impregnada de una mezcla de elegancia y tensión, mientras los sirvientes se apresuraban a colocar los últimos detalles en la mesa.

Fue entonces cuando Amelia bajó las escaleras, y el tiempo pareció detenerse. Llevaba un vestido elegante que acentuaba su belleza natural, y su porte era majestuoso y lleno de una serena confianza. Federico la observó con admiración y un leve asombro, como si estuviera viendo una aparición. Amelia, por su parte, le devolvió la mirada con una mezcla de dulzura y vulnerabilidad, consciente de que la noche era crucial para ambos.

Elena, sentada al final de la mesa, no pudo evitar notar la ausencia de Concha. En su lugar, otras jóvenes sirvientas se apresuraban a servir la comida, lo que la inquietó profundamente. Algo estaba mal, y podía sentirlo en lo más profundo de su ser.

Antes de que pudiera decir algo, un grito desgarrador resonó desde las afueras de la mansión, interrumpiendo la cena de manera abrupta. Todos en la mesa se quedaron inmóviles, los cubiertos detenidos en el aire, mientras trataban de comprender lo que estaba ocurriendo.

El Grito en la Calle

En la calle frente a la mansión, Mario corría como alma en pena, perseguido por los implacables perros de Don Toribio. Concha había logrado desviar su camino en el último momento, pero Mario seguía siendo el objetivo principal. Los gritos de desesperación del sirviente resonaban en la tranquila tarde, llenando el aire con angustia palpable.

"¡Debo... debo contarle a la señorita Sofía...!" gritaba Mario con la voz entrecortada por el miedo. "¡Es... es una maldita muerta la que vive en esa mansión!"

En la mansión, los gritos llegaron hasta los oídos de todos, y el pánico comenzó a apoderarse del ambiente. Federico y Amelia intercambiaron miradas, el miedo reflejado en sus ojos, mientras Elena se levantaba bruscamente, con una expresión que mezclaba el pánico y la furia. "¿Qué demonios está pasando?"

En ese instante, todo pareció ralentizarse. El tiempo se movió como en cámara lenta mientras los sirvientes y los miembros de la familia se levantaban de sus asientos, intentando comprender la magnitud del caos que se desataba en la calle. Un pájaro negro, como un presagio de muerte, cruzó el cielo, su graznido resonando en el aire tenso.

Las campanas de la iglesia cercana comenzaron a sonar, anunciando la proximidad de la noche. En ese preciso momento, Mario, en su desesperación por cruzar la calle hacia la mansión, no vio venir el coche que se acercaba a toda velocidad. Con un estruendo ensordecedor, el vehículo lo golpeó, arrojando su cuerpo al pavimento.

El grito final de Mario fue cortado abruptamente por el impacto, dejando a todos los presentes congelados en su lugar, incapaces de procesar lo que acababa de suceder.

෴

El Secreto en la Calle

La figura inmóvil de Mario yacía en la calle, iluminada solo por la débil luz de los faroles. El vehículo que lo había atropellado se detuvo bruscamente, y el conductor, pálido y tembloroso, salió del auto, observando la escena con horror.

Dentro de la mansión, el caos y el pánico se habían apoderado de todos. Elena se llevó una mano a la boca, conteniendo un grito, mientras Sofía, que había estado observando desde la entrada principal, miraba la escena con una mezcla de incredulidad y satisfacción oscura.

El silencio que siguió fue roto únicamente por el sonido de las campanas de la iglesia, que continuaban su lúgubre repique, como si anunciaran la llegada de algo mucho más siniestro. El secreto de la familia Lázaro, por el momento, había sido salvado, pero el precio había sido la vida de un hombre... y el misterio seguía creciendo en la oscuridad.

Capítulo 24:
Ecos de la Desesperación

La noche había caído completamente sobre la mansión Lázaro, y la escena frente a la casa estaba sumida en el caos. El cuerpo de Mario yacía inmóvil en la calle, mientras la gente comenzaba a reunirse, murmurando con horror sobre el accidente. Sofía, quien había estado observando desde la entrada, corrió hacia el cuerpo del sirviente con una mezcla de desesperación y teatralidad, gritando su nombre.

"¡Mario! ¡Mario! ¡Dime qué ibas a decirme!" exclamaba, agachándose junto al cuerpo sin vida, sacudiéndolo como si pudiera revivirlo con sus gritos.

Los demás observaban la escena, algunos con compasión, otros con desconcierto. Elena, que se había acercado, cruzó los brazos sobre el pecho, su rostro impasible. Con un tono gélido, hizo un comentario que resonó en el aire cargado de tensión.

"Es muy extraño, Sofía, que te preocupes tanto por un simple sirviente," dijo Elena, mirando a Sofía con una ceja levantada. "Eso no es propio de ti."

Sofía, atrapada por la frialdad de las palabras de Elena, levantó la vista, con una mezcla de ira y desconcierto. Su reacción exagerada quedó desnuda ante todos, y algunos comenzaron a murmurar entre ellos, preguntándose por qué Sofía estaba tan interesada en las últimas palabras de Mario.

Federico y Amelia

Dentro de la mansión, el ambiente no era menos tenso. Federico, viendo la situación fuera de control, tomó la mano de Amelia con suavidad pero con firmeza. "Es mejor que subamos a tu cuarto, Amelia. No deberías estar aquí abajo en medio de todo esto."

Amelia, aún en estado de shock por lo que acababa de suceder, asintió lentamente. Federico la guió por las escaleras, mientras Fernando, el padre de Amelia, les daba su aprobación con un gesto, y Elena observaba con una expresión inescrutable.

Al llegar a su habitación, Federico ayudó a Amelia a sentarse en la cama, sus manos temblaban mientras intentaba tranquilizarla. Amelia comenzó a respirar más rápido, su mente llena de imágenes confusas y aterradoras.

"Todo esto es culpa mía... lo sé, Federico," murmuró Amelia, su voz temblando. "Algo... algo está mal en mí, y ahora todo lo que sucede en el pueblo... todo es por mi culpa."

Federico la miró con preocupación, tomando sus manos entre las suyas. "No digas eso, Amelia. No es tu culpa. Todo esto es un accidente... y no tiene nada que ver contigo."

Amelia lo miró con ojos llenos de miedo e incertidumbre, pero las palabras de Federico parecían apenas calmar su mente. En ese momento, la puerta trasera de la mansión se abrió silenciosamente, y Concha entró apresuradamente, su rostro marcado por la urgencia.

Al ver el caos afuera, y dándose cuenta de la hora, Concha murmuró para sí misma: "Ese pobre muchacho... nunca debió haberse metido donde no lo llamaban. Lamento mucho su muerte."

Concha y el Descontrol

Concha se apresuró a entrar en la mansión, notando el caos en el exterior y la falta de tiempo antes de que la noche se instalara completamente. Al acercarse a la habitación de Amelia, escuchó voces en su interior. Al entrar, vio a Federico sentado junto a Amelia, hablándole con ternura.

El corazón de Concha se encogió al ver a Amelia en ese estado, y aunque entendía que Federico intentaba consolarla, sabía que el tiempo se estaba agotando.

"Federico, es mejor que dejes descansar a Amelia," dijo Concha, su tono firme pero amable. "Ya casi cae la noche, y ella necesita tranquilidad."

Federico asintió, sabiendo que Concha tenía razón, pero se inclinó hacia Amelia una vez más, acariciando suavemente su cabello. "Voy a estar aquí para ti, Amelia. Todo va a estar bien."

Amelia asintió débilmente, sus ojos fijos en los de Federico mientras él se levantaba para marcharse. Concha lo siguió con la mirada mientras salía de la habitación, y después cerró la puerta suavemente detrás de él.

La Confrontación en la Habitación

El silencio en la habitación de Amelia era casi palpable cuando, de repente, la puerta se abrió de nuevo, esta vez de manera más silenciosa pero decidida. Elena entró lentamente, su expresión indescifrable mientras sus ojos se posaban en Amelia.

Amelia la miró con una mezcla de confusión y aprensión, mientras la tensión en la habitación aumentaba con cada segundo que pasaba en silencio. Ambas mujeres se quedaron mirándose, sus pensamientos un misterio el uno para el otro, pero con una clara pregunta reflejada en sus ojos: ¿Qué harían a continuación?

Elena avanzó un paso más hacia Amelia, y el aire en la habitación pareció volverse más pesado, lleno de interrogantes no expresadas. El secreto que compartían estaba a punto de llevarlas a un nuevo punto de inflexión.

Capítulo 25:
La Sombra de la Verdad

Desde las sombras, Don Toribio observaba a la distancia el caos que se había desatado en el pueblo. La gente se agolpaba alrededor de la escena del accidente, mientras la policía recogía el cuerpo sin vida de Mario y arrestaba al conductor del coche que lo había atropellado. La luz de las farolas iluminaba de forma espectral los rostros conmocionados de los habitantes, pero Don Toribio permanecía en las sombras, fuera del alcance de las miradas curiosas.

Sus perros, los temibles Rottweilers, regresaron a su lado, jadeando tras la persecución. Don Toribio acarició a uno de ellos, su mirada fija en el cuerpo de Mario siendo levantado por los agentes.

"Menos mal que nada se supo," murmuró para sí mismo, susurrando al viento nocturno. Sabía que el caos y la muerte de Mario habían desviado la atención de lo que realmente importaba: el secreto que él y su hermana mantenían.

Concha Revela la Verdad

De vuelta en la mansión Lázaro, Amelia y Elena estaban en la habitación, ambas sumidas en sus pensamientos, cuando Concha entró apresuradamente, cerrando la puerta detrás de ella. Su rostro estaba marcado por la urgencia y la preocupación, y sus manos temblaban ligeramente al tomar asiento frente a las dos mujeres.

"Señoras, hay algo que debo contarles... algo que no puede esperar," dijo Concha, su voz baja pero cargada de seriedad. "Lo que he descubierto esta noche es mucho más peligroso de lo que imaginaba." Amelia la miró con una mezcla de curiosidad y miedo. "¿Qué es, Concha? ¿Qué has descubierto?"

Concha respiró hondo, sabiendo que lo que estaba a punto de revelar cambiaría todo. "Seguí a Don Toribio esta noche... y escuché una conversación que me dejó helada. Su hermana... la mujer que se cree muerta... está utilizando tu sombra, Amelia, para existir en este mundo."

Elena se tensó, su mente procesando la información con rapidez. "¿Qué quieres decir con eso? ¿Cómo es posible?"

Concha continuó, sus palabras fluyendo rápidamente mientras relataba lo que había escuchado y visto. "Esa mujer... ella no es de este mundo, pero gracias a la sombra de Amelia, ha logrado mantenerse aquí. Y para hacerlo, necesita alimentarse... de sangre y carne. Por eso, cada vez que se mantiene el secreto, ella gana fuerza."

Amelia palideció, sintiendo un escalofrío recorrerle la espalda. "¿Entonces... ella podría ser responsable de las muertes en el pueblo? ¿Y de la desaparición de Alejandro?"

Concha asintió con gravedad. "Es muy probable. No sabemos hasta dónde llega su influencia, pero lo que es seguro es que está vinculada a ti, Amelia. Mientras ese vínculo exista, ella seguirá aquí... y seguirá causando estragos."

Elena apretó los labios, su mente calculadora buscando una solución. "Esto es más peligroso de lo que pensaba. Debemos actuar con cautela. No podemos permitir que este secreto salga a la luz, pero tampoco podemos dejar que esa mujer siga actuando impunemente."

Amelia se quedó en silencio, su mente invadida por pensamientos oscuros y aterradores. Todo lo que había ocurrido en las últimas semanas ahora tenía un sentido retorcido, y la sensación de culpa y responsabilidad la abrumaba.

La Decisión

El silencio en la habitación era denso, cargado de la gravedad de la situación. Amelia sintió que todo lo que creía conocer se desmoronaba, su mundo se volvía cada vez más oscuro y peligroso.

"¿Qué vamos a hacer?" preguntó finalmente Amelia, su voz apenas un susurro.

Elena, que había estado reflexionando en silencio, levantó la mirada y la fijó en su hija. "Lo primero es que debemos mantener la calma y seguir con las apariencias. Nadie más debe saber lo que acabamos de descubrir."

Concha asintió, aunque en su interior sabía que mantener ese secreto se volvería cada vez más difícil. "De acuerdo, señora Elena. Pero debemos estar preparadas. Don Toribio y su hermana no se detendrán... y si continúan, no sabemos cuántas más personas podrían resultar afectadas."

Amelia asintió lentamente, su corazón pesado con el peso de la verdad. La sombra que la seguía no solo era una amenaza para ella, sino para todos los que la rodeaban. Y ahora, más que nunca, sabía que debía enfrentarse a ese oscuro vínculo que la conectaba con la muerte.

Elena apretó los labios, su mente ya girando en torno a otra cuestión que la inquietaba. "Pero hay algo más que no podemos ignorar... ¿Por qué estaba Mario siguiendo a Concha? ¿Quién lo mandó?"

Amelia, aún procesando la información sobre la hermana de Don Toribio, levantó la mirada, sus ojos llenos de incertidumbre. "¿Crees que alguien lo mandó a espiarla?"

Concha frunció el ceño, su mente retrocediendo a los momentos de la persecución. "Mario no era del tipo que se arriesgaría así por su cuenta. Siempre fue alguien que prefería quedarse en las sombras, evitando problemas. Alguien lo debió empujar a seguirme."

Elena asintió lentamente, sus pensamientos enfocándose en una posibilidad. "Hay una persona en esta casa que ha estado más interesada en descubrir secretos que en cualquier otra cosa... Sofía."

Amelia se quedó en silencio, sus pensamientos volviéndose un torbellino. Sofía había mostrado un interés obsesivo en todo lo que rodeaba a la familia Lázaro desde hacía tiempo, y su constante presencia en la casa era motivo de sospecha.

"¿Crees que Sofía lo envió para seguirte, Concha?" preguntó Amelia, su voz baja, casi temiendo la respuesta.

Concha asintió con tristeza. "Es muy posible, señorita Amelia. Mario sabía demasiado para su propio bien, y si Sofía lo presionó para que descubriera algo, eso explica por qué estaba tan desesperado por contarle algo antes de... antes de morir."

Elena frunció el ceño, sus ojos reflejando una mezcla de ira y preocupación. "Si Sofía está involucrada en esto, entonces tenemos un problema aún mayor. No podemos permitir que siga escarbando en nuestros asuntos. Debemos ser más cuidadosas, más vigilantes."

Amelia se sentía atrapada, su mente dividida entre la necesidad de proteger su secreto y la creciente sospecha de que Sofía estaba jugando un papel en la tragedia que se desataba alrededor de ellos. "¿Y qué haremos con Sofía? ¿Cómo la detenemos?"

Elena fijó su mirada en su hija, sus palabras saliendo con una dureza que no admitía dudas. "No la subestimaremos. Por ahora, debemos observarla de cerca, asegurarnos de que no tenga más oportunidades de acercarse a nuestros secretos. Y si se atreve a intentar algo más... entonces tomaremos medidas."

⚬⚬⚬

El Encuentro en la Oscuridad

La noche se había asentado sobre el pueblo como un manto espeso, cubriendo cada rincón con su oscuridad insondable. El aire era frío, con una bruma espeluznante que se deslizaba lentamente por las calles desiertas, como si la propia noche tuviera vida y voluntad. El silencio era tan profundo que incluso el viento parecía contener su respiración, esperando que algo terrible se desatara.

Federico conducía de regreso a su casa, el motor de su auto resonando como un eco en el vacío nocturno. Su mente estaba abrumada por los recientes eventos en la mansión Lázaro, y cada sombra que sus faros iluminaban parecía esconder un peligro invisible. La carretera era estrecha y sinuosa, bordeada por árboles retorcidos cuyas ramas parecían dedos esqueléticos arañando el cielo.

Mientras avanzaba, sus pensamientos se vieron interrumpidos por una figura en el borde de la carretera, apenas visible en la penumbra. Al principio, Federico pensó que sus ojos le jugaban una mala pasada, que el cansancio estaba haciendo que viera cosas que no existían. Pero cuando los faros del auto iluminaron más de cerca, su corazón dio un vuelco: un hombre yacía en el suelo, inmóvil.

Federico pisó el freno de golpe, el chirrido de los neumáticos rasgando el silencio como un grito de advertencia. Sin pensarlo dos veces, apagó el motor y salió del auto, el aire frío golpeándolo con fuerza, llenándolo de una sensación de urgencia. La oscuridad parecía cerrarse a su alrededor, haciéndole sentir como si estuviera entrando en un dominio prohibido.

Corrió hacia la figura caída, su respiración acelerada y sus pasos resonando en la noche como latidos de un tambor funerario. Al acercarse, pudo ver más claramente: el hombre estaba malherido, su cuerpo magullado y ensangrentado, y sus ropas rasgadas como si hubiera sido atacado por una bestia salvaje. Su rostro estaba pálido, casi cadavérico, y sus ojos estaban cerrados, como si la vida se estuviera escapando de él.

Federico se arrodilló a su lado, su corazón martilleando en su pecho mientras intentaba tomarle el pulso. La piel del hombre estaba fría al tacto, como si ya hubiera abandonado el calor de los vivos. Federico se inclinó más cerca, tratando de reconocer el rostro desfigurado y ensangrentado.

"¡Dios mío!" murmuró Federico, sintiendo que un escalofrío recorría su espalda. "¿Qué te ha pasado?"

De repente, los ojos del hombre se abrieron, sus pupilas dilatadas reflejando una mezcla de terror y agonía. Con un esfuerzo titánico, el hombre levantó una mano temblorosa, agarrando la manga de Federico con una fuerza sorprendente para alguien en su estado. Sus labios se movieron, intentando formar palabras que parecían quedar atrapadas en su garganta.

Federico sintió que su corazón se detenía cuando finalmente escuchó un murmullo apenas audible salir de los labios agrietados del hombre.

"...Ayúdame..." susurró el hombre, su voz débil como un eco de ultratumba. "No... dejes que... me encuentre..."

Federico acercó su rostro al del hombre, tratando de entender lo que decía. Pero fue en ese momento, cuando la bruma se despejó momentáneamente y la luna asomó entre las nubes, que Federico vio el rostro del hombre con una claridad que lo dejó helado.

Sus ojos se abrieron de par en par, su mente negándose a aceptar lo que veía. El rostro frente a él, desfigurado por el sufrimiento y el horror, era inconfundible, aunque deseaba con todas sus fuerzas que no fuera cierto.

"¿Alejandro?" exclamó Federico, su voz cargada de desconcierto y miedo.

Las palabras se desvanecieron en el aire, mientras la oscuridad volvía a envolver la escena. Federico sintió como si el mundo se cerrara a su alrededor, dejándolo solo con la terrible realidad que acababa de descubrir. Y en ese momento, supo que todo lo que creía conocer estaba a punto de cambiar de la manera más aterradora.

Capítulo 26:
Sombras en la Noche

La noche se había cerrado por completo sobre el pueblo, y el silencio era tan profundo que cada pequeño sonido parecía un grito en la oscuridad. Federico, todavía incrédulo, se inclinó sobre Alejandro, intentando ayudarlo a levantarse. El rostro de Alejandro estaba pálido y cubierto de sudor, su respiración entrecortada y débil. Federico, preocupado por la gravedad de sus heridas, intentó levantarlo con cuidado.

"Tranquilo, Alejandro. Te sacaré de aquí," murmuró Federico, mientras se arrodillaba para tomar a Alejandro por los hombros.

Pero justo cuando lograba incorporarlo, un ruido seco y violento lo tomó por sorpresa. Algo pesado golpeó la parte posterior de su cabeza con fuerza, haciéndolo tambalearse. El mundo a su alrededor giró bruscamente mientras su visión se oscurecía. Con un último esfuerzo, Federico trató de mantenerse consciente, pero el dolor lo arrastró hacia la oscuridad. Todo se desvaneció, y su cuerpo se desplomó al suelo junto a Alejandro.

Doña Remedios y la Iglesia

Doña Remedios, la chismosa más conocida del pueblo, no podía conciliar el sueño. La noche estaba cargada de presagios oscuros, y su mente no dejaba de darle vueltas a los eventos recientes: las muertes, las desapariciones, los rumores sobre brujería y prácticas satánicas. Incapaz de soportar la inquietud, se levantó de la cama, tomó su rosario y se envolvió en un chal antes de salir de su casa.

El aire frío de la noche la envolvió mientras caminaba hacia la iglesia, con el rosario entrelazado entre sus dedos temblorosos. Cada sombra que cruzaba su camino le hacía persignarse, y su corazón latía con fuerza ante la posibilidad de encontrarse con alguna criatura de la oscuridad.

Finalmente, llegó a la iglesia del pueblo, una construcción antigua y decrépita que se alzaba como un guardián cansado pero vigilante en medio de la noche. Empujó la pesada puerta de madera y entró, encontrando al padre Ezequiel, un anciano tan viejo que parecía haber sido testigo de los primeros días del pueblo.

El padre estaba sentado en un banco, con la mirada perdida en el altar, sus ojos cansados y su mente probablemente en algún lugar muy lejano. Doña Remedios se acercó con cautela, haciendo una pequeña reverencia antes de hablar.

"Padre Ezequiel, no puedo dormir... hay algo mal en el pueblo, muy mal," comenzó, su voz cargada de preocupación. "La gente está diciendo que hay brujería, que el mal está entre nosotros. Necesitamos hacer algo, padre, como en los viejos tiempos... ¡Quemar vivas a esas brujas antes de que sea demasiado tarde!"

El anciano padre Ezequiel levantó lentamente la mirada, sus ojos apagados y sin vida. A pesar de su avanzada edad, algo en su rostro revelaba una astucia oculta. Sin embargo, su reacción fue tan indiferente como siempre.

"Doña Remedios," dijo el sacerdote en un susurro rasposo, "lo que sea que esté pasando en este pueblo, es obra del Señor. Solo Él sabe por qué permite estas cosas... No somos nosotros quienes debemos juzgar."

Doña Remedios frunció el ceño, pero no se rindió. "Pero padre, ¿y si es el demonio el que anda suelto? ¿No es nuestro deber purgar el mal antes de que destruya a todos? ¡No podemos permitir que estas cosas continúen!"

El padre Ezequiel suspiró profundamente, como si cada palabra le costara un esfuerzo tremendo. "Lo que sea que esté sucediendo... es mejor dejarlo en manos de Dios. Si Él lo permite, entonces es parte de su plan. Y nosotros, solo podemos rezar."

Doña Remedios apretó los labios, frustrada por la indiferencia del sacerdote. Pero sabía que insistir más sería en vano. Se persignó nuevamente y salió de la iglesia, decidida a tomar cartas en el asunto si era necesario, aunque fuera por su cuenta.

Amelia y la Transformación

Mientras tanto, en la mansión Lázaro, el ambiente se había vuelto inquietantemente frío. La noche avanzaba y, como en las noches anteriores, Amelia comenzó a sentir el cambio. Su piel, que durante el día era suave y luminosa, empezó a marchitarse, tomando una textura áspera y fría. Sus ojos, normalmente llenos de vida, se volvieron vacíos y oscuros, mientras su cuerpo adoptaba una postura encorvada y grotesca.

La transformación la envolvió en un manto de sombras, y cuando finalmente terminó, Amelia ya no era la joven hermosa de antes, sino una figura esquelética y aterradora, una criatura que parecía haber salido de los abismos más oscuros.

Pero esta noche, algo era diferente. Una idea macabra había nacido en su mente, un impulso oscuro que la llevó a salir de su habitación y deambular por los pasillos de la mansión, moviéndose silenciosamente como un espectro.

Sus pasos resonaban suavemente en el suelo de madera, y sus ojos vacíos se fijaron en una puerta en particular: la de Sofía. Una sonrisa macabra se dibujó en su rostro desfigurado mientras se acercaba, su intención clara en su mente: asustar a Sofía, hacerla sentir el mismo miedo que ella había sentido desde su resurrección.

Amelia empujó la puerta con delicadeza, y al abrirse, se deslizó dentro de la habitación como una sombra viviente. Sofía, que apenas lograba conciliar el sueño, sintió una presencia en la habitación y abrió los ojos de golpe. Al ver la figura aterradora de Amelia de pie junto a su cama, dejó escapar un grito ahogado y retrocedió, temblando de terror.

Amelia se acercó más, sus ojos vacíos fijos en Sofía, disfrutando del miedo que causaba. Pero antes de que Sofía pudiera reaccionar de alguna manera, Amelia se dio la vuelta y salió de la habitación, dejando a Sofía temblando y sudando frío en su cama, sin saber si lo que acababa de ver era real o una pesadilla.

⊙≋≋

E l Amanecer en la Mansión
La mañana llegó finalmente, trayendo consigo la luz del sol que disipaba las sombras de la noche. Sofía, con el rostro demacrado y ojeras oscuras bajo los ojos, salió de su habitación con un aire de agotamiento y confusión. No había podido dormir después del aterrador encuentro de la noche anterior, y su mente estaba plagada de imágenes que no lograba borrar.

En contraste, Amelia bajó a la cocina con una expresión fresca y rosada, como si la noche anterior no hubiera sido más que un mal sueño. Se acercó a Concha, quien ya estaba preparando el café, y con una sonrisa amable, tomó una taza caliente.

"Buenos días, Concha," dijo Amelia, su voz suave y tranquila, como si nada hubiera pasado.

Concha le devolvió la sonrisa, pero en su interior, una preocupación sutil se anidaba. "Buenos días, señorita Amelia. ¿Cómo durmió?"

"Como un bebé," respondió Amelia con un tono despreocupado.

Mientras tanto, en la sala, Elena y su esposo Fernando se servían café, conversando en voz baja sobre los preparativos del día. La tensión en la mansión parecía haber desaparecido con la llegada del sol, pero todos sabían que la calma era solo temporal.

Sofía, aún perturbada por lo que había visto, decidió que necesitaba salir de la mansión. Sin decir una palabra, tomó su abrigo y se dirigió hacia la puerta principal. "Voy al pueblo," murmuró, sin mirar a nadie en particular. Elena la observó salir, una ceja levantada, pero no dijo nada.

❦

E l **Lugar Oscuro**
En un lugar oscuro y sombrío, alejado de la luz del día, dos figuras yacían atadas de pies y manos, rodeadas por un silencio inquietante. El suelo era frío y húmedo, y el olor a moho impregnaba el aire, haciéndolo casi irrespirable.

Federico abrió lentamente los ojos, su cabeza latiendo con un dolor punzante. La oscuridad lo envolvía, pero a medida que su visión se acostumbraba, comenzó a distinguir una figura junto a él. Su corazón se aceleró cuando reconoció a Alejandro, que yacía inconsciente a su lado, con las mismas ataduras que él.

"¿Alejandro?" susurró Federico, su voz cargada de desesperación y confusión. No podía entender cómo habían terminado allí, ni qué les esperaba en ese lugar ominoso.

El silencio los envolvía como una manta sofocante, y Federico supo en ese momento que estaban atrapados en un peligro mucho mayor de lo que jamás hubiera imaginado.

Capítulo 27:
En la Oscuridad del Cautiverio

Los primeros rayos del sol se colaron a través de una estrecha rendija en el techo de lo que parecía ser una vieja cloaca, proyectando una tenue luz que iluminó parcialmente el lugar. El aire era pesado, húmedo y cargado de un olor rancio que mezclaba moho y podredumbre. Alejandro, quien había estado sumido en un sueño inquieto, comenzó a parpadear al sentir la luz en su rostro.

Con un esfuerzo visible, se incorporó ligeramente, sus músculos protestando por el tiempo que había pasado atado y en esa posición incómoda. La cabeza le dolía intensamente, y el sonido constante de goteo de agua retumbaba en sus oídos como un eco sin fin. A medida que su mente se despejaba, una ola de desesperación lo golpeó al reconocer el lugar: era el mismo sitio donde había estado cautivo todo este tiempo, el mismo lugar del que había intentado escapar en vano.

Miró a su alrededor con ojos cansados y vio a Federico, aún inconsciente, atado y recostado contra la pared húmeda. Con un gemido de dolor, Alejandro se arrastró hacia él, extendiendo una mano temblorosa para sacudirlo suavemente.

"Federico... despierta," susurró con urgencia. "Despierta, por favor..."

Federico tardó en reaccionar, pero finalmente sus ojos comenzaron a abrirse, parpadeando confusos ante la penumbra que los rodeaba. Se removió, sintiendo las ataduras en sus muñecas y tobillos, y el dolor en su cabeza le recordó el golpe que había recibido. Miró a Alejandro, aún desorientado, tratando de entender lo que había pasado.

"¿Qué... qué ha sucedido?" murmuró Federico, su voz ronca por la sed y el miedo. "¿Dónde estamos?"

Alejandro lo miró con expresión de desconcierto y preocupación. "Federico... estamos en el mismo lugar donde me han tenido secuestrado todo este tiempo... No sé cuánto tiempo ha pasado, pero no he logrado escapar. Intenté... pero siempre me atraparon antes de poder salir."

Federico frunció el ceño, intentando recordar cómo había terminado allí. Fragmentos de la noche anterior comenzaron a regresar a su mente: el intento de ayudar a Alejandro, el golpe repentino en la cabeza... y luego, la oscuridad. Nada tenía sentido, y la sensación de impotencia lo invadió.

"¿Quién... quién te hizo esto, Alejandro? ¿Quién te tiene prisionero?" preguntó Federico, su voz llena de urgencia.

Antes de que Alejandro pudiera responder, un ruido metálico resonó desde una esquina oscura de la cloaca. Ambos hombres giraron la cabeza al mismo tiempo, y sus corazones se detuvieron al ver una figura emergiendo de las sombras. Era un hombre de aspecto repulsivo: voluminoso, con la piel grasosa y brillante, y una sonrisa torcida que revelaba dientes amarillentos y mal cuidados. Su apariencia era tan grotesca como su voz, que retumbó en el espacio cerrado como una sentencia de muerte.

"Bueno, bueno... parece que el pequeño Federico está despierto," dijo el hombre con un tono burlón, avanzando hacia ellos con pasos pesados. "Al menos puedo decir que tú, Federico, estás aquí por error. Se suponía que no debías estar involucrado en esto... pero se te ocurrió meterte donde no te llamaban. Así que, desgraciadamente, tuve que llevarte conmigo."

Federico, con el corazón latiendo a mil por hora, luchó por mantener la calma. "¿Qué... qué quieres de nosotros? ¿Vas a matarnos?"

El hombre se detuvo frente a ellos, inclinándose ligeramente para mirarlos a ambos de cerca. Su aliento era fétido, y su sonrisa se amplió mientras consideraba la pregunta de Federico.

"No he recibido esas órdenes... todavía," respondió con una risa gutural. "Pero no te preocupes, muchacho. No soy tan cruel... Solo estoy siguiendo instrucciones."

Federico sintió que una chispa de esperanza se encendía en su interior. Sabía que tenía que intentar algo, cualquier cosa, para ganar tiempo y, con suerte, encontrar una forma de escapar. Con voz calmada, intentó negociar.

"Escucha... podemos hacer un trato," dijo, tratando de mantener su voz firme. "Déjanos ir a Alejandro y a mí, y te daré algo con lo que podrás vivir como un hombre rico por el resto de tu vida."

El secuestrador lo miró con escepticismo, cruzando los brazos sobre su pecho y soltando otra carcajada ronca. "¿Crees que soy tan estúpido como para creer en tus promesas, niño bonito? No soy nuevo en esto."

Federico, sin perder la calma, continuó. "Estoy hablando en serio. Si revisas el bolsillo de mi pantalón, encontrarás mucho dinero. Te lo doy todo... si nos dejas ir."

El hombre lo miró fijamente, su expresión cambiando ligeramente, como si estuviera considerando la oferta. Con un movimiento brusco, se agachó y comenzó a registrar los bolsillos de Federico. Al encontrar la billetera, la abrió y sus ojos se agrandaron al ver la cantidad de dólares en su interior.

"Interesante..." murmuró el secuestrador, guardando el dinero en su propio bolsillo. "Pero no creas que con esto vas a comprar tu libertad. Sin embargo... estoy dispuesto a decirte algo a cambio."

Federico y Alejandro intercambiaron miradas de desesperación y esperanza, mientras el hombre se enderezaba nuevamente, su expresión ahora más pensativa.

"Primero, te diré esto," comenzó el secuestrador, con un tono de voz más serio. "Una mujer me contrató para matarte, Alejandro. No sé por qué, y la verdad, no me importa. Solo sigo órdenes. Pero... resulta que no es la única persona interesada en que desaparezcas."

Alejandro tragó saliva y guardó silencio ante tal revelación.

Federico sintió un escalofrío recorrerle la espalda. "¿Una mujer? ¿Quién es ella?"

El hombre sonrió de nuevo, pero esta vez su sonrisa era más oscura, casi complacida por la sorpresa en los ojos de Federico. "No lo sé. No me paga para hacer preguntas... Pero lo curioso es que, poco después de que esa mujer me contactara, un hombre del pueblo me hizo la misma propuesta: eliminarte, Alejandro. Así que, muchacho... estás en la mira de más de una persona, y ninguna de ellas sabe que la otra existe."

Federico sintió que el suelo se desmoronaba bajo sus pies. Estaba atrapado en un juego mortal que no entendía, y el peligro parecía acechar desde todos los rincones. La gravedad de su situación era abrumadora, y la desesperación comenzó a apoderarse de él.

⸺⸺⸻⸺⸺

U na Revelación Inesperada

El secuestrador se paseó lentamente frente a ellos, disfrutando del efecto de sus palabras. Alejandro, que había permanecido en silencio, observaba la situación con creciente ansiedad. Su mente corría a mil por hora, tratando de comprender quiénes podrían estar detrás de este complot, y por qué él estaba implicado.

"¿Qué... qué planean hacer con nosotros?" preguntó Alejandro, su voz temblando ligeramente.

El hombre se detuvo, girándose hacia Alejandro con una expresión burlona. "A ti, Alejandro... bueno, tu historia es diferente. Mi trabajo contigo es mantenerte fuera de la vista, hasta que me den órdenes de matarte. Nadie en el pueblo debía saber que sigues vivo, pero cometiste el error de escaparte y aparecer en el momento equivocado. Y ahora, gracias a ti, Federico está involucrado en algo mucho más grande de lo que imagina."

Federico sintió una oleada de rabia y frustración, pero también una determinación creciente. No podía dejar que este hombre lo matara sin luchar. "¿Y si... si te ofrezco más dinero? Te daré todo lo que quieras. Solo déjanos ir."

El secuestrador se rió con desdén. "No es cuestión de dinero, muchacho. Es cuestión de cumplir con mi trabajo. Y mi trabajo es hacer desaparecer a quienes se interponen en el camino de mis clientes. Así que... si realmente quieres salir de aquí con vida, más te vale empezar a rezar."

Federico apretó los puños, sintiendo que las opciones se agotaban rápidamente. Pero antes de que pudiera pensar en su próximo movimiento, el secuestrador se inclinó hacia él, con una mirada que enviaba escalofríos por su columna vertebral.

"Ahora, por tu propio bien, te sugiero que te mantengas en silencio... porque lo que viene a continuación no será nada agradable."

De repente, los ruidos de pasos resonaron desde la entrada del lugar. El secuestrador se tensó, y Federico y Alejandro intercambiaron miradas de pánico. La figura que apareció en la penumbra hizo que el corazón de Federico se detuviera.

La silueta que emergió de la oscuridad, vestida con ropas pesadas, era inconfundible. Federico sintió un escalofrío recorrerle la espalda cuando la figura se acercó y el rostro quedó parcialmente iluminado por la escasa luz que se filtraba en el lugar.

"¿Tú...?" exclamó Federico, su voz ahogada por la incredulidad y el miedo.

"Amelia?", dijo Alejandro con asombro.

◎﹏◎

El Engaño

Los pasos resonaron en la oscuridad, y una figura comenzó a emerger del pasillo, envuelta en sombras. Federico y Alejandro intentaron enfocarse en la silueta que se acercaba, pero el pánico comenzó a crecer en sus corazones cuando vieron algo que les heló la sangre.

"¿Amelia...?" murmuró Federico, incrédulo.

La figura se acercó más, y la tenue luz que entraba por la hendija reveló lo que parecía ser el vestido que Amelia había usado en varias ocasiones, junto con una peluca que imitaba su cabello rizado. Pero cuando la figura se inclinó hacia ellos, una risa grave y grotesca brotó de su garganta.

"¡Idiotas!" exclamó el hombre disfrazado, sacándose la peluca con un gesto teatral. "¡No puedo creer que hayan caído tan fácil! ¿Pensaban que su querida Amelia vendría a rescatarlos?"

El hombre voluminoso soltó una carcajada, uniéndose al cruel juego. "Muy buen trabajo, Juan. Casi los hiciste orinarse de miedo."

Federico y Alejandro sintieron una mezcla de alivio y rabia al darse cuenta de que todo había sido un truco sádico. Sin embargo, la tensión no desapareció, pues su situación seguía siendo extremadamente peligrosa.

◦◦◦◦◦

Sofía y el Auto Abandonado

Mientras tanto, en el pueblo, Sofía caminaba rápidamente por las calles, tratando de sacudirse el malestar que había sentido toda la noche. Sus pensamientos volvían una y otra vez a la imagen aterradora de Amelia en su cuarto, pero se obligó a concentrarse en lo que tenía que hacer.

De repente, algo llamó su atención. Al pasar por una calle estrecha, vio el auto de Federico estacionado a un lado, con las puertas abiertas y las llaves tiradas en el suelo. Un escalofrío recorrió su espalda mientras se acercaba para examinar la escena.

"¿Federico?" llamó, pero su voz fue absorbida por el silencio.

En ese momento, la figura de Doña Remedios apareció por la esquina, siempre atenta a los rumores del pueblo. Al ver la situación, su rostro se iluminó con una mezcla de horror y entusiasmo.

"¡Madre mía! ¡Otro desaparecido!" exclamó, llevándose las manos a la boca. "¡Es el señorito Federico Castaño! ¡Tenemos que avisar a todo el mundo!"

Sofía intentó calmar a la chismosa, pero fue inútil. Doña Remedios ya estaba corriendo por la calle, gritando a los cuatro vientos sobre la desaparición de Federico, aumentando aún más la paranoia en el pueblo.

⟨⚜⟩

D on Toribio y su Hermana

En una habitación alumbrada únicamente por velas, Don Toribio estaba sentado en un sillón de madera, observando a su hermana con una mezcla de curiosidad y desdén. La figura de la mujer, aunque difusa en las sombras, era claramente diferente de cualquier ser humano. Sus ojos brillaban con un hambre insaciable, y su voz, aunque suave, tenía un tono de reproche.

"¿Por qué me trajiste de vuelta solo con la sombra de esa muchacha?" preguntó ella, su tono agudo y molesto. "Esta forma... es insufrible. No soy más que una sombra, un espectro que se oculta en la oscuridad y toma la forma de esos malditos perros."

Don Toribio sonrió con frialdad. "Te traje de vuelta porque lo necesitabas, hermana. Este es el precio que pagas por regresar del más allá. Pero no te preocupes... mientras el secreto de Amelia se mantenga, tendrás todo lo que necesitas. Carne y sangre frescas... de aquellos que se crucen en tu camino."

La mujer lo miró con odio, pero sabía que dependía de él. "No me gusta esta forma... odio ser la sombra de esa niña. Pero haré lo que sea necesario para seguir existiendo. Y si debo matar para lograrlo, así será."

Don Toribio asintió, complacido. "Eso es lo que quería escuchar. Mantén el secreto, alimenta tu forma... y asegúrate de que nadie descubra lo que realmente eres. Porque si lo hacen... desaparecerás para siempre."

∽∽

Una Última Oferta

De vuelta en la cloaca, Federico, aún con la mente girando por el engaño que acababan de sufrir, decidió intentarlo una vez más. La desesperación lo empujó a hacer una oferta que esperaba que pudiera salvarlos.

"Escucha... si me dejas libre, te diré dónde encontrar algo más valioso que todo el dinero que puedas imaginar," dijo, su voz cargada de urgencia. "Mi padre guarda una piedra de oro en su escritorio. Es un tesoro que podría hacerte rico para siempre."

El secuestrador, que había vuelto a quedar en silencio después de la broma, levantó una ceja, mostrando interés. "¿Una piedra de oro? ¿Estás diciendo la verdad, o es otro intento desesperado por salvarte?"

"Te lo juro," insistió Federico. "Déjanos ir y te llevaré hasta ella. Con esa piedra... podrías vivir como un rey."

El secuestrador frunció el ceño, claramente tentado por la oferta. La codicia brilló en sus ojos mientras consideraba la propuesta, pero su expresión permaneció cautelosa.

Capítulo 28:
Vestidos y Revelaciones

El sol de la tarde se filtraba por los ventanales de la mansión Lázaro, iluminando la amplia sala donde se disponían a realizar la nueva prueba del vestido de novia para Amelia. La diseñadora, una mujer elegante y meticulosa, había trabajado sin descanso para restaurar el vestido después del desafortunado incidente con el café. Ahora, el vestido colgaba impecable en un maniquí, sus pliegues de satén relucientes y sus detalles finamente bordados brillando bajo la luz.

Amelia estaba de pie frente a un gran espejo, el único que Elena había permitido para esta ocasión, mirándose con una mezcla de emoción y nerviosismo. A su lado, Concha y la diseñadora ajustaban los últimos detalles, asegurándose de que el vestido le quedara perfectamente.

"Es precioso," murmuró Amelia, sus dedos rozando suavemente la tela. Pero su voz tenía un matiz de incertidumbre, como si algo oscuro e invisible la estuviera oprimiendo.

La diseñadora sonrió con orgullo. "Es una obra maestra, señorita Amelia. Estará radiante el día de su boda."

Concha, mientras tanto, observaba a Amelia con ojos atentos, notando la sombra de preocupación en su rostro. A pesar de la perfección del vestido, había algo en la expresión de Amelia que no encajaba con la alegría que debería sentir una novia.

Sofía y Doña Remedios

Sofía, que ya había dado unos pasos para alejarse del alboroto, se detuvo en seco cuando una frase susurrada alcanzó sus oídos. Cada palabra de Doña Remedios penetró en su mente como una aguja en la piel.

"Ojalá no sea algo monstruoso... porque la otra noche me pareció haber visto a una mujer que se parecía a Amelia," dijo Doña Remedios en voz baja, como si compartiera un secreto prohibido.

Sofía sintió que su corazón se detenía por un momento, solo para volver a latir con una fuerza desbocada. El mundo a su alrededor pareció desvanecerse mientras sus pensamientos comenzaban a acelerarse. Con el corazón en la garganta, volvió sobre sus pasos, acercándose a la chismosa con un temblor en la voz.

"¿Es verdad lo que dices? ¿Viste a alguien que se parecía a Amelia?" preguntó Sofía, susurrando con urgencia, como si temiera que alguien más pudiera escuchar.

Doña Remedios asintió lentamente, sus ojos brillando con un entusiasmo morboso. "Sí, señorita Sofía. No estoy segura, pero algo extraño vi esa noche... y se parecía mucho a Amelia. Aunque... no sé si fue real o un truco de la luz."

Sofía sintió que un frío la invadía, como si una mano helada le apretara el corazón. De repente, recuerdos fragmentados comenzaron a asaltar su mente, trayendo consigo una oleada de terror y comprensión. La noche anterior, cuando algo monstruoso la había aterrorizado en su habitación, ya no le parecía una simple pesadilla. Comenzaba a recordar detalles que antes había descartado, pero que ahora regresaban con una claridad inquietante.

Primero, vino el recuerdo del **espejo roto en su habitación**, donde la figura que vio reflejada no era la suya, sino la de algo grotesco, con huesos expuestos y ojos vacíos. Sofía había atribuido la visión a un mal sueño, pero ahora, la duda la consumía. Recordaba también el sonido de los **pasos pesados** fuera de su puerta, que en su estado de pánico no había asociado con nada real. Cada uno de estos detalles, que había tratado de enterrar en su mente, ahora emergían como pruebas irrefutables de que lo que vio era real.

Luego, otro recuerdo se precipitó en su mente: **Elena ordenando a las sirvientas que quitaran todos los espejos de la mansión.** Sofía había pensado que se trataba de una simple excentricidad de su tía, pero ahora veía la acción bajo una luz completamente diferente. ¿Qué era lo que Elena no quería que Amelia viera en esos espejos? El desconcierto y el pánico comenzaron a mezclarse en su mente.

Más imágenes invadieron su memoria, **la cena servida a las cuatro de la tarde**, un horario inusualmente temprano, impuesto por Elena. En ese momento, Sofía no lo había cuestionado, pero ahora, con la nueva información que había recibido, comprendía la urgencia detrás de esa decisión. Elena no estaba preocupada solo por la apariencia de las cosas, sino por mantener a Amelia a salvo de algo mucho más siniestro cuando caía la noche.

El recuerdo más impactante de todos fue el de aquella noche en que Amelia se había perdido y Elena les había suplicado que la encontraran antes del anochecer, o sería "fatal". Sofía había sentido en su interior que algo no estaba bien, pero las palabras de Elena ahora resonaban con un peso mortal en su mente. Ella había intentado proteger a Amelia, pero de qué, exactamente, Sofía no lo había comprendido hasta ahora.

Entonces, vino el recuerdo más reciente: **el espanto que vio junto a Federico en el auto.** Había sido un momento fugaz, una sombra en la periferia de su visión, pero ahora estaba segura de lo que había visto. Era el mismo ser que la había aterrorizado en su habitación. No había sido una ilusión, no era producto de su imaginación. Era real, y ahora sabía quién estaba detrás de todo.

El conocimiento golpeó a Sofía con la fuerza de una revelación devastadora. Todo encajaba. Todo tenía sentido. Elena, la familia Lázaro, y sobre todo, Amelia. La rabia y la emoción se mezclaron en su interior mientras ataba todos los cabos sueltos en su mente.

"Te tengo... maldita bruja," murmuró Sofía para sí misma, su voz temblando de emoción y rabia. Sus labios se curvaron en una sonrisa satisfecha, mientras giraba sobre sus talones y corría como una loca en dirección a la casa de los padres de Federico. Ya no había vuelta atrás; estaba decidida a revelar lo que había descubierto, a exponer la verdad que había estado oculta a plena vista.

⁓⊙⊙⁓

El Caos en la Mansión

En la mansión Lázaro, la tranquilidad de la tarde fue abruptamente interrumpida por los gritos de Doña Remedios, quien irrumpió en la casa como un torbellino. "¡Han matado a Federico! ¡Lo han matado como hicieron con Alejandro!" vociferaba, agitando los brazos y provocando un caos instantáneo.

Elena y Concha, que estaban en la sala revisando algunos papeles, se levantaron de golpe, sus rostros pálidos de horror. Amelia, que aún estaba en la sala de pruebas con el vestido, escuchó los gritos y, sin pensarlo dos veces, salió corriendo hacia la sala principal.

"¡Federico... no!" gritó Amelia mientras corría, su mente inundada por un miedo irracional. Al girar bruscamente, su vestido de novia quedó atrapado en una esquina de la mesa, arrancando las delicadas costuras y rasgando la tela en un ruido desgarrador. Pero Amelia no se detuvo; el vestido, ahora estropeado por segunda vez, caía en jirones detrás de ella mientras se apresuraba a la sala.

Cuando llegó, encontró a Elena y Concha tratando de calmar a Doña Remedios, pero la agitación ya había alcanzado un punto álgido. El corazón de Amelia latía con fuerza, sintiendo que el mundo a su alrededor se desmoronaba. "¿Qué pasó? ¿Dónde está Federico?" preguntó, su voz cargada de desesperación.

Elena la miró con ojos duros, tratando de mantener la compostura. "No lo sabemos, Amelia... pero mantén la calma. Vamos a averiguar qué ha sucedido."

Amelia, temblando, se dejó caer en una silla, sin poder contener las lágrimas que brotaban de sus ojos. Concha se acercó a ella, tratando de consolarla, pero en su interior, sabía que algo terrible estaba ocurriendo.

❧

La Revelación en Casa de Don Toribio

En la penumbra de una habitación apenas iluminada por velas, Don Toribio estaba sentado en un sillón, observando a su hermana con una mezcla de satisfacción y cautela. La mujer, que se mantenía en las sombras, se movía inquieta, su figura difusa y cambiante, como si estuviera atrapada entre dos formas distintas.

"Ya es hora de que me digas la verdad," exigió la hermana de Don Toribio, su voz resonando con un tono amenazante. "Me trajiste de regreso usando el ritual de Amelia... pero solo me diste su sombra y la forma de esos perros. ¿Por qué lo hiciste? ¿Qué estás planeando?"

Don Toribio sonrió, su expresión llena de una sádica satisfacción. Se levantó lentamente, acercándose a su hermana con pasos medidos, disfrutando del poder que tenía sobre ella.

"Te lo diré, querida hermana," dijo en un susurro malicioso. "No hice esto solo por ti... lo hice por mí. Porque este pueblo, esta familia, y todo lo que han construido, van a caer. Y tú, mi querida sombra, serás la herramienta perfecta para asegurarlo."

La hermana de Don Toribio lo miró con ojos encendidos de ira y terror. "¿Qué pretendes, hermano? ¿Por qué me usas a mí? ¿Por qué a Amelia?"

Don Toribio soltó una carcajada suave y siniestra. "Porque, querida hermana, el caos que estamos sembrando aquí... es solo el comienzo."

❧

La Confesión

La hermana, ahora visiblemente agitada, se acercó a Don Toribio, su figura difusa y cambiando con cada paso, como si el tenue vínculo que la mantenía en el mundo de los vivos estuviera al borde de romperse. Su voz, cargada de furia y desesperación, resonó en la habitación oscura.

"¡Dime la verdad, maldito! ¡Dime por qué lo hiciste!" exclamó, sus ojos brillando con una mezcla de odio y necesidad.

Don Toribio, sin perder la compostura, mantuvo su sonrisa sádica mientras se acercaba a su hermana. Se detuvo a pocos pasos de ella, la luz de las velas proyectando sombras alargadas sobre su rostro envejecido.

"Te lo diré... porque muy pronto, todo este lugar... será nuestro. Y ellos, los que se creen poderosos, caerán uno por uno... empezando por Amelia," dijo, su voz impregnada de una oscura satisfacción.

La habitación quedó en silencio, interrumpido solo por el chisporroteo de las velas y la respiración pesada de su hermana. Pero la mujer, insatisfecha con la respuesta, lo fulminó con la mirada, exigiendo más.

"Eso ya lo sabía," replicó ella, su voz tensa. "Pero lo que quiero saber es por qué me trajiste de vuelta. No es solo por tu venganza. ¿Qué más quieres de mí?"

Don Toribio dejó que el silencio se alargara antes de hablar, disfrutando del poder que tenía sobre ella. "Es cierto, no lo hice solo por ti ni por mi venganza. Lo hice porque necesito algo que solo tú puedes darme."

La hermana lo miró con desconfianza, su figura titilando como si fuera una llama al borde de extinguirse. "¿Y qué podría darte yo? Estoy atrapada en esta forma miserable, ni viva ni muerta."

"Conoces la ubicación de los documentos que prueban que la última propiedad de los Lázaro, esas tierras en las afueras del pueblo, en realidad pertenecen a nuestra familia," dijo Don Toribio con voz baja pero firme, acercándose aún más. "Esa propiedad le fue arrebatada a nuestro ancestro con mentiras y artimañas. Recuperarla sería el golpe final para ellos, y la clave para restaurar nuestro linaje."

La hermana entrecerró los ojos, una sonrisa burlona curvando sus labios espectrales. "Así que eso es lo que quieres... ¿Esa es la verdadera razón por la que me trajiste de vuelta? Para que te diga dónde están esos documentos."

"Esas tierras son importantes para mí," respondió Don Toribio, su voz cargada de determinación. "Son el último vestigio de lo que nos fue arrebatado, y quiero recuperarlo antes de que me vaya de este mundo. Pero solo tú sabes dónde están esos documentos."

Ella lo miró fijamente, evaluándolo. "Y a cambio... ¿qué me ofreces? No esperes que te ayude solo por amor fraternal."

Don Toribio sonrió, anticipando la pregunta. "Lo que tú siempre has querido: un retorno completo al mundo de los vivos. No solo como una sombra o un espectro, sino con carne y sangre corriendo por tus venas."

Los ojos de la hermana se iluminaron con una mezcla de esperanza y avaricia. "¿Y cómo piensas lograrlo?"

"Para eso necesito un sacrificio," dijo Don Toribio, su voz bajando aún más hasta convertirse en un susurro conspirativo. "Una joven, hermosa e inocente... Su vida, su identidad, todo será transferido a ti. Y con su carne y su sangre, podrás volver a existir plenamente en este mundo."

La hermana lo miró con una mezcla de terror y deseo. "¿Tienes a alguien en mente?"

Don Toribio asintió, su sonrisa volviéndose aún más siniestra. "Hay muchas jovencitas en este pueblo... solo tenemos que elegir la que más te guste."

La idea de un sacrificio, de robar la vida de una inocente para su propio beneficio, hizo que la hermana de Don Toribio temblara con un anhelo oscuro. La posibilidad de volver a caminar entre los vivos, de sentir el calor del sol y la frescura del aire, era una tentación demasiado grande para resistir.

"Está bien," dijo finalmente, su voz cargada de resolución. "Te diré dónde están esos documentos... pero solo cuando hayas cumplido tu parte del trato. Quiero estar segura de que cumplirás con lo que prometiste."

"Por supuesto," dijo Don Toribio, inclinando la cabeza en una reverencia burlona. "Nuestro destino está entrelazado, hermana. Pronto, muy pronto, todo será como debe ser."

La habitación volvió a sumirse en un silencio tenso, mientras la alianza oscura entre los dos hermanos sellaba un destino sombrío, no solo para la familia Lázaro, sino para todos aquellos que se interponían en su camino.

Capítulo 29:
El Misterio Se Intensifica

La noche comenzaba a caer cuando Sofía llegó a la puerta de la imponente casa de los Castaño, su corazón latiendo con fuerza en su pecho. Sin aliento y con la mente llena de turbios pensamientos, tocó la pesada puerta de madera con insistencia, mientras el pánico y la ansiedad se mezclaban en su interior.

La puerta se abrió con un leve chirrido, revelando a una sirvienta que la observó con sorpresa. Sin esperar una invitación, Sofía entró sofocada, su respiración entrecortada y sus mejillas encendidas. La sirvienta apenas tuvo tiempo de cerrar la puerta cuando Sofía ya estaba en la sala.

Isabel Castaño, la madre de Federico, estaba sentada en un elegante sofá, su rostro tenso y lleno de preocupación. El reloj en la pared marcaba una hora avanzada, y el hecho de que su hijo aún no hubiera regresado comenzaba a inquietarla más de lo que estaba dispuesta a admitir.

"¡Sofía, qué sucede! ¿Por qué estás tan agitada?" preguntó Isabel, levantándose de su asiento, mientras una sombra de alarma cruzaba por su rostro.

Antes de que Sofía pudiera responder, Ignacio Castaño apareció en la sala, saliendo del estudio con un puro en la mano. El humo del tabaco flotaba a su alrededor, y su expresión era la de un hombre despreocupado, completamente ajeno a la gravedad de la situación.

"Vamos, Isabel, relájate," dijo Ignacio con una sonrisa que no alcanzaba sus ojos. "Deja que nuestro potrillo disfrute de la vida. Seguro se quedó por ahí con alguna compañía. Es un hombrecito, igual que su padre."

Pero las palabras de Ignacio quedaron en el aire cuando Sofía, con exasperación y una mezcla de terror en sus ojos, alzó la voz.

"¡Encontré el auto de Federico varado en una calle del pueblo!" exclamó, haciendo que Isabel ahogara un grito y se llevara una mano al pecho. "Las puertas estaban abiertas, y las llaves estaban en el suelo. ¡Algo le ha pasado!"

El pánico se extendió por la sala como un incendio descontrolado. Isabel, incapaz de mantener la calma, comenzó a llorar mientras sus pensamientos volaban a las peores posibilidades.

"¡Dios mío, mi hijo! ¡¿Qué le ha pasado?!" gritó Isabel, sus manos temblando mientras intentaba aferrarse a la realidad.

Ignacio, sin embargo, sintió que algo se enfriaba en su interior. Su semblante cambió de inmediato, y sus ojos adquirieron un brillo de preocupación que no había mostrado antes. Como si una idea inquietante cruzara por su mente, lanzó el puro al suelo y lo pisoteó, apagando el fuego con furia contenida.

"Voy a buscarlo," dijo con una voz más grave de lo habitual, mientras salía apresuradamente de la sala para llamar a sus trabajadores. "No te muevas de aquí, Isabel. Sofía, mantente cerca. Vamos a encontrar a Federico."

Pero antes de irse, Ignacio miró a Sofía, quien parecía estar debatiéndose en su propia mente. Había algo más en sus ojos, algo que ella no estaba diciendo. Sin embargo, Sofía, con el corazón palpitando, optó por callar en seco lo que estaba a punto de revelar. Aunque estaba desesperada por contarles lo que había descubierto sobre Amelia y Elena, decidió que podía sacar ventaja de esa información más adelante.

"Es mejor esperar," pensó Sofía, tratando de calmarse. "No voy a desperdiciar esto ahora. Primero necesito asegurarme de que Federico esté bien... y luego, haré que esa maldita bruja pague."

※

El Secuestrador y Federico

En la oscuridad de la cloaca, Federico luchaba por mantener la compostura mientras el secuestrador, un hombre grande y sombrío, lo observaba con ojos fríos. Alejandro, aún debilitado, se mantenía en silencio a su lado, su respiración pesada.

Después de mucho insistir, Federico finalmente logró sembrar la duda en el secuestrador. El hombre se agachó frente a él, observándolo detenidamente.

"Así que dices que me pagarás una fortuna si te dejo ir," dijo el secuestrador, su voz ronca como si nunca hubiera conocido la luz del día. "¿Y cómo sé que no me estás mintiendo?"

"Porque no tengo otra opción," respondió Federico con firmeza, a pesar de su miedo. "Te daré todo lo que tengo, incluso la piedra de oro de mi padre... pero quiero saber quién te contrató para hacer esto."

El secuestrador vaciló por un momento, luego dejó escapar un suspiro, como si se diera por vencido.

"Una de las interesadas en que Alejandro muriera es Elena," dijo lentamente, sus palabras cayendo como un mazazo en el corazón de Federico. "Y el otro en hacerlo es..."

※

Amelia se desespera

Amelia despertó bruscamente del desmayo, su respiración agitada y el corazón latiendo desbocado. Se encontraba en el suelo, rodeada por su madre Elena, su padre Fernando y Concha, todos con expresiones de preocupación y miedo. Sus cuerpos parecían cercarla, protegiéndola, pero Amelia sintió que se ahogaba bajo la presión.

La confusión nublaba su mente, pero una imagen se abrió paso en medio del caos: Federico. La angustia la invadió de inmediato, y una fuerza interior la impulsó a levantarse de golpe, ignorando el mareo que amenazaba con derribarla de nuevo.

"Amelia, ¿estás bien?" preguntó Elena, su voz temblando, mientras trataba de sostenerla. "Tranquila, hija, por favor."

Pero Amelia apenas escuchaba a su madre. Todo su ser estaba centrado en una sola cosa: encontrar a Federico, asegurarse de que estaba a salvo. En ese momento, comprendió algo que la llenó de desesperación: amaba a Federico. A pesar de que su matrimonio había sido arreglado, se había dado cuenta de que lo amaba profundamente y de que no podría soportar perderlo.

Sin responder, se liberó de los brazos de Elena y Concha, que intentaban detenerla, y salió corriendo de la mansión. La brisa fresca de la tarde acarició su rostro, pero no le trajo consuelo; solo intensificó la urgencia que sentía en su pecho.

"¡Federico! ¡Federico!" gritó Amelia, su voz quebrada por la desesperación, mientras sus pies la llevaban a través del jardín y hacia las calles del pueblo. Cada paso era un clamor desesperado, una súplica para que él la escuchara y volviera a ella sano y salvo.

Mientras corría, la voz estridente de Doña Remedios, la chismosa del pueblo, rompió el aire con una acusación venenosa que cortó a Amelia como un cuchillo.

"¡No lo busques, maldita! ¡Seguro tú te lo comiste o lo mataste!" gritó Doña Remedios, señalando a Amelia con un dedo tembloroso. "¡Yo sé que en este pueblo hay alguien que hace cosas horribles, y seguramente eres tú, porque te he visto en la oscuridad de las calles!"

Las palabras de la vieja cayeron como una losa sobre Amelia, llenándola de una culpa indescriptible. Sentía que todo lo que había temido estaba convirtiéndose en realidad, que la oscuridad que había tratado de mantener a raya ahora la estaba devorando. Pero no podía detenerse. Federico la necesitaba.

"¡Cállese, maldita sea!" gritó Fernando, el padre de Amelia, saliendo de la mansión con el rostro encendido de ira. No podía soportar que alguien hablara así de su hija, y en un arrebato, se acercó a Doña Remedios, dispuesto a callarla.

"¡Aléjese de mí, maldito!" chilló Doña Remedios, su voz quebrada por el miedo pero llena de resentimiento. "¡Ustedes son todos unos malditos! ¡Todo el pueblo lo sabe!"

Elena, tratando de calmar la situación, corrió tras su esposo, sus manos temblando mientras intentaba separar a Fernando de la chismosa. Pero en su prisa, empujó accidentalmente a Doña Remedios. La vieja tropezó, perdiendo el equilibrio y cayó hacia atrás. El golpe sordo de su cabeza contra la esquina de la chimenea resonó en el aire, dejando a todos petrificados.

El silencio cayó sobre la mansión como un manto mortuorio. Fernando se quedó helado al ver a la mujer desplomarse, mientras Elena se llevaba las manos a la boca, sus ojos abiertos de par en par por el horror.

"¡Dios mío!" exclamó Elena, arrodillándose junto al cuerpo inmóvil de Doña Remedios, sus manos temblorosas buscando desesperadamente un pulso.

En ese momento, Márgara apareció en la sala, seguida de cerca por Concha. Ambas quedaron impactadas al ver la escena frente a ellas. Márgara, con lágrimas en los ojos, corrió hacia Doña Remedios, mientras Concha se acercaba lentamente, con una mezcla de pánico y resignación.

"¡Esto no puede estar pasando!" gritó Márgara, arrodillándose junto al cuerpo de la mujer, pero incapaz de hacer nada.

Amelia, que había presenciado todo desde la puerta, sintió que su corazón se rompía un poco más. La culpa, la desesperación, todo la golpeó con una fuerza abrumadora, pero la necesidad de encontrar a Federico era más fuerte que cualquier otra emoción. Sin decir una palabra, dio media vuelta y salió corriendo hacia las calles del pueblo, mientras el sol comenzaba a descender en el horizonte.

⚜

La Revelación de Alejandro

En la oscuridad opresiva de la cloaca, Alejandro permanecía en silencio, su cuerpo temblando por la revelación que acababa de escuchar. Las palabras del secuestrador resonaban en su mente como un eco sin fin: Elena quería matarlo. La verdad era devastadora y aterradora.

"Ahora todo tiene sentido," murmuró Alejandro, su voz rota por el miedo. "Elena me ve como una amenaza para el matrimonio de Amelia y Federico... Por eso me quieren muerto."

Federico, aún aturdido por lo que había escuchado, trató de procesar la magnitud de la traición. La mujer que consideraba su futura suegra había tramado todo este horror. La realidad lo golpeó como un mazazo, dejándolo sin aire, como si le hubieran arrancado el suelo bajo los pies.

Antes de que Federico pudiera reaccionar, el secuestrador, visiblemente cansado de sus especulaciones, intervino con un tono rudo y despectivo.

"¿Van a seguir hablando o van a escuchar el siguiente nombre que está implicado en su secuestro?" preguntó el hombre, su sonrisa burlona reflejando el placer que sentía al tener el control.

Federico tragó saliva, tratando de mantenerse firme a pesar del temblor en sus manos. Sabía que debía escuchar, que debía conocer toda la verdad, por más dolorosa que fuera.

"El otro en hacerlo es... Ignacio," dijo el secuestrador, dejando caer el nombre como una bomba en la oscuridad.

Federico quedó paralizado por la incredulidad. Su propio padre. El hombre que lo había criado, que lo había guiado en cada paso de su vida, estaba involucrado en un complot para asesinar a Alejandro. La traición era demasiado grande, demasiado devastadora.

"¿Mi propio padre?" murmuró Federico, apenas capaz de pronunciar las palabras. El dolor en su pecho era tan intenso que casi lo dejó sin fuerzas.

Alejandro, a su lado, lo miró con compasión y tristeza. Sabía lo que significaba descubrir una traición de esa magnitud, pero en ese momento no había tiempo para consolarse mutuamente.

El secuestrador, con una sonrisa cínica, comenzó a desatar las cuerdas que los mantenían prisioneros. Mientras lo hacía, se inclinó hacia ellos y susurró con voz baja, "Los dejo libres... pero no olvides, Federico, espero mi piedra de oro. No me falles."

Federico y Alejandro intercambiaron miradas llenas de horror y desesperación. La liberación de sus ataduras no significaba la liberación de la verdad que acababan de descubrir. Sabían que, aunque pudieran salir de esa cloaca, el peso de la traición de Ignacio y Elena los seguiría, afectando cada decisión y movimiento que hicieran a partir de ahora.

❦

Amelia Corriendo por el Pueblo

Mientras la noche se acercaba y las sombras se alargaban sobre las calles del pueblo, Amelia corría sin detenerse, impulsada por el miedo y la desesperación. Su vestido estaba desgarrado, sus pies dolían, y el frío cortaba su piel, pero nada de eso importaba. El viento que soplaba contra su rostro no lograba enfriar la llama de determinación que ardía en su interior.

Las luces de las casas parpadeaban débilmente a su alrededor, y el silencio de la noche se rompía solo por el eco de sus pasos y el sonido de su respiración agitada. Amelia sentía que el pueblo la observaba, que las sombras se alzaban a su alrededor, pero nada de eso la detenía. Todo lo que quería era encontrar a Federico, asegurarse de que estaba a salvo.

A medida que corría, el miedo de la noche comenzaba a apoderarse de su cuerpo. Sentía la oscuridad acercándose, la transformación que tanto temía, pero no podía detenerse. Sabía que se estaba quedando sin tiempo, que pronto la noche la reclamaría, pero su amor por Federico la impulsaba a seguir adelante, a correr más rápido que su propio destino.

Capítulo 30:
La Noche del Juicio

El **Encuentro en el Bosque**

La noche envolvía el pueblo como un manto oscuro y opresivo. Amelia, en su forma monstruosa, corría por las calles desiertas, su mente envuelta en una neblina de ira y desesperación. Su cuerpo se sentía más pesado con cada paso, como si la transformación estuviera debilitándola, pero no podía detenerse. Algo la empujaba a seguir adelante, algo que la arrastraba hacia los límites del pueblo, hacia el bosque que se alzaba como una barrera negra contra el cielo.

A medida que se adentraba en el bosque, la luz de la luna se filtraba débilmente entre las ramas de los árboles, creando sombras que se movían con una vida propia. Amelia se detuvo por un momento, jadeando por el esfuerzo. Su respiración era irregular, y su cuerpo parecía al borde del colapso, pero entonces escuchó algo que la hizo olvidar su propio sufrimiento.

Voces. Alguien estaba cerca, hablando en susurros agitados. Amelia se escondió detrás de un árbol, sus sentidos agudizados por la oscuridad. Contuvo la respiración mientras intentaba identificar a las personas que hablaban.

"¡No podemos quedarnos aquí!" La voz de Federico, temblorosa y llena de pánico, rompió el silencio del bosque. "Si ese maldito secuestrador cambia de opinión, estaremos muertos en cuestión de minutos."

"Lo sé," respondió Alejandro, con un tono de desesperación. "Pero debemos encontrar una forma de salir de este lugar. Si no lo hacemos, cumplirán con las órdenes de Elena Lázaro y de Ignacio Castaño. No van a detenerse hasta asegurarse de que no volvamos a interferir en sus planes."

Amelia sintió que su corazón se detenía. El nombre de su madre, mencionado en ese contexto, fue como un golpe directo a su alma. Las palabras de Alejandro resonaron en su mente, confirmando los temores más oscuros que había albergado durante tanto tiempo. Elena, su madre, había ordenado la muerte de Alejandro... y probablemente la suya también.

El dolor en su pecho se transformó rápidamente en una furia ciega. Amelia quería salir de su escondite, gritarles a Federico y Alejandro, decirles que los protegería, que se vengaría de quienes los habían traicionado. Pero no podía. No podía permitir que la vieran en ese estado, en esa forma monstruosa que no reconocía como suya.

Apretando los dientes y con los ojos llenos de lágrimas, se obligó a retroceder. La ira la consumía, y cada paso que daba de regreso a la mansión la llenaba de una sed de venganza que la quemaba desde adentro. Sabía que debía confrontar a Elena, enfrentar a la mujer que la había traicionado de la manera más cruel e imperdonable.

⌾⧉⧉⌾

La Confrontación en la Mansión

La luna llena ascendía lentamente en el cielo, bañando el pueblo en una luz pálida y espectral. El viento silbaba entre los árboles desnudos, arrastrando hojas secas por las calles desiertas como si fueran almas en pena buscando descanso. Las sombras se alargaban, formando figuras inquietantes que parecían cobrar vida con cada parpadeo.

En la mansión Lázaro, el ambiente era denso, casi tangible. El salón principal estaba iluminado solo por las velas titilantes, cuyas llamas proyectaban sombras danzantes en las paredes. Elena, sentada en su silla favorita, intentaba mantener la compostura, pero en su interior, una tormenta de miedo y culpa se desataba. Fernando, a su lado, permanecía en silencio, fumando un cigarrillo mientras observaba con ojos sombríos la figura inmóvil de Doña Remedios en el suelo.

Márgara, de pie junto a la puerta, no dejaba de mirar a su madre con ojos llenos de preocupación. El golpe en la cabeza de Doña Remedios había sido fuerte, y aunque aún respiraba, estaba inconsciente. Concha, a un lado de la sala, rezaba en silencio, pidiendo que la vieja sobreviviera, aunque en el fondo sabía que su vida pendía de un hilo.

De repente, un crujido en la madera hizo que todos se volvieran hacia la entrada. La puerta se abrió lentamente, y la figura de Don Toribio apareció en el umbral. Su rostro estaba parcialmente cubierto por la sombra de su sombrero, y sus ojos brillaban con una intensidad perturbadora.

"Elena," dijo Don Toribio con voz grave, su mirada recorriendo la sala. "Parece que esta noche las sombras han decidido revelar sus secretos."

Elena se puso de pie de inmediato, su corazón latiendo con fuerza. No había llamado a Don Toribio, pero su llegada no la sorprendió. Sabía que él tenía un vínculo con la oscuridad que envolvía la mansión, un vínculo que ahora se estaba manifestando.

"Toribio, esto es una locura," dijo Elena, tratando de mantener la calma. "No sé qué está pasando, pero todo se está saliendo de control."

Don Toribio avanzó lentamente hacia el centro de la sala, sus pasos resonando en el silencio. Se detuvo junto al cuerpo de Doña Remedios y la observó con frialdad.

"La oscuridad no se controla, Elena. Solo se le puede hacer un pacto," dijo, inclinándose ligeramente hacia la vieja. "Y parece que algunos aquí han olvidado lo que significa ese pacto."

Antes de que Elena pudiera responder, la puerta trasera de la mansión se abrió de golpe, dejando entrar un viento helado que apagó algunas de las velas. Todos en la sala se volvieron hacia la entrada, y lo que vieron los dejó sin aliento.

Amelia, o lo que quedaba de ella, estaba de pie en el umbral. Su rostro, que durante el día era hermoso y angelical, ahora estaba transformado en una máscara cadavérica. Sus ojos, hundidos y oscuros, brillaban con un odio que parecía venir de las profundidades del abismo. Su piel, pálida y estirada, se pegaba a los huesos como si la carne hubiera comenzado a pudrirse.

"Amelia..." murmuró Fernando, dando un paso atrás con horror.

"¡No!" gritó Márgara, tapándose la boca con ambas manos, sus ojos llenos de lágrimas.

Elena sintió que el suelo se desvanecía bajo sus pies. La criatura que estaba frente a ella no era su hija, sino un espectro salido de las pesadillas más oscuras.

"Amelia, ¿qué te han hecho?" preguntó, su voz apenas un susurro. En su interior sí sabía que Amelia era una Ni viva ni muerta, pero hasta ese momento no la había visto en todo el esplendor de su horror, tan solo en la fotografía tomada por Alejandro. Lo cual no le hacía mérito a lo monstruosa que era en persona.

Amelia no respondió. En su lugar, avanzó lentamente hacia la sala, sus pasos resonando como ecos de muerte. A medida que se acercaba, la temperatura en la habitación descendía, y una niebla comenzó a formarse alrededor de sus pies, como si la muerte misma la siguiera.

"¡Detente!" ordenó Don Toribio, levantando una mano hacia Amelia.

Pero Amelia no se detuvo. Su mirada estaba fija en su madre, y en sus ojos se veía un odio indescriptible, un odio que había sido alimentado por las traiciones y las mentiras.

"Amelia, por favor, detente," suplicó Concha, arrodillándose frente a ella. "No dejes que la oscuridad te consuma."

Amelia se detuvo a unos pasos de Concha, pero no miró a la mujer que había cuidado de ella desde niña. Sus ojos seguían fijos en Elena, y en su rostro cadavérico, una sonrisa retorcida se dibujó.

"Madre," dijo Amelia, su voz resonando como un eco del más allá. "¿Pensaste que podías jugar con la muerte y salir ilesa?"

"Tú... tú lo hiciste," murmuró Amelia, su voz resonando como un eco oscuro. "Mandaste a matar a Alejandro... ¡Le querías causar un dolor muy grande a tu propia hija!"

Elena retrocedió, su rostro descompuesto por el pánico. "Amelia, no sabes lo que estás diciendo..."

"¡Lo escuché todo!" gritó Amelia, su furia desbordándose como un torrente incontrolable. "Escuché a Alejandro decirlo. Te odio por lo que has hecho, madre. ¡Te odio! Elena sintió un escalofrío recorrer su columna vertebral. Las palabras de Amelia eran como cuchillas que cortaban su alma.

"Amelia, yo... yo solo quería lo mejor para ti," balbuceó, dando un paso atrás.

"Lo mejor para mí... o para ti misma, madre?" replicó Amelia, su sonrisa desvaneciéndose en una mueca de furia. "Me vendiste al infierno, y ahora ese infierno ha venido a reclamar lo que le pertenece." No sabes cuánto te odio y cómo te aborrezco, puesto que te aceptaba con todo y tu ambición desmedida... pero, pero... nunca como una asesina.

Don Toribio, que había permanecido en silencio, avanzó hasta colocarse entre Elena y Amelia. Sacó de su chaqueta un amuleto de madera tallada, cubierto de símbolos arcaicos. Lo levantó frente a Amelia, y de inmediato, un grito desgarrador escapó de los labios de la criatura.

"¡Retrocede, criatura del abismo!" ordenó Don Toribio, su voz resonando con autoridad. "¡No permitiré que tomes a tu madre!"

Amelia se detuvo en seco, su cuerpo temblando bajo el poder del amuleto. La niebla a su alrededor se disipó ligeramente, y por un momento, sus ojos recuperaron algo de su antigua humanidad.

"Don Toribio... ella ya está perdida," murmuró Concha, susurrando para sí misma mientras lágrimas de compasión corrían por su rostro.

"¡Cállate, Concha!" gritó Elena, aterrorizada. "¡Mi hija no está perdida! ¡Tiene que haber un modo de salvarla!"

Pero antes de que Don Toribio pudiera responder, Amelia dejó escapar un alarido que hizo temblar las paredes de la mansión. La criatura luchaba contra el poder del amuleto, pero la furia en su interior parecía crecer, superando cualquier barrera que Don Toribio pudiera imponer.

El amuleto comenzó a resplandecer, proyectando una luz blanca que iluminó toda la sala. Amelia gritó de nuevo, esta vez con una voz que no era la suya, sino una mezcla de lamentos que parecían venir de cientos de almas atormentadas.

"¡Madre... me llevaste a esto!" gritó Amelia, y con un último esfuerzo, levantó la mano hacia Elena.

En un instante, la luz del amuleto se apagó, y la habitación quedó sumida en la oscuridad. Un silencio sepulcral llenó el espacio, roto solo por los sollozos de Márgara y los suspiros temblorosos de Concha.

Cuando la luz de las velas se reavivó, Amelia había desaparecido. Don Toribio, jadeando por el esfuerzo, guardó el amuleto en su chaqueta, sus ojos llenos de una tristeza infinita.

"Esto no ha terminado," murmuró, dirigiendo una mirada severa a Elena. "La muerte no es tan fácil de burlar. Amelia aún está aquí... y vendrá por lo que le pertenece."

Elena, aterrada y devastada, se dejó caer en la silla, sintiendo que el peso de sus acciones finalmente la estaba aplastando. Mientras tanto, en algún lugar de la mansión, una risa fría y siniestra resonaba en la oscuridad, anunciando que la verdadera noche del juicio había comenzado.

Capítulo 31:
La Noche de la Caída

La mansión Castaño, normalmente un bastión de calma y elegancia, estaba en plena agitación. Doña Isabel Castaño, una mujer orgullosa que rara vez perdía la compostura, caminaba de un lado a otro en la gran sala, su nerviosismo evidente en cada gesto. Las sombras de las velas danzaban en las paredes, creando un ambiente que, bajo otras circunstancias, podría haber sido acogedor, pero en esa noche se sentía como una prisión.

Sofía, con su elegante vestido de seda, estaba sentada en una de las sillas de la sala, observando a Isabel con una sonrisa forzada. La señora Castaño estaba al borde de un colapso nervioso, preocupada por la desaparición de su hijo Federico, y Sofía había pasado la última hora tratando de consolarla, aunque con cada minuto que pasaba, su paciencia se agotaba más.

"Tranquilícese, doña Isabel," dijo Sofía, con un tono tan suave como el filo de un cuchillo. "Estoy segura de que Federico estará bien. Es fuerte, como su padre."

Isabel se detuvo, mirando a Sofía con ojos llenos de lágrimas. "Es mi único hijo, Sofía. Si algo le pasa... no sé qué haré. Ignacio está fuera, pero no sé si eso será suficiente."

Sofía asintió lentamente, manteniendo su expresión de preocupación mientras por dentro una impaciencia oscura comenzaba a crecer. Isabel Castaño, con su debilidad emocional y sus constantes lamentaciones, estaba empezando a irritarla profundamente.

"Estoy segura de que don Ignacio hará todo lo posible por encontrarlo," dijo Sofía, su voz firme pero carente de verdadera empatía. "Pero mientras tanto, debería tratar de descansar. La preocupación no ayuda en nada."

Isabel se desplomó en la silla frente a Sofía, tapándose el rostro con las manos. "No puedo, Sofía... no puedo dejar de pensar en lo peor."

Sofía se mordió el interior de la mejilla, reprimiendo el deseo de decirle a la mujer que dejara de comportarse como una niña asustada. Ya había jugado el papel de la amiga comprensiva suficiente tiempo. Se levantó de la silla y se acercó a Isabel, colocando una mano sobre su hombro.

"Voy a buscar a Ignacio y asegurarme de que todo esté bajo control," dijo Sofía, su tono ahora más decidido. "No se preocupe, doña Isabel. Volveré con noticias."

Isabel asintió con la cabeza, sin levantar la vista. Sofía se dio la vuelta y salió de la sala, manteniendo su compostura hasta que estuvo fuera de la vista. En el pasillo, su rostro cambió. La máscara de dulzura se deslizó, revelando una expresión de frialdad y determinación.

"Esta familia es un desastre," murmuró para sí misma mientras caminaba hacia la puerta principal. "Si alguien quiere que las cosas se hagan bien, tengo que hacerlo yo misma."

Sofía salió de la mansión con paso firme, sintiendo la brisa nocturna en su rostro. Bajó los escalones de la entrada con gracia y se dirigió al garaje, donde el auto de don Ignacio estaba estacionado. Sin dudarlo, abrió la puerta del conductor y subió al asiento. Para su sorpresa, encontró las llaves en el encendido.

"Qué suerte la mía," dijo Sofía con una sonrisa torcida. Giró las llaves y el motor rugió con fuerza. Sin perder tiempo, Sofía aceleró, alejándose de la mansión Castaño en busca de Federico. Pero no solo lo buscaba para encontrarlo y devolverlo a salvo... No, había una chispa oscura en sus ojos, una ambición que la impulsaba más allá del simple rescate.

"Federico será mío, de una forma u otra," murmuró para sí misma mientras conducía a toda velocidad por las calles del pueblo. "Y nadie, ni siquiera esa insípida Amelia, se interpondrá en mi camino."

La Búsqueda de Don Ignacio

En las afueras del pueblo, bajo la luz de la luna, don Ignacio Castaño cabalgaba junto a sus hombres, recorriendo cada rincón en busca de su hijo desaparecido. Su figura imponente, vestido con un abrigo oscuro, daba la impresión de un hombre que estaba en control, pero en su interior, la preocupación lo consumía.

A su lado cabalgaban tres hombres de confianza, cada uno con nombres que resonaban en la región: Mateo, el cazador experto, con sus ojos afilados como un águila; Esteban, el hombre de pocas palabras pero de mucha acción, conocido por su lealtad inquebrantable; y Luis, el más joven del grupo, pero con un instinto que compensaba su falta de experiencia.

"¡Revisen esas colinas!" ordenó Ignacio con voz autoritaria, apuntando hacia un grupo de árboles oscuros que se alzaban a la distancia. "Federico no puede haber ido muy lejos."

Los hombres asintieron y espolearon sus caballos, separándose para cubrir más terreno. Ignacio los observó mientras se alejaban, su mente corriendo a toda velocidad. Había algo en la desaparición de su hijo que no le cuadraba, algo que no podía identificar pero que lo llenaba de inquietud.

A medida que avanzaba por el camino de tierra, los cascos de su caballo resonaban en la quietud de la noche. La luna brillaba con un resplandor frío, iluminando su camino, pero Ignacio sentía que la oscuridad que lo rodeaba no era solo física. Algo más acechaba en las sombras, algo que no podía ver pero que percibía en lo más profundo de su ser.

"Federico... ¿dónde estás?" murmuró para sí mismo, apretando las riendas con fuerza. No podía permitir que su hijo fuera víctima de las intrigas que se cernían sobre la familia. La traición y el peligro estaban demasiado cerca, y él sabía que tenía que actuar rápido.

Ignacio detuvo su caballo al llegar a un claro en el bosque. Se bajó y miró a su alrededor, buscando cualquier signo que pudiera indicar el paradero de su hijo. Pero el bosque guardaba sus secretos con un silencio inquietante. Los árboles parecían observarlo, y el viento susurraba palabras que no podía entender.

De repente, un sonido a lo lejos captó su atención. Era el galope de un caballo, acercándose a toda velocidad. Ignacio se giró justo a tiempo para ver a Luis aparecer entre los árboles, con una expresión de alarma en su rostro.

"¡Don Ignacio!" gritó Luis mientras se acercaba. "Encontramos algo... no estamos seguros, pero podría ser él."

Ignacio no esperó más. Montó su caballo de un salto y siguió a Luis, con el corazón latiendo en su pecho como un tambor de guerra. Estaba listo para enfrentarse a lo que fuera necesario para salvar a su hijo.

La Propuesta de Don Toribio

De vuelta en la mansión Lázaro, el ambiente era tenso y cargado de una sensación de inminente desastre. En el gran salón, el cuerpo de Doña Remedios yacía en el suelo, mientras Elena, Fernando y Márgara permanecían en silencio, incapaces de procesar completamente lo que había ocurrido.

La puerta trasera se abrió suavemente, y Don Toribio entró, moviéndose con la quietud de un espectro. Su presencia, como siempre, traía consigo un aire de misterio y peligro. Observó la escena con sus ojos penetrantes, antes de fijar su mirada en Elena.

"Veo que las cosas se han complicado, señora Lázaro," dijo Don Toribio con una calma escalofriante. "Pero no todo está perdido."

Elena levantó la vista, su rostro demacrado por el miedo y la culpa. "Don Toribio... esto es un desastre. No sé qué hacer."

Don Toribio avanzó hacia el cuerpo de Doña Remedios, arrodillándose a su lado. Sus dedos huesudos tocaron la piel fría de la mujer, y una sonrisa leve, casi imperceptible, apareció en sus labios.

"Podría encargarme de esto," dijo en voz baja, como si estuviera sugiriendo algo tan trivial como quitar una mancha de la alfombra. "Llevaría el cuerpo a un lugar donde nunca lo encontrarían. El secreto quedaría enterrado... para siempre."

Elena sintió un escalofrío recorrer su cuerpo. La propuesta de Don Toribio era tentadora, pero también aterradora. Sabía que aceptar su oferta la hundiría aún más en la oscuridad que había comenzado a envolver su vida.

"¿Qué quiere a cambio?" preguntó, su voz temblorosa.

Don Toribio se puso de pie, observándola con una expresión inescrutable. "No siempre se trata de lo que yo quiero, señora. A veces, es cuestión de lo que uno necesita. Y en este caso, lo que usted necesita es que este... incidente... desaparezca."

Elena miró a su alrededor, a su esposo Fernando, a su hija Márgara, y supo que no tenía otra opción. Asintió lentamente, tragando el nudo que tenía en la garganta.

"Hágalo," susurró, sabiendo que acababa de sellar otro pacto con la oscuridad.

Don Toribio sonrió, un gesto frío y calculador, y se inclinó nuevamente sobre el cuerpo de Doña Remedios. La noche estaba lejos de terminar, y la oscuridad solo acababa de comenzar a desplegar sus alas sobre la familia Lázaro.

Capítulo 32:
La Oscuridad Revelada

La luna, alta y llena, arrojaba su luz pálida sobre las colinas que rodeaban el pueblo, mientras don Ignacio y sus hombres avanzaban a caballo por el terreno rocoso. El ambiente estaba cargado de tensión, y los cascos de los caballos resonaban en la quietud de la noche, acompañados solo por el susurro del viento que barría las hojas secas.

Luis, con los ojos fijos en el horizonte, se detuvo bruscamente al ver un destello de color entre los arbustos. Señaló hacia adelante con un gesto nervioso, y don Ignacio ordenó a los demás que mantuvieran la calma. A medida que se acercaban, las figuras ocultas en las sombras comenzaron a tomar forma. Uno de los hombres desmontó y apartó las ramas que cubrían un conjunto de ropa raída.

"¡Aquí está!" gritó el hombre, y don Ignacio bajó de su caballo, avanzando hacia el lugar con paso firme.

Ante ellos, acurrucado en el suelo y cubierto por ramas, estaba el secuestrador. Su rostro estaba sucio, y sus ojos se movían de un lado a otro, buscando desesperadamente una salida. Era un hombre corpulento, con una barba desordenada y una cicatriz que le cruzaba la mejilla derecha, un recuerdo de viejas peleas. Su nombre era Jacinto, y aunque solía ser un hombre de pocos temores, en ese momento, la presencia de don Ignacio lo hacía temblar.

Ignacio se paró frente a él, con la sombra de su sombrero cubriéndole la mitad del rostro. "Jacinto," dijo, su voz baja y peligrosa, "parece que te han encontrado en un mal momento."

Jacinto levantó la vista lentamente, sabiendo que la situación no pintaba nada bien. "No sé de qué me habla, patrón," respondió con voz ronca, tratando de mantener la compostura. "Solo estaba descansando aquí, no he hecho nada."

Ignacio se inclinó ligeramente hacia él, acercando su rostro al de Jacinto. "No me mientas, Jacinto. Sabes que detesto las mentiras. ¿Dónde está mi hijo?"

Jacinto apretó los dientes, sin atreverse a hablar. Sabía que cualquier cosa que dijera podría sellar su destino, pero también sabía que quedarse en silencio podría ser igual de peligroso.

Don Ignacio, viendo la reticencia de Jacinto, suspiró con exasperación. "Luis," llamó a su joven acompañante, que aún estaba montado en su caballo. "Baja de ahí, muchacho. Es hora de que aprendas lo que significa ser un hombre de verdad."

Luis, con el corazón acelerado, obedeció de inmediato. Bajó del caballo y se acercó a Ignacio, quien le entregó su revolver con una mirada seria.

"¿Qué estarías dispuesto a hacer por mí, Luis?" preguntó Ignacio, su voz cargada de autoridad.

Luis, sin dudar, respondió con firmeza, "Todo lo que sea necesario, patrón. Sacrificaría mi vida por usted."

Ignacio asintió con satisfacción. "Entonces, sujeta a este hombre al poste," ordenó, señalando un árbol cercano. "Vamos a hacerle una oferta que no podrá rechazar."

Luis, con las manos temblorosas pero decidido a demostrar su lealtad, amarró a Jacinto al árbol, mientras los demás hombres observaban en silencio. Ignacio se acercó, sacando su revolver y colocándolo en la mano de Luis.

"Jacinto," dijo Ignacio, con una frialdad que helaba la sangre. "Tienes una última oportunidad para decirme la verdad. Si lo haces, te prometo que no te haré daño."

Luis, con el revolver en la mano, miró a Ignacio, y este le guiñó un ojo, dándole a entender que, pase lo que pase, Jacinto no saldría vivo de esa noche.

Jacinto, viendo la desesperación en los ojos de Luis y el gesto sutil de Ignacio, entendió que estaba condenado de cualquier manera. Tragó saliva y, con un susurro casi inaudible, comenzó a hablar.

"Federico... pagó el rescate para que no los mataran," confesó Jacinto, con voz entrecortada. "Quería salvar principalmente a Alejandro. Ambos descubrieron que... que Elena y usted estaban implicados en todo esto."

Ignacio apretó los labios, controlando su furia, mientras Luis lo miraba con desconcierto. "¡Habla más fuerte!" exigió Luis, aunque su mano temblaba mientras sostenía el arma.

"¡Eso es todo!" gritó Jacinto, desesperado. "Federico sabe que su madre y usted... son responsables de todo. Por favor, patrón, no me mate..."

Luis, bajo la presión de Ignacio y el miedo a defraudarlo, apretó el gatillo. El disparo resonó en la noche, y Jacinto dejó escapar un último suspiro antes de desplomarse contra el árbol. El eco del disparo se desvaneció lentamente, dejando un silencio que pesaba en el aire como una sentencia.

De repente, un grito agudo rompió la calma. Sofía, que se había acercado sigilosamente mientras observaba la escena, no pudo contener su horror al ver a Jacinto caer muerto. Se llevó las manos a la boca, intentando ahogar otro grito, pero el daño ya estaba hecho.

Ignacio se giró bruscamente, sus ojos encontrándose con los de Sofía. La incredulidad y el shock se apoderaron de ambos. Sofía, con el rostro pálido y los ojos desorbitados, había presenciado algo que nunca debió haber visto.

"¿Qué haces aquí, Sofía?" preguntó Ignacio, su voz dura y cortante, mientras se acercaba lentamente a ella.

Sofía retrocedió un paso, aún tratando de procesar lo que acababa de ocurrir. "Yo... yo solo..."

Ignacio, ahora consciente del peligro que representaba Sofía sabiendo la verdad, la miró con una mezcla de incredulidad y amenaza. La noche, que había comenzado con la intención de encontrar a su hijo, se había convertido en un juego de sombras y mentiras que amenazaba con consumirlos a todos.

La Oscuridad Revelada (Parte 2)

El bosque se extendía como un laberinto sin salida, cubierto por una espesa niebla que envolvía los árboles desnudos y torcidos. Las ramas crujían suavemente bajo el viento frío de la noche, y el suelo, húmedo y cubierto de hojas podridas, desprendía un olor a descomposición que penetraba en los pulmones. Federico y Alejandro avanzaban con dificultad, desorientados, sus cuerpos aún resentidos por los maltratos que habían sufrido. Ambos estaban en silencio, solo sus pasos resonaban en la soledad del bosque.

"¿Estamos... estamos perdidos?" preguntó Alejandro, su voz temblando mientras miraba a su alrededor, tratando de identificar algún punto de referencia, pero todo parecía igual.

"Maldita sea," murmuró Federico, con frustración evidente en su tono. "No podemos quedarnos aquí... necesitamos encontrar el camino de vuelta."

Cada paso que daban se sentía como un desafío, ya que el terreno era traicionero, lleno de raíces sobresalientes y rocas que se ocultaban bajo la maleza. De repente, Alejandro resbaló, y antes de que pudiera agarrarse de algo, cayó de espaldas, llevándose a Federico con él. Ambos rodaron por un pequeño terraplén, cayendo en una trampa oculta bajo la maleza.

El golpe fue seco, y ambos quedaron tendidos en el fondo de la trampa, respirando con dificultad. Federico sintió un dolor agudo en el tobillo, y al mirar hacia abajo, vio que su pie había quedado atrapado en una trampa para animales, una de esas antiguas, con dientes de acero que ahora se aferraban a su carne.

"¡Maldita sea!" gritó, intentando liberarse, pero el dolor era insoportable. Alejandro, a su lado, se quejaba de un fuerte golpe en las costillas que le dificultaba respirar.

"Esto no puede estar pasando..." susurró Alejandro, con la voz entrecortada. "No así... no después de todo."

El paisaje que los rodeaba era lúgubre y aterrador. Los árboles, altos y retorcidos, parecían inclinarse sobre ellos, como si observaran su sufrimiento con indiferencia. La niebla se espesaba a su alrededor, oscureciendo aún más su visión y haciendo que el aire fuera más denso y pesado.

Federico, con el rostro contraído por el dolor, miró hacia arriba, viendo cómo las ramas se entrelazaban sobre ellos, formando una red que impedía ver el cielo. Solo una débil luz de la luna lograba filtrarse a través de los árboles, creando sombras alargadas que se movían con el viento, como figuras fantasmales que los acechaban.

"No podemos quedarnos aquí," insistió Federico, apretando los dientes mientras intentaba, en vano, liberar su pie. "Tenemos que salir... tenemos que..."

Pero el dolor y el cansancio comenzaban a superarlos, y ambos hombres quedaron tendidos en el fondo de la trampa, sintiendo cómo el frío de la noche se apoderaba de sus cuerpos.

❦

Don Toribio y el Cuerpo de Doña Remedios

En la oscuridad de la noche, la figura de Don Toribio se movía sigilosamente a través de las sombras, cargando el cuerpo inerte de Doña Remedios sobre su hombro. Las velas, colocadas estratégicamente por toda la habitación, proyectaban una luz vacilante que creaba sombras siniestras en las paredes de la pequeña casa. El aire estaba cargado de un olor a cera derretida y a incienso, un aroma que parecía adherirse a la piel.

Don Toribio lanzó el cuerpo de la anciana al suelo de manera brusca, sin un ápice de compasión en sus gestos. Se enderezó, sacudiéndose el polvo de las manos, mientras observaba la figura encogida que yacía frente a él. Doña Remedios, con su piel pálida y arrugada, parecía una muñeca rota, un cuerpo sin vida dejado a la merced de fuerzas oscuras.

En ese momento, una risa aguda y burlona resonó desde una esquina oscura de la habitación. La sombra de la hermana de Don Toribio se materializó lentamente, su figura difusa y cambiante iluminada por las llamas de las velas.

"¿Este es el cuerpo que me traes?" se burló la hermana, con desdén en su voz. "¿Este saco de huesos arrugados y débiles? Primero muerta que regresar a la vida a través de semejante cuerpo."

Don Toribio la miró con calma, aunque su paciencia empezaba a agotarse. "Este es un cuerpo disponible, hermana. Tal vez no sea el mejor, pero te daría la oportunidad de regresar a este mundo... tangible, real."

La sombra de la hermana se movió inquieta, como si considerara la propuesta por un breve instante, antes de rechazarla con un ademán desdeñoso. "No sirve ni para comer. Ni siquiera podría soportar el peso de una vida como la mía. No... no acepto este cuerpo. Prefiero esperar."

Don Toribio suspiró, sabiendo que su hermana siempre había sido difícil de complacer. A pesar de su negativa, no estaba dispuesto a dejar que la situación se desperdiciara por completo. Con un gesto de su mano, comenzó a murmurar un conjuro en un idioma antiguo y olvidado, sus palabras resonando en el aire como un susurro de ultratumba.

Las velas parpadearon, y una corriente de aire helado recorrió la habitación. De repente, los ojos de Doña Remedios se abrieron, aunque vacíos de conciencia. Su cuerpo, antes inerte, comenzó a moverse lentamente, como si obedeciera a una fuerza invisible.

Don Toribio se inclinó sobre ella, su voz baja y controlada. "Olvida todo lo que has visto," ordenó, su tono hipnótico y penetrante. "Regresa a tu casa, piensa que todo esto no fue más que un sueño... un mal sueño. Nada de lo que has visto es real."

Doña Remedios, bajo la influencia del conjuro, asintió lentamente, sus ojos vidriosos parpadeando. Se levantó torpemente, como una marioneta manipulada por hilos invisibles, y comenzó a caminar hacia la puerta, siguiendo las órdenes de Don Toribio sin cuestionarlas.

El conjuro había surtido efecto, pero el ambiente en la habitación seguía cargado de tensión. La sombra de la hermana observaba con interés, aunque su deseo de venganza y de regresar a la vida no había disminuido.

"Cuando encuentres un cuerpo digno de mí, hermano, sabré recompensarte," murmuró la sombra, su voz apenas audible.

Don Toribio asintió, aunque en su mente ya comenzaba a planear cómo cumplir con los deseos de su hermana sin comprometer sus propios intereses.

La noche continuó con Doña Remedios caminando a través de la noche, su mente vacía de los recuerdos recientes, mientras Don Toribio y su hermana continuaban maquinando en la penumbra, esperando la oportunidad perfecta para llevar a cabo sus oscuros planes.

Capítulo 33:
Caminos Oscuros

El frío de la noche comenzaba a intensificarse, haciendo que el aliento de Federico y Alejandro se condensara en pequeñas nubes mientras luchaban por mantenerse conscientes en el fondo de la trampa. El dolor en la pierna de Federico era punzante, y la sangre había empapado la tela de su pantalón, tiñendo de rojo oscuro la tierra que lo rodeaba.

"Tenemos que salir de aquí," murmuró Federico, su voz apenas un susurro mientras intentaba contener el dolor. "No podemos... quedarnos..."

Alejandro, jadeando por el esfuerzo y el dolor en sus costillas, miró a su alrededor. Sabía que si se quedaban ahí, atrapados en esa trampa, la muerte no tardaría en alcanzarlos. Su mente, a pesar del cansancio, comenzó a trabajar frenéticamente, buscando una solución.

"Tranquilo," dijo Alejandro, tratando de inyectar algo de calma en la situación, aunque su propio corazón latía con fuerza en su pecho. "Voy a sacarte de aquí. No te preocupes."

Federico asintió débilmente, sus manos aferrándose a las hojas secas y las raíces que lo rodeaban, intentando buscar algún tipo de alivio al dolor. Alejandro, por su parte, comenzó a explorar el hueco en el que estaban atrapados. A pesar de la oscuridad y el frío, no dejó que el miedo lo paralizara.

Con dedos temblorosos, Alejandro encontró una rama larga y resistente, que había caído en el fondo del hueco. Su mente trabajaba rápidamente, ideando un plan. Rompió la rama en dos partes y usó una como palanca para aflojar la trampa que mantenía a Federico prisionero.

"Va a doler," advirtió Alejandro, apretando los dientes mientras comenzaba a forzar la trampa abierta. Federico soltó un grito de dolor cuando los dientes de metal se separaron lentamente de su pierna, pero Alejandro no se detuvo hasta que logró liberar a su amigo.

Federico respiraba pesadamente, su rostro perlado de sudor y dolor, pero logró esbozar una débil sonrisa de gratitud hacia Alejandro. "Gracias... amigo..."

"No me des las gracias todavía," replicó Alejandro, con un toque de humor en su voz. "Primero tenemos que salir de aquí."

Con la trampa abierta, Alejandro usó la otra mitad de la rama para hacer una improvisada muleta para Federico. Con cuidado, ayudó a su amigo a levantarse, soportando parte de su peso mientras comenzaban a buscar una salida del hueco. El proceso fue lento y agotador, pero Alejandro no dejó que la desesperación se apoderara de él.

"Espera... creo que reconozco este lugar," dijo Alejandro de repente, mirando a su alrededor con ojos entrecerrados. La niebla aún cubría gran parte del paisaje, pero había algo en los árboles y las formaciones rocosas que le resultaba familiar.

"¿Estás seguro?" preguntó Federico, tratando de mantener el equilibrio.

"Sí," afirmó Alejandro, con una nueva determinación en su voz. "Pasé por aquí antes. Sé que si seguimos en esta dirección, llegaremos a un claro... desde ahí, podré orientarme mejor."

Federico asintió, confiando plenamente en Alejandro. Los dos amigos, heridos pero decididos, comenzaron a avanzar lentamente por el bosque, con Alejandro liderando el camino. El paisaje seguía siendo lúgubre y aterrador, pero la esperanza comenzaba a resurgir en sus corazones. Sabían que, mientras siguieran adelante, tendrían una oportunidad de sobrevivir.

Ignacio y Sofía en el Auto

El silencio dentro del auto era casi palpable, una tensión latente que llenaba el aire mientras Ignacio conducía por las calles desiertas del pueblo. Sofía, sentada en el asiento del copiloto, mantenía la vista fija en la carretera, sus pensamientos enredados en una maraña de emociones. Había presenciado algo que nunca imaginó, y sabía que ahora estaba en una posición única para negociar lo que siempre había deseado.

Ignacio, por su parte, mantenía la mirada fija en la carretera, pero su mente estaba trabajando rápidamente, calculando sus opciones. Sabía que Sofía había visto y escuchado demasiado, y aunque eliminarla sería la solución más sencilla, había algo en su expresión que le decía que podía ser útil de otra manera.

Finalmente, el silencio se rompió. "¿Qué quieres, Sofía?" preguntó Ignacio, sin apartar la vista del camino. "¿Qué necesitas para callar lo que viste y escuchaste?"

Sofía, sintiendo que este era su momento, giró la cabeza para mirarlo directamente a los ojos. "No quiero dinero, don Ignacio," dijo, su voz firme y decidida. "Lo que quiero es casarme con Federico. Eso es lo único que me interesa."

Ignacio arqueó una ceja, sorprendido por la simplicidad de la petición. "¿Eso es todo? ¿Quieres que te case con mi hijo?"

"Sí," respondió Sofía sin titubear. "Federico debe casarse conmigo. Se lo aseguro, don Ignacio, nuestra descendencia será fuerte, sana... mucho mejor que con mi prima Amelia."

Hubo un breve silencio, durante el cual Sofía casi mencionó el secreto de Amelia, pero se detuvo a tiempo. Sabía que debía jugar sus cartas con cuidado.

Ignacio pensó en las palabras de Sofía, considerándolas cuidadosamente. Sabía que Federico y Amelia se habían acercado, pero también era consciente de las debilidades de Amelia, que podrían complicar el futuro de su familia. Casar a su hijo con Sofía podría ser una solución más sólida a largo plazo.

"Está bien," dijo finalmente, su voz tranquila pero autoritaria. "Si Federico aparece sano y salvo, haré todo lo posible para convencerlo de que se case contigo."

Sofía sintió una oleada de alivio al escuchar la respuesta de Ignacio, pero antes de que pudiera agradecerle, Ignacio levantó una mano, indicándole que aún no había terminado.

"Sin embargo, hay algo más que quiero de ti a cambio," dijo Ignacio, su voz ahora cargada de una seriedad que hizo que Sofía se tensara. "Necesito que me consigas los papeles de la propiedad que tienen los Lázaro en las afueras del pueblo, del lado norte."

Sofía parpadeó, sorprendida por la solicitud. "¿Los papeles de la propiedad?" preguntó, frunciendo el ceño. "¿Por qué querrías eso?"

Ignacio la miró de reojo, sus ojos oscuros y calculadores. No dijo una palabra, pero levantó una ceja, una señal clara de que no pensaba explicar sus motivos.

Sofía entendió el mensaje. A veces, era mejor no hacer demasiadas preguntas. Con un ligero asentimiento, aceptó el trato. "Está bien, haré lo que me pides. Conseguiré esos papeles para ti."

Ignacio asintió con aprobación. "Perfecto, Sofía. Entonces, tenemos un trato. Asegúrate de que nadie más sepa lo que acabamos de hablar."

Sofía sonrió con satisfacción, sabiendo que estaba cada vez más cerca de lograr su objetivo. No solo tendría a Federico, sino que también ganaría la confianza de Ignacio, lo que podría ser aún más valioso en el futuro.

El auto siguió su camino en silencio, con ambos personajes maquinando sus próximos movimientos, cada uno buscando obtener lo máximo posible de su recién sellado acuerdo. Mientras tanto, la noche oscura y fría continuaba envolviendo al pueblo, ocultando en sus sombras los secretos que pronto podrían salir a la luz.

Pero a medida que avanzaban por la carretera desierta, la tensión se hizo más palpable, no solo por el acuerdo que acababan de sellar, sino por una atracción latente que ninguno de los dos se atrevía a admitir. Sofía, sintiéndose poderosa y en control por primera vez en mucho tiempo, decidió tomar la iniciativa. Se inclinó hacia Ignacio, colocando una mano sobre su pierna, acariciando su muslo de manera lenta y provocativa.

Ignacio, sorprendido por el gesto, desvió brevemente la mirada de la carretera para encontrarse con los ojos de Sofía, que lo miraban con una mezcla de desafío y deseo. Hubo un momento de duda en su mente, pero la lujuria y el poder que sentía al estar cerca de una mujer tan ambiciosa como él lo llevaron a ceder.

Detuvo el auto en un lugar apartado, sin decir una palabra. Sofía no necesitaba más señales; se acercó a él, rozando sus labios con los suyos antes de besarlo con una pasión contenida, encendiendo una chispa que rápidamente se convirtió en un fuego incontrolable. Ambos se dejaron llevar por la oscuridad de la noche, por el aislamiento del momento y por la necesidad de olvidar, aunque fuera por un instante, los peligros que les acechaban.

El deseo reprimido, alimentado por la soledad y la lujuria, culminó en una explosión de pasión que ninguno de los dos pudo detener. En ese auto, en medio de la noche, Ignacio y Sofía se unieron, cada uno buscando algo más que placer: el control, el poder, la dominación. Y mientras se entregaban al momento, ambos sabían que esta conexión solo los haría más peligrosos, más dispuestos a destruir a cualquiera que se interpusiera en su camino.

Cuando todo terminó, se quedaron en silencio, recuperando el aliento, sabiendo que algo había cambiado entre ellos. Ignacio volvió a encender el motor, y sin decir una palabra, reanudaron su camino, conscientes de que su alianza acababa de sellarse de una manera que iba más allá de las palabras y los acuerdos.

La noche continuaba, y con ella, el plan que ambos habían trazado.

Don Toribio y la Hermana en las Sombras

Mientras tanto, en otra parte del pueblo, Don Toribio caminaba por las calles desiertas con una calma inquietante. La noche había alcanzado su punto más oscuro, y la luna apenas iluminaba el camino frente a él. Los ecos de los cascos de los cascos de los hombres resonaban en la distancia, pero Don Toribio no les prestaba atención.

"Es hora de alimentarnos," murmuró con una sonrisa torcida, su voz apenas un susurro en la oscuridad. "Hora de carne y sangre."

Desde las sombras, la figura difusa de su hermana se materializó junto a él, tomando la forma de la sombra de Amelia. Una risa escalofriante escapó de sus labios, y sin necesidad de palabras, comenzó a moverse hacia las calles del pueblo, donde los hombres de Ignacio continuaban buscando a Federico.

La hermana de Don Toribio, oculta bajo la apariencia de la sombra de Amelia, se deslizó por las calles con gracia espectral, sus movimientos rápidos y fluidos, como si flotara sobre el suelo. Sus ojos, vacíos de compasión, buscaban una presa fácil, un cuerpo que pudieran destrozar para saciar su hambre insaciable.

Capítulo 34:
La Sombra y la Luz

La mansión Lázaro estaba envuelta en una atmósfera opresiva. Las paredes, normalmente imponentes, parecían cerrarse sobre los habitantes, intensificando la sensación de claustrofobia que todos compartían. Elena, con los nervios deshechos, se paseaba de un lado a otro del salón, sus manos temblorosas aferradas al borde de su chal mientras trataba de mantener la compostura. Fernando, con la mandíbula tensa y las cejas fruncidas, intentaba calmarla, aunque su propia mente estaba invadida por pensamientos oscuros.

"Mujer, por favor, cálmate," le pidió Fernando, tratando de sonar firme, aunque su voz traicionaba una ligera inquietud. "Vamos a resolver esto."

"¿Calmarme?" Elena soltó una risa seca y amarga. "¡¿Cómo quieres que me calme con todo lo que está pasando?! Amelia... Federico... todo está desmoronándose, y ni siquiera sabemos en qué va a terminar todo esto."

Fernando la miró con compasión, consciente de la tormenta que se gestaba en su familia. Márgara y Concha, ambas igualmente preocupadas, se asomaban de vez en cuando por las ventanas, esperando alguna señal de lo que estaba ocurriendo fuera de las paredes de la mansión. El tropel de los caballos de los hombres de Ignacio resonaba en la distancia, aumentando la tensión en la casa.

"Señor Fernando," dijo Concha, asomándose una vez más, "no se ve nada desde aquí... solo la oscuridad y los hombres buscando."

"Y ni una señal de Federico," añadió Márgara, su voz temblando ligeramente. "Esto no es bueno... no es bueno para nada."

Fernando apretó los puños, sintiendo que el control de la situación se escapaba cada vez más de sus manos. "Federico aparecerá," dijo, casi como un mantra. "Debe aparecer."

⊙≫≫

El Despertar de Doña Remedios

Doña Remedios despertó en su cama con un sobresalto, el sudor frío perlaba su frente y su corazón latía desbocado. La oscuridad de la habitación parecía asfixiante, y por un momento, no supo si lo que había experimentado era real o una pesadilla. Las imágenes borrosas de su encuentro con Don Toribio, la sensación de ser arrastrada a través de la noche, y la visión de la sombra de Amelia la golpearon con fuerza.

"¿Qué... qué ha pasado?" murmuró, sentándose en la cama, tratando de darle sentido a sus recuerdos.

De repente, el sonido de los cascos de los caballos resonó en las calles fuera de su casa. El tropel de los hombres de Ignacio cruzaba el pueblo, buscando a Federico. La curiosidad y el miedo se mezclaron en su pecho, y aunque su instinto le decía que debía quedarse en casa, la necesidad de saber qué estaba ocurriendo la empujó a salir.

Doña Remedios se levantó, temblorosa, y salió a la calle. La noche estaba envuelta en una oscuridad opresiva, y las sombras parecían danzar a su alrededor mientras avanzaba con pasos inciertos. Al doblar una esquina, sus ojos se agrandaron de horror al ver lo que tenía delante.

Allí, en medio de la calle, la figura de Amelia estaba envuelta en sombras, desgarrando y devorando a uno de los jinetes de Ignacio. El cuerpo del hombre caía al suelo en pedazos, y la sangre se extendía en charcos oscuros a la luz de la luna. Doña Remedios retrocedió, horrorizada, y tropezó con un montón de latas de basura, haciendo un ruido que resonó en el silencio de la noche.

La figura se detuvo abruptamente y giró la cabeza hacia ella. Doña Remedios se quedó helada cuando la figura habló, su voz resonando en la oscuridad. "Sacona... entrometida..."

El miedo en Doña Remedios se mezcló con la incredulidad cuando reconoció la voz. Era la voz de **Milagros**, una mujer que había muerto hacía muchos años. Doña Remedios la reconoció de inmediato, pues ambas habían trabajado juntas en una funeraria durante muchos años.

"¿Milagros? ¡No puede ser... tú... tú estás muerta!" exclamó Doña Remedios, su voz temblando.

La sombra se tensó, como si también se hubiera dado cuenta de que había sido descubierta, y en un instante, se desvaneció en la oscuridad, alejándose rápidamente. Doña Remedios, ahora completamente aterrorizada, se quedó paralizada en su lugar, incapaz de procesar lo que acababa de presenciar.

⚜

Federico y Alejandro en la Propiedad de los Lázaro

Federico y Alejandro, heridos y agotados, finalmente emergieron del bosque sombrío, encontrando un pequeño claro iluminado por la luz de la luna. El frío aire nocturno les refrescaba la piel, y por un momento, ambos sintieron una extraña sensación de alivio al salir de las sombras opresivas del bosque.

"Estamos... ¿estamos fuera?" murmuró Federico, mirando a su alrededor con incredulidad.

"Sí," respondió Alejandro, respirando profundamente mientras observaba el paisaje a su alrededor. "Hemos salido... finalmente."

La luz de la luna hacía brillar las piedras esparcidas por el claro, algunas de ellas revelando destellos dorados. Alejandro se agachó y recogió una de las piedras, notando cómo el oro brillaba bajo la luz plateada.

"¿Qué es esto?" comentó Alejandro, examinando la piedra con atención. "Nunca había visto algo así."

Federico asintió, aunque su mente estaba en otra parte. Sabía que su familia y los Lázaro estaban involucrados en algo mucho más oscuro de lo que había imaginado. Pero en ese momento, lo único que le importaba era que habían salido vivos de esa pesadilla.

Alejandro rompió el silencio con una sonrisa cansada. "¿Recuerdas cómo empezó todo esto? Con golpes... ¡Qué manera de conocernos, eh?"

Federico soltó una risa breve y amarga. "Sí... y mira dónde hemos terminado. Perdidos en medio del bosque, heridos... pero vivos."

Hubo un momento de silencio entre los dos, antes de que Alejandro lo mirara con seriedad. "Federico, hay algo que debo decirte. Algo que descubrí..."

Antes de que Alejandro pudiera continuar, el sonido de cascos resonó en la distancia, y ambos hombres se giraron hacia el origen del ruido. Un jinete, uno de los hombres de Ignacio, apareció entre los árboles, su expresión de alivio al encontrarlos fue evidente.

"¡Federico, Alejandro!" gritó el hombre, desmontando rápidamente. "Gracias a Dios los encontré... tenemos que salir de aquí, rápido."

El secreto se quedó silenciado en la incertidumbre de la noche con lo que Alejandro estaba a punto de revelar y la urgencia de escapar del lugar antes de que algo más terrible ocurriera. Mientras tanto, la sombra de Milagros seguía acechando en la oscuridad, una amenaza latente que aún no había revelado todo su poder.

Capítulo 35:
El Amanecer del Temor

La luz de la mañana se filtraba a través de las pesadas cortinas de la mansión Lázaro, inundando los corredores con un brillo suave y dorado. El silencio en la casa contrastaba con el caos y la tensión de la noche anterior, como si la tranquilidad del amanecer intentara borrar los horrores que habían sucedido en las sombras.

Amelia bajaba lentamente las escaleras, cada paso resonando en el vacío de la mansión. Su apariencia era impecable: su piel rosada y luminosa, su cabello perfectamente peinado, y su vestido se movía con gracia a cada paso. A pesar de las agitaciones de la noche anterior, Amelia se mostraba radiante, como si nada pudiera afectarla durante las horas del día.

Al llegar al pie de las escaleras, vio a su madre, Elena, sentada en la sala con una expresión de preocupación velada. A su lado, Fernando y Márgara estaban en silencio, ambos aún digiriendo lo ocurrido. Amelia decidió ignorar la tensión que emanaba de ellos y se dirigió a la cocina.

"Concha, por favor, prepárame una taza de café," pidió Amelia con suavidad, su voz calmada contrastando con la agitación que reinaba en la casa.

Concha, que había estado ocupada en la cocina, asintió rápidamente y comenzó a preparar el café. Mientras lo hacía, Amelia volvió a la sala y, para sorpresa de todos, Elena se levantó para recibirla.

"Amelia," dijo Elena, su tono más suave de lo habitual, intentando una reconciliación. "Necesitamos hablar. Sé que ha habido muchas cosas... pero quiero que sepas que, pase lo que pase, soy tu madre, y siempre buscaré lo mejor para ti."

Amelia la miró en silencio, sus ojos reflejando una mezcla de emociones. "Lo sé, madre," respondió finalmente, con un tono ambiguo que no revelaba si estaba dispuesta a perdonar o no.

Fernando, que había estado observando la interacción entre las dos mujeres, se acercó para apoyar a su esposa. Márgara, por su parte, permanecía cerca, nerviosa, sintiendo que algo más estaba por venir.

De repente, el sonido de la puerta principal resonó en el vestíbulo, interrumpiendo la conversación. Todos en la sala se quedaron en silencio, sus miradas dirigidas hacia la puerta. Concha, con el corazón acelerado, corrió a abrirla.

Al hacerlo, un grito de horror escapó de sus labios y cayó al suelo, incapaz de sostenerse en pie. Elena, Fernando y Márgara se levantaron de inmediato, y cuando miraron hacia la entrada, vieron algo que nunca habrían imaginado.

El terror en los ojos de Elena fue evidente cuando vio a la figura que entraba por la puerta. "¡No puede ser...!" murmuró, su voz apenas audible.

La Casa de los Castaño

La mansión Castaño estaba sumida en una atmósfera de tensión latente. Mientras doña Isabel, con la preocupación reflejada en su rostro, atendía con esmero a Federico y Alejandro, los sirvientes de la casa se movían apresuradamente, tratando de asegurarse de que ambos hombres estuvieran cómodos y bien cuidados. Alejandro, aunque aún recuperándose de la experiencia traumática, se mostraba más relajado, agradecido por la atención. Federico, por otro lado, parecía distante, con la mirada fija en un punto en la pared, su mente atrapada en un torbellino de pensamientos.

En la sala, Ignacio y Sofía esperaban impacientes, sus cuerpos tensos como cuerdas de violín. Ignacio no dejaba de pensar en lo que su hijo había descubierto, mientras Sofía, aunque aparentemente tranquila, sentía la presión creciente en su pecho. Ignacio, con la voz baja y cargada de intención, se dirigió a ella.

"Entra a la habitación, Sofía. Averigua cómo están los ánimos de Federico," ordenó, sin apartar la mirada de la puerta cerrada.

Sofía asintió, respiró hondo y entró en la habitación. En cuanto cruzó el umbral, adoptó una expresión de preocupación exagerada, acercándose a Federico con una dulzura empalagosa. "Federico, querido, me alegra tanto verte a salvo. Estaba tan preocupada..." dijo, tratando de ocultar su nerviosismo tras una máscara de afecto.

Federico, aún sentado, la miró con desdén, pero antes de poder responder, Sofía se volvió hacia Alejandro. "Alejandro, también me alegra verte bien. Qué alivio saber que estás sano y salvo," dijo con una hipocresía evidente, que Alejandro percibió al instante.

En ese momento, Federico, ya harto de las pretensiones, preguntó con voz firme, "¿Ya llegó mi padre?"

Un sirviente asomó la cabeza por la puerta y, con una leve inclinación, informó, "Sí, señor, está en la sala."

Federico se levantó de un salto, la indignación evidente en sus movimientos. "¿Está en la sala? ¡Perfecto!" exclamó, antes de dirigirse con paso firme hacia la puerta. Sofía lo siguió con la mirada, notando el brillo de furia en sus ojos.

Al llegar a la sala, Federico vio a Ignacio de pie, tranquilo, como si nada hubiera ocurrido. Pero Federico no pudo contenerse más. Se abalanzó sobre su padre, agarrándolo del cuello de la camisa con ambas manos y empujándolo contra la pared. "¡Asesino!" gritó con toda la fuerza de su voz, que resonó en la sala como un trueno.

Ignacio, sorprendido por el ataque, trató de zafarse, pero Federico lo mantenía firme. "¡Asesino! ¡Lo sé todo! ¡Sé lo que planeaste con Elena, sé que querías que Alejandro muriera! ¡Todo por esos malditos terrenos y por tu obsesión con controlar mi vida!"

Ignacio, aún aturdido, intentó defenderse. "¡No digas tonterías, muchacho! ¡No tienes idea de lo que hablas!" Y, en un arrebato de furia, levantó la mano y le dio una bofetada a su hijo, con tal fuerza que el eco del golpe resonó en la habitación.

Federico, con la rabia ardiendo en sus ojos, no lo pensó dos veces. Devolvió el golpe con la misma intensidad, y lo empujó con tanta fuerza que Ignacio trastabilló hacia atrás, golpeando una mesa que cayó con estrépito al suelo, quebrando todo lo que estaba en su superficie. La sala se convirtió en un campo de batalla, con muebles destrozados y gritos que llenaban el aire.

Los sirvientes y doña Isabel intentaron intervenir, pero Federico estaba fuera de control. "¡Me voy a casar con Amelia porque la amo, no porque me preste a tus juegos sucios, ni a los de esa bruja de Elena!" gritó Federico, su voz cargada de determinación. "¡Alejandro!" llamó, y en ese momento, Ignacio quedó paralizado al ver a Alejandro entrar a la sala, sano y salvo, con una sonrisa sarcástica en el rostro.

"Hola, Ignacio," dijo Alejandro, con una voz que goteaba sarcasmo. "Qué sorpresa, ¿no?"

Ignacio, que ya había perdido todo control de la situación, sintió el miedo recorrer su cuerpo al darse cuenta de que su plan se estaba desmoronando ante sus ojos. Federico, con la mandíbula apretada y los puños cerrados, ordenó, "¡Traigan las llaves de mi carro, ya! ¡Alejandro y yo tenemos que ir a la mansión Lázaro!"

Los sirvientes, con las manos temblorosas, entregaron las llaves a Federico. Ignacio sabía que había perdido el control sobre su hijo, sobre todo lo que había intentado construir. Mientras Federico y Alejandro se dirigían hacia la puerta, Sofía, incapaz de quedarse de brazos cruzados, corrió detrás de ellos y se subió al auto sin pedir permiso.

"Voy con ustedes," dijo con firmeza, su voz temblando levemente. Federico la miró con desdén, pero no tuvo tiempo de discutir. Encendió el motor y arrancó, dejando atrás la mansión Castaño.

Revelaciones y Recuerdos

El silencio en la sala de la mansión Lázaro era casi asfixiante. Elena, Fernando, Márgara y Amelia estaban sentados en sus respectivos asientos, con los ojos fijos en la figura que ahora ocupaba el centro de la habitación. Nadie se atrevía a hablar, como si temieran que cualquier palabra pudiera desencadenar una catástrofe. La figura, con una expresión seria, se sentó frente a ellos, contemplando a cada uno antes de romper el silencio.

"Quiero disculparme," comenzó la figura, su voz pesada con el peso de la culpa. "Quiero disculparme por haber acusado injustamente a esta muchacha." Todos en la sala sintieron un escalofrío recorrer sus espaldas. "Fue un grave error acusarla en todo el pueblo y haber regado el rumor de que ella es un monstruo, un ser sobrenatural que habita en este lugar."

Amelia, que hasta ese momento había mantenido una compostura fría, sintió una oleada de alivio al escuchar esas palabras, aunque la tensión aún no se disipaba del todo.

La figura, que no era otra que Doña Remedios, continuó, su voz temblando ligeramente mientras relataba lo que había descubierto la noche anterior. "Descubrí algo que cambia todo lo que pensábamos. No es Amelia la responsable de los asesinatos... sino una difunta llamada Milagros."

Elena, que había estado observando atentamente, sintió que algo dentro de ella se removía con fuerza al escuchar ese nombre. "Milagros," murmuró para sí misma, su mente comenzando a desenterrar recuerdos que había reprimido durante años.

"Milagros," continuó Doña Remedios, "robó la apariencia de Amelia. Es ella quien ha causado todos esos asesinatos en el pueblo. Y hay algo más... Milagros es la hermana de Don Toribio."

El silencio en la sala se tornó aún más pesado, como si la revelación hubiera arrojado una sombra más oscura sobre todos ellos. Amelia, que hasta ese momento había contenido la respiración, exhaló lentamente, aliviada al saber que su inocencia finalmente estaba siendo reconocida, al menos por alguien.

Elena, sin embargo, estaba sumida en sus propios pensamientos. Los nombres "Milagros" y "Toribio" habían desenterrado un recuerdo enterrado profundamente en su memoria. Cerró los ojos por un momento, dejando que su mente retrocediera a un tiempo lejano, cuando ella era solo una niña de cinco años.

En su memoria, se vio a sí misma, una niña pequeña, observando desde detrás de una puerta entreabierta. Su bisabuelo, un hombre de apariencia severa, estaba en la entrada de la mansión, gritándole a una joven mujer que lloraba. La mujer no era otra que Milagros, y junto a ella, un niño pequeño se aferraba a su mano, asustado.

"¡Fuera de mi casa!" gritaba el bisabuelo, su voz resonando por todo el lugar. "¡No eres bienvenida aquí! Mi esposa murió, y tú no tienes ningún derecho sobre esta propiedad."

La joven Milagros suplicaba, pero sus palabras caían en oídos sordos. "El testamento... ella nos dejó esta casa a mí y a mi hermano," decía, pero el bisabuelo solo se reía con desprecio.

"¡Ese testamento no significa nada para mí!" replicó con furia. "Esta propiedad es de mi familia, y así se quedará. Ahora, ¡fuera!"

Elena, en su recuerdo, vio cómo su bisabuelo los echó de la casa, arrojándolos a la calle sin nada más que las ropas que llevaban puestas. Recordó cómo Milagros, con lágrimas en los ojos, le dijo al niño, "Toribio, nos vengaremos de ellos algún día, te lo prometo."

El recuerdo desapareció, y Elena volvió al presente, sintiendo una oleada de comprensión mezclada con culpa. La historia que Doña Remedios acababa de contar encajaba perfectamente con lo que ella había presenciado de niña. "Es... es todo cierto," murmuró, su voz apenas audible.

Elena miró a su familia, a Amelia, y finalmente a Doña Remedios. "Mi bisabuelo les arrebató todo... su hogar, su herencia... y los echó a la calle. Milagros y Toribio debieron haber guardado rencor todo este tiempo. Esto es por lo que han pasado tantos años... una venganza. No sé cómo no me di cuenta antes de que el nombre 'Toribio' me sonaba familiar."

La sala quedó en silencio una vez más, pero esta vez el silencio no estaba cargado de miedo, sino de una comprensión sombría de los eventos que habían llevado a la situación actual.

Doña Remedios asintió, confirmando la conexión. "Así es. Y ahora que sabemos la verdad, debemos hacer algo al respecto. El pueblo debe conocer esta historia."

Amelia, sintiendo que una carga inmensa se levantaba de sus hombros, respiró profundamente. Por primera vez en mucho tiempo, sintió una esperanza real de que su vida pudiera volver a la normalidad. "Gracias," dijo, dirigiéndose a Doña Remedios, con los ojos brillando con gratitud. "Gracias por decir la verdad."

Elena, Fernando y Márgara también expresaron su gratitud, sabiendo que la verdad que Doña Remedios había revelado era su única esperanza de liberar a Amelia de las garras del miedo y la sospecha que la habían perseguido.

Pero mientras agradecían, un pensamiento oscuro atravesó la mente de Elena. ¿Cómo respondería Toribio ahora que su secreto estaba al borde de ser revelado? Y más importante aún, ¿qué consecuencias tendría para ellos descubrir la verdad después de tantos años?

Capítulo 36:
La Fragancia de la Traición

El sol se alzaba suavemente sobre el pueblo, bañando las calles en una cálida luz dorada. El rumor corría como pólvora: doña Remedios, después de una noche de reflexiones y revelaciones, había comenzado a esparcir la noticia de que estaba equivocada sobre Amelia Lázaro. Ahora afirmaba que la verdadera causa de los asesinatos no era la dulce joven, sino una entidad inhumana que habitaba en la casa de don Toribio, tomando la figura de Amelia para cometer sus crímenes. Su voz, tan vehemente y llena de convicción, hacía eco en cada rincón del pueblo, sembrando tanto temor como incertidumbre entre los habitantes.

En la mansión Lázaro, sin embargo, las tensiones se habían calmado momentáneamente. Los últimos días habían sido un torbellino de caos y revelaciones, pero hoy la casa estaba llena de una extraña paz. Amelia, más hermosa que nunca, con su cabello rojizo rizado y su piel brillante, se paseaba por los pasillos con una sonrisa sincera en sus labios. Sabía que Federico estaba vivo y, lo más importante, que se casarían muy pronto. El amor que sentía por él la llenaba de una felicidad que jamás habría imaginado posible.

La puerta principal se abrió, dejando entrar a un grupo de personas cargadas con bandejas decoradas con exquisitos postres. El aire se llenó de un aroma dulce y embriagador, una mezcla de vainilla, frutas frescas y caramelo. Los ojos de los visitantes se iluminaron al ver la belleza y la alegría que irradiaba Amelia.

"Señorita Amelia," dijo una de las mujeres con una sonrisa cálida, "hemos traído las muestras de los postres para la boda. Esperamos que sean de su agrado."

"Por supuesto," respondió Amelia, con un brillo en los ojos. "Pasen, por favor. Estoy segura de que serán perfectos."

La familia Lázaro, ahora más relajada, se reunió en el gran salón donde las bandejas de postres fueron colocadas sobre una mesa larga. La mansión se llenó de un ambiente festivo, los colores vivos de los pasteles contrastaban con el elegante mobiliario, y las flores frescas, recién dispuestas, impregnaban el aire con su fragancia, añadiendo un toque de frescura al lugar. Amelia respiró profundamente, disfrutando de cada segundo de este momento que, finalmente, le daba un respiro de tanta tensión.

Mientras tanto, en el horizonte, un auto se acercaba rápidamente a la mansión. Era Federico, con Alejandro y Sofía en el asiento trasero. El rostro de Federico estaba tenso, sus pensamientos centrados en lo que iba a suceder. Apenas el auto se detuvo frente a la entrada principal, Federico salió rápidamente, ignorando a Sofía, que lo seguía de cerca, y entró a la casa con paso firme.

Elena, que supervisaba la degustación de los postres, levantó la vista al escuchar el ruido de la puerta al abrirse de golpe. Su expresión se endureció al ver a Federico entrar, sus ojos llenos de furia contenida. Sin decir una palabra, él cruzó la sala y se plantó frente a Elena, su mirada clavada en la de ella.

"Quiero una explicación," dijo Federico, con voz dura. "¿Por qué hiciste todo esto? ¿Por qué secuestraste a Alejandro? ¿Qué pretendías ganar al casar a Amelia conmigo?"

Elena intentó mantener la compostura, pero su rostro palideció ligeramente. Antes de que pudiera responder, Federico se giró y caminó hacia Amelia, que lo miraba con sorpresa y emoción. Tomándola de la mano, la atrajo hacia él y la besó con pasión. Cuando se separaron, sus ojos estaban llenos de una determinación inquebrantable.

"Me casaré con Amelia porque la amo," dijo Federico, su voz resonando en toda la sala. "No soy un títere ni para ti, ni para Ignacio. Este matrimonio no es un juego de poder."

Elena, aún en estado de shock por la confrontación, intentó articular una respuesta, pero en ese momento, Alejandro entró en la sala. La sorpresa y el miedo se reflejaron en los ojos de Elena al verlo vivo, de pie frente a ella.

Amelia, sin poder contener su emoción, soltó la mano de Federico y corrió hacia Alejandro, envolviéndolo en un abrazo cálido. "Alejandro, me alegra tanto verte bien," dijo, sus palabras llenas de sinceridad. Sofía, que había entrado justo detrás de ellos, observaba la escena con una envidia mal disimulada, su rostro endurecido por la frustración y el odio que sentía hacia Amelia.

Federico, manteniendo a Amelia cerca, miró a su padre que acababa de entrar, con una mezcla de desprecio y resolución. "Este es mi futuro, y no voy a dejar que nadie lo arruine," declaró Federico, mientras tomaba a Amelia de la mano, decidido a enfrentarse a cualquier obstáculo que se interpusiera en su camino.

En ese momento, la mansión Lázaro estaba en calma, pero la tensión en el aire era palpable. Aunque la tranquilidad reinaba en la superficie, todos sabían que la tormenta aún no había pasado.

Capítulo 37:
El Secreto Revelado

El ambiente en la mansión Lázaro estaba cargado de una tensión sofocante, a pesar de los intentos por mantener una fachada de normalidad. Amelia, Elena y Sofía, con sus corazones latiendo con fuerza, se dirigieron en silencio al estudio, alejándose del bullicio del resto de la casa. Sofía había insistido en que necesitaban hablar en privado, y la urgencia en su voz dejó claro que no era algo que podía esperar.

El estudio, un lugar normalmente reservado para discusiones importantes y decisiones familiares, ahora parecía una cámara de secretos oscuros. Una vez que las puertas se cerraron detrás de ellas, Sofía dio un paso adelante, una sonrisa torcida curvando sus labios. Sus ojos brillaban con una mezcla de triunfo y malicia, como si finalmente tuviera en sus manos el poder que tanto había deseado.

"Ya estoy cansada de que me vean como una arrimada," comenzó Sofía, su voz fría como el acero. "De que me miren como si no valiera nada. Pero eso se acabó."

Elena y Amelia intercambiaron una mirada, la preocupación evidente en sus rostros. Sabían que Sofía era capaz de muchas cosas, pero el tono de su voz y la expresión en su rostro presagiaban algo mucho más siniestro.

Sofía soltó una risa corta, casi burlona, y dio un paso más cerca de ellas. "No sigan fingiendo," dijo con un veneno evidente en sus palabras.

"Porque yo ya sé la verdad. Sé que Amelia es una maldita muerta... ¡que por las noches se convierte en un monstruo!"

Elena sintió que la sangre se le congelaba en las venas. Su rostro se quedó sin color, y por primera vez en mucho tiempo, sintió el peso del miedo apoderarse de ella. Amelia, por su parte, dio un paso atrás, su rostro reflejando una mezcla de shock y dolor. La revelación, aunque inesperada, fue como un golpe directo al alma.

"¿Cómo te atreves...?" susurró Elena, su voz temblando, no de ira, sino de una desesperación profunda.

"¡Es la verdad!" gritó Sofía, disfrutando cada segundo de su triunfo. "No pueden negarlo, no pueden ocultarlo más. Lo sé todo. Sé lo que Don Toribio hizo, sé que ustedes son unas malditas sepultureras, unas brujas... que trajeron de vuelta a una muerta y que han estado engañando a todo el mundo."

Amelia comenzó a respirar rápidamente, sus ojos llenos de lágrimas. Sentía que su mundo se desmoronaba a su alrededor, que todo por lo que había luchado, su amor por Federico, la vida que creía haber recuperado, todo se desvanecía en el aire.

"Debemos cancelar la boda," dijo Sofía, sus palabras como un martillo golpeando el frágil cristal de la esperanza. "O si no, revelaré su secreto. Y cuando lo haga, no tendrán lugar donde esconderse."

Elena y Amelia se quedaron inmóviles, atrapadas en una mezcla de horror y resignación. Sabían que Sofía tenía razón. Si ese secreto salía a la luz, todo estaría perdido. El peso de la traición y el miedo las paralizaba, incapaces de pensar en una salida.

Mientras tanto, en otra parte de la mansión, Federico caminaba de un lado a otro, la preocupación grabada en su rostro. No podía soportar la espera, la incertidumbre de no saber qué estaba sucediendo en el estudio. Finalmente, su ansiedad se volvió insoportable, y se dirigió a la puerta del estudio, tocando con insistencia.

"¡Amelia!" llamó, su voz cargada de preocupación. "¿Qué está pasando? ¡Déjenme entrar!"

Dentro del estudio, el sonido de la voz de Federico rompió el silencio pesado. Amelia, con el corazón hecho pedazos, miró a su madre, luego a Sofía, y antes de que nadie pudiera reaccionar, salió corriendo de la habitación, las lágrimas rodando por su rostro.

"¡La boda se cancela!" gritó Amelia, su voz quebrada por el dolor mientras pasaba junto a Federico sin detenerse. Siguió corriendo, dejando atrás las miradas atónitas de los que la vieron pasar, y se encerró en su habitación, donde el mundo exterior no podría alcanzarla, donde su corazón roto podría llorar en silencio.

Federico, paralizado por la confusión, intentó seguirla, pero las puertas se cerraron con un estruendo que resonó en toda la casa. Se quedó en el pasillo, con el eco de las palabras de Amelia todavía en sus oídos, mientras en el estudio, Sofía observaba con una sonrisa satisfecha, sabiendo que había ganado esta batalla... por ahora.

Capítulo 38:
El Paso del Tiempo

El tiempo en la mansión Lázaro comenzó a transcurrir de manera extraña, como si cada día fuese una repetición del anterior, pero con un dolor añadido que parecía no tener fin. Afuera, el pueblo parecía haber sido atrapado en una burbuja de silencio y melancolía, donde el viento susurraba a través de los árboles desnudos, y las hojas secas crujían bajo las pisadas de los pocos que se atrevían a caminar por sus calles.

Los árboles, que alguna vez fueron verdes y frondosos, ahora se alzaban como esqueletos contra el cielo gris, sus ramas desnudas retorciéndose en formas extrañas, como si trataran de alcanzar algo más allá de su alcance. El aire, impregnado de un frío persistente, se movía lentamente, cargado de una humedad que calaba los huesos, haciendo que todo pareciera más pesado, más opresivo.

Las calles del pueblo, normalmente llenas de vida y bullicio, se encontraban desiertas, con solo unos cuantos perros vagabundos deambulando en busca de comida. Sus ladridos, esporádicos y lastimeros, se mezclaban con el sonido distante del viento, creando una melodía inquietante que resonaba en los rincones más oscuros. Las casas, con sus ventanas cerradas y puertas bien aseguradas, parecían contener la respiración, como si temieran lo que el próximo día pudiera traer.

Las fachadas de los edificios estaban cubiertas de musgo y humedad, y los adoquines que formaban las calles se habían vuelto resbaladizos por la constante llovizna que caía sin cesar. El cielo, eternamente encapotado, filtraba la luz del sol en tonos apagados, dándole al pueblo un aspecto mortecino, casi fantasmal. Las pocas personas que se atrevían a salir lo hacían con pasos apresurados, sin mirar a los lados, como si temieran ver algo que no deberían.

En medio de este panorama desolador, la mansión Lázaro se erguía como un testigo silencioso del tiempo que pasaba sin piedad. Sus muros, que alguna vez fueron imponentes y majestuosos, ahora parecían cansados, como si cargaran con el peso de las tragedias que se habían vivido en su interior. Las ventanas, opacas y sin brillo, reflejaban el paisaje exterior con una frialdad inquietante, mientras que las puertas, pesadas y macizas, permanecían cerradas, ocultando los secretos y el dolor que se gestaban tras ellas.

Dentro de la mansión, el tiempo parecía haberse detenido. La luz del sol y la oscuridad de la noche se sucedían sin que nadie realmente lo notara, como si estuvieran atrapados en una rutina interminable, cargada de tristeza y tensión. Los días se alargaban en una monotonía opresiva, mientras que las noches traían consigo un silencio aún más denso, lleno de susurros y sombras que se deslizaban por los pasillos como espectros.

El jardín de la mansión, que en otros tiempos fue un refugio de paz y belleza, ahora estaba abandonado, con las flores marchitas y el césped crecido, como si la naturaleza hubiera decidido también rendirse ante el peso de la desolación que envolvía a la casa. Las fuentes, que solían ser el centro de atención con su agua cristalina, ahora estaban secas y cubiertas de hojas muertas, un reflejo del estado de ánimo de quienes vivían en la mansión.

En este escenario lúgubre, la rutina se había convertido en una especie de ritual sombrío, donde cada gesto y cada palabra parecían estar cargados de una tristeza infinita. La mansión Lázaro, alguna vez símbolo de poder y riqueza, ahora era una prisión de recuerdos dolorosos y esperanzas desvanecidas, un lugar donde el tiempo había perdido su significado y donde la vida misma parecía haberse desvanecido.

Este era el mundo en el que se encontraban atrapados Amelia, Federico, Alejandro, y todos aquellos que habían sido tocados por la maldición que ahora parecía cernirse sobre el pueblo. Un mundo donde cada día era una lucha por encontrar un rayo de esperanza en medio de la oscuridad que los rodeaba, un mundo donde el tiempo ya no era su aliado, sino un enemigo implacable que los empujaba inexorablemente hacia un destino incierto y aterrador.

～❧❧❧～

Amelia en Aislamiento

Amelia pasaba sus días y noches encerrada en su habitación, envuelta en un silencio que solo era interrumpido por el eco de su propio dolor. El vestido de novia que había soñado llevar, ahora un recordatorio cruel de lo que alguna vez fue su esperanza más grande, estaba empapado de lágrimas y arrugado por el constante roce de sus manos temblorosas. Las telas blancas, alguna vez símbolo de pureza y felicidad, se habían convertido en una prisión de recuerdos dolorosos, cada pliegue resonando con la desesperación de una novia que nunca alcanzaría su altar.

Se la podía ver de pie junto a la ventana, con el rostro pálido iluminado por la luz tenue que apenas lograba penetrar los gruesos cortinajes. Observaba el exterior con una mirada vacía, sus ojos vagando por el jardín muerto, sin realmente verlo. A veces, el viento soplaba suavemente, haciendo que las ramas de los árboles golpearan suavemente la ventana, como si incluso la naturaleza intentara consolarla, pero ella no lo notaba. Sus pensamientos estaban atrapados en un ciclo interminable de angustia, recorriendo los mismos recuerdos una y otra vez: la boda cancelada, las palabras hirientes de Sofía, el miedo al monstruo que sabía que habitaba dentro de ella.

Otras veces, Amelia se acurrucaba en su cama, abrazando sus rodillas y temblando como una niña asustada. Su respiración, agitada y superficial, llenaba la habitación con un sonido irregular, como si el aire mismo se negara a quedarse en sus pulmones. Sus manos, frías como el mármol, se aferraban a las sábanas con fuerza, como si ese simple gesto pudiera anclarla al mundo real y evitar que se deslizara aún más en la oscuridad que la consumía. Su piel, que alguna vez fue cálida y rosada, se había vuelto casi translúcida, con venas azules visibles bajo la fina capa de piel, un reflejo del monstruo en el que se transformaba cada noche.

Cuando la oscuridad caía sobre la mansión, el dolor de Amelia tomaba una forma diferente. Su llanto, que durante el día era suave y silencioso, se transformaba en gemidos espectrales que parecían venir de otro mundo. Sus ojos, vacíos de vida, se llenaban de sombras, y su cuerpo esquelético comenzaba a moverse por la habitación, su andar errático y torpe. No era Amelia la que caminaba por la mansión durante la noche, sino algo más, algo que residía en lo profundo de su ser. Las noches eran su castigo, su condena, mientras deambulaba por los pasillos oscuros, dejando a su paso un rastro de miedo y desolación.

Los pasos de Amelia, ahora ligeros y casi inaudibles, resonaban en los corredores como ecos de una presencia fantasmal. Se deslizaba como una sombra, tocando las paredes con sus manos descarnadas, dejando marcas frías a su paso. A veces, se detenía frente a los espejos velados de la mansión, como si intentara buscar en su reflejo la respuesta a su desgracia, pero siempre se alejaba sin atreverse a mirar demasiado. Su reflejo, ese monstruo que temía ser, acechaba en cada rincón oscuro de su conciencia.

Concha, fiel y preocupada, se acercaba cada día a la puerta de Amelia, llamándola suavemente, rogándole que comiera algo, que abriera la puerta y dejara entrar la luz de la vida nuevamente. Cada súplica era respondida con el silencio, o con una débil voz que sonaba tan lejana, como si Amelia ya no estuviera allí, como si una parte de ella se hubiera perdido para siempre. "Por favor, mi niña... solo abre un poco, déjame verte," decía Concha, con la bandeja de comida temblando en sus manos. Pero Amelia apenas respondía, y cuando lo hacía, su voz era un susurro quebradizo, como si perteneciera a alguien atrapado en un lugar muy lejano, imposible de alcanzar.

La mansión entera parecía resonar con el dolor de Amelia, como si los muros mismos hubieran absorbido su tristeza. Durante el día, el sonido de su llanto, apagado pero persistente, viajaba por los pasillos, recordando a todos en la casa la tragedia que había caído sobre la familia. Y durante la noche, esos gemidos espectrales, junto con los crujidos y susurros de su andar esquelético, llenaban cada rincón de la mansión con una sensación de terror y desamparo, como si el mismísimo aire se volviera más denso, más oscuro.

⟍⟋

Federico en Soledad

Federico, en la distancia, intentaba continuar con su vida, pero nada parecía tener sentido. Las paredes de su oficina, una vez vibrantes con energía y ambición, ahora parecían cerrarse sobre él, asfixiándolo lentamente con la monotonía y el peso de sus propios pensamientos. Se sentaba en su escritorio, frente a pilas de papeles que no hacía más que revisar superficialmente. Los informes financieros, las cartas pendientes, todo se desdibujaba en su mente, transformándose en sombras sin importancia. A su lado, una taza de café se enfriaba lentamente, abandonada y olvidada, igual que los asuntos de su vida.

Miraba el reloj en la pared, observando cómo las manecillas avanzaban implacablemente, mientras él permanecía atrapado en un bucle de recuerdos dolorosos. El silencio de la habitación lo envolvía, roto solo por el ocasional susurro del viento que se filtraba por la ventana. Cada sonido externo era un recordatorio cruel de que el mundo seguía adelante, mientras él seguía detenido, estancado en un momento en el que había perdido a Amelia.

A veces, sus dedos temblorosos tomaban las páginas de los informes, pero no lograba leer una sola línea. En lugar de eso, sus pensamientos vagaban de regreso a la mansión Lázaro, donde ella permanecía encerrada, alejada de él por un destino que no podía controlar. En su mente, solo había un rostro: el de Amelia, con su belleza etérea y su fragilidad. Su sonrisa, su risa suave, todo se había convertido en ecos lejanos que lo perseguían, como fantasmas de una felicidad que ahora parecía inalcanzable.

Por las noches, la soledad se volvía más densa, más palpable. Federico caminaba por su casa en silencio, un lugar que había dejado de sentirse como un hogar. Se dirigía a la sala, donde revistas y periódicos se apilaban, sin ningún interés real en ellos. Sus ojos recorrían las páginas distraídamente, pero en cada rostro femenino que veía, solo podía ver a Amelia. Las modelos sonrientes y perfectas no le decían nada. Cada una de ellas palidecía en comparación con la imagen de Amelia que habitaba su mente: delicada, rota, pero infinitamente más hermosa en su dolor que cualquiera de esas figuras de papel.

Cada vez que intentaba dormir, se veía asaltado por el remordimiento, por el peso de lo que había perdido y de lo que no había podido hacer. Sus sueños estaban poblados por visiones de Amelia, de su risa, de sus ojos llenos de vida, y luego, inevitablemente, de su rostro triste, distante, mirando desde una ventana. Despertaba con el corazón latiendo violentamente, el sudor cubriendo su frente, solo para darse cuenta de que estaba completamente solo en la oscuridad de su habitación.

Federico se encontraba atrapado en una espiral de impotencia, incapaz de olvidar lo que había perdido y de perdonarse a sí mismo. No importaba cuántas veces se dijera que el amor lo salvaría, que todo se resolvería, cada día era una lucha contra el vacío que sentía en su pecho, un vacío que solo Amelia podía llenar.

Sofía Seduce a Federico

Sofía, con su astucia calculadora y su determinación inquebrantable, decidió que la vulnerabilidad de Federico era su llave para conseguir lo que siempre había deseado: su amor y, sobre todo, su poder. Al principio, su acercamiento fue sutil, casi imperceptible. Le ofrecía palabras de consuelo cuando lo veía cabizbajo, dejaba a su alcance una taza de café cuando él parecía agotado. No hacía más que mostrar su apoyo en los momentos donde Federico se derrumbaba, cuando su mente quedaba atrapada en los recuerdos dolorosos de Amelia.

"Estoy aquí para ti, siempre lo estaré," le decía con dulzura, un tono amable, casi como una hermana preocupada. Pero debajo de su simpatía, acechaba una serpiente, lista para dar el golpe en el momento adecuado.

Con el tiempo, sus gestos comenzaron a ser más directos. Se inclinaba cerca de él cuando le hablaba, dejaba que su mano rozara la suya de manera casual pero intencionada. Federico, atrapado en su propia tristeza y el torbellino de emociones que lo consumía por Amelia, apenas notaba cómo Sofía se iba adentrando en su espacio personal, lentamente, hasta que su presencia se volvió constante, casi asfixiante.

Una noche, tras haber compartido algunas copas de vino en el comedor de la mansión, Sofía aprovechó el estado de embriaguez emocional de Federico. Lo había escuchado hablar de Amelia, de cómo la amaba y la necesitaba, y vio su oportunidad cuando él, agotado por la nostalgia, se dejó caer en un sillón, sus ojos perdidos en el vacío.

"Federico, no tienes que seguir sufriendo así," murmuró Sofía mientras se sentaba a su lado, su tono lleno de compasión fingida. "Amelia no es la única persona que te puede amar. Hay quienes están dispuestos a hacer cualquier cosa por ti, a ayudarte a seguir adelante."

Federico giró su cabeza lentamente hacia ella, con la mirada empañada por el alcohol y el dolor. Sabía que lo que Sofía insinuaba era inapropiado, pero estaba tan hundido en su desesperación que no pudo apartarse. Sofía, percibiendo el momento justo, se inclinó aún más cerca, dejando que sus labios rozaran los de él, un gesto suave pero cargado de intención. Federico no se movió, su mente demasiado aturdida para resistir.

El calor del beso de Sofía lo envolvió como un bálsamo temporal, algo que podía ahogar, aunque solo fuera por unos momentos, el sufrimiento que lo atormentaba cada día. Antes de darse cuenta, sus manos comenzaron a recorrer el cuerpo de Sofía, enredándose en su cabello, mientras ella respondía con una pasión contenida que estallaba con cada roce.

La habitación se llenó de una tensión sofocante, el ambiente pesado con el deseo y la culpa. Federico, consciente de que lo que hacía no era más que una forma de escapar de su dolor, dejó que el alcohol y la lujuria lo dominaran. Los besos de Sofía se volvieron más intensos, más desesperados, y pronto sus cuerpos cayeron sobre el sofá, enredándose en una pasión que para él no significaba nada más que un alivio temporal.

Pero para Sofía, fue un triunfo. Cada caricia, cada susurro de su nombre en los labios de Federico, era una confirmación de que ella estaba logrando lo que se había propuesto. Su cuerpo se movía con seguridad, complaciendo a Federico, pero en su mente, todo lo que veía era su futuro asegurado. Con cada beso, con cada gemido, Sofía afianzaba su control sobre él, convencida de que, después de esa noche, Federico sería suyo.

Cuando todo terminó, y ambos yacían enredados en las sábanas desordenadas, Federico cerró los ojos, presa del agotamiento y la confusión. Pero para Sofía, fue el momento más dulce de todos. Lo observaba en silencio, sus ojos recorriendo su rostro con una mezcla de triunfo y posesión. Sabía que aunque el corazón de Federico aún pertenecía a Amelia, había logrado sembrar una semilla de duda, y que con el tiempo, podría hacerlo olvidar lo suficiente como para que ella ocupara ese lugar vacío en su vida.

Para Sofía, esa noche no era solo una escapatoria para Federico, sino una consolidación de su plan, el primer paso hacia su verdadero objetivo: convertirse en la única mujer en su vida.

Alejandro y su Devoción

Alejandro jamás dejó de aparecer en la mansión Lázaro. Cada mañana, bajo el rocío que aún brillaba en las hojas de los árboles, y cada noche, cuando la luna iluminaba tenuemente los senderos de la casa, llegaba con un ramo de flores frescas en sus manos. No eran ramos imponentes ni extravagantes, pero estaban escogidos con delicadeza, como si cada pétalo representara una palabra no dicha, un sentimiento que no podía expresar con voz. Siempre las dejaba en silencio, justo debajo de la puerta de la habitación de Amelia, su alma en cada flor, su corazón en cada susurro.

Las palabras que le decía, aunque nunca recibían respuesta, eran puras, llenas de amor. *"Amelia,"* murmuraba suavemente, apoyando su frente en la fría madera de la puerta, *"no hay un solo día en que no piense en tu belleza, en la luz que irradias, incluso en estos momentos de oscuridad. Eres más que una mujer, eres el sol que ilumina este mundo apagado. Y aunque te hayas escondido de todos, no hay rincón de esta tierra donde pueda dejar de verte."*

Alejandro no buscaba ser visto, ni ser correspondido. Para él, amar a Amelia no era una transacción ni una expectativa. Era un hecho tan inevitable como el respirar, un latido que no se detenía. Sabía que sus sentimientos, quizás, jamás serían recompensados, pero no le importaba. *"Tu sufrimiento no me aparta de ti,"* decía en voz baja, *"sino que me acerca más. Quiero ser quien te abrace cuando todo parezca derrumbarse. Quiero ser quien te vea no solo en tu belleza, sino en tus momentos de dolor, y aún así, amarte más profundamente."*

Cada flor que dejaba bajo la puerta era una promesa, un testimonio de su devoción inquebrantable. Rosas, jazmines, gardenias... cada una tenía un significado oculto, una palabra de amor que él sentía pero no podía pronunciar. Sabía que Amelia lo amaba a Federico, y aunque eso le doliera en lo más profundo de su ser, no deseaba más que su felicidad. *"Si pudiera, te daría un mundo sin sombras, sin miedos,"* solía murmurar antes de marcharse, *"pero hasta entonces, solo puedo darte estas flores."*

En las noches, su dolor se hacía más profundo, pero eso no lo detenía. Cuando las estrellas brillaban sobre la mansión, Alejandro volvía a su puesto. Sus ojos, aunque cansados, seguían llenos de esperanza. No era un hombre que buscara el reconocimiento. Para él, ver a Amelia salir de ese cuarto, sonriendo, sería suficiente. Sabía que ella no lo amaba, pero su amor era tan vasto que no necesitaba reciprocidad para florecer. *"Te amaré en silencio,"* se decía a sí mismo, mientras observaba cómo las luces dentro de la mansión se apagaban una a una. *"Te amaré incluso cuando no me mires. Porque tú, Amelia, eres todo lo que este corazón ha esperado."*

Y así, día tras día, noche tras noche, Alejandro permanecía fiel. Cada paso, cada flor, era una declaración de su devoción infinita, una que se mantendría incluso si nunca cruzaba la barrera de esa puerta. Porque en su amor por Amelia, había encontrado algo más grande que él mismo: la capacidad de amar incondicionalmente.

Dos meses después...

Capítulo 39:
Preparativos para la Boda

Dos meses después, la mansión Castaño estaba envuelta en una inquietante calma, interrumpida solo por los susurros de los sirvientes y el eco de los preparativos para una boda que, en otros tiempos, habría sido motivo de regocijo. Las ventanas abiertas dejaban entrar una brisa cálida que contrastaba con la frialdad en el ambiente. Sofía, de pie frente al gran espejo de su habitación, era el retrato de la victoria. Su rostro mostraba una sonrisa triunfante, pero en sus ojos había una sombra, una oscura satisfacción que se ocultaba tras la aparente alegría. Estaba a punto de casarse con Federico, de lograr lo que siempre había deseado, aunque el precio hubiese sido la traición y el engaño.

En el gran salón de la casa, Doña Isabel, con su expresión solemne, supervisaba los preparativos con una eficiencia que escondía su verdadero sentir. Aunque aceptaba el matrimonio, algo en su corazón le decía que este enlace no estaba destinado a traer paz a su familia. Los sirvientes, moviéndose a un ritmo rápido, colocaban delicados arreglos florales alrededor del salón, mientras la suave melodía de un cuarteto de cuerdas llenaba el aire.

"Será una boda perfecta," murmuraba Sofía a sí misma mientras un par de sirvientas ajustaban el dobladillo de su vestido, un diseño ostentoso de seda marfil, cada pliegue y detalle simbolizando su victoria.

Doña Isabel la observaba de lejos, sin poder ignorar la incomodidad que sentía en el fondo. *"Esta muchacha tiene una fuerza interior que nunca supe ver,"* pensaba, mientras intentaba ignorar el peso en su pecho.

Sofía levantó la vista, cruzando miradas con su tía, sabiendo que, aunque todos podían fingir, las heridas causadas nunca cicatrizarían del todo. En ese instante, el reflejo de Sofía en el espejo captó algo más: la figura de Amelia, no físicamente, sino en el recuerdo, en la manera en que el vestido de novia era el que una vez había estado destinado para ella.

La presencia invisible de Amelia era innegable. Sofía, con una satisfacción amarga, alzó una ceja mientras le acomodaban el velo. Era el día que siempre había soñado, pero sabía que en el fondo de su corazón, no era la victoria pura que imaginaba. *"Tienes que apartarla de tu mente,"* se dijo, apretando los labios. El día era suyo. Pero en el silencio de su habitación, lejos del bullicio y la ilusión, Sofía sabía que cada paso hacia el altar la acercaba más a un final incierto.

⚜

El Viaje del Sacerdote

A varios kilómetros de distancia, el viento soplaba con un ritmo pesado, como un presagio de lo que estaba por venir. Un sacerdote de cabello encanecido y rostro surcado por las marcas del tiempo se encontraba de pie ante su pequeña capilla, observando el horizonte con ojos cansados pero alertas. En el aire había algo que no podía ignorar, un llamado que había sentido en el pecho desde hacía semanas.

Sus manos, temblorosas por la edad, apretaban el crucifijo que colgaba sobre su pecho. Sabía que el tiempo estaba corriendo, y que algo mucho más grande que él se gestaba en aquel pequeño pueblo donde había sido convocado. Aunque hacía años que no ponía un pie en ese lugar, el sacerdote había sentido una urgencia que no podía explicarse con palabras. Había algo oscuro allí, algo que solo la fe podría enfrentar.

Se subió a su viejo coche, la madera del asiento crujiendo bajo su peso. El motor arrancó con un rugido débil, como si también sintiera el peso del destino. Mientras avanzaba por los polvorientos caminos rurales, el paisaje pasaba ante sus ojos como un reflejo de su propio interior: vasto, silencioso y cargado de historias no contadas. Las sombras de los árboles se alargaban mientras caía la tarde, y en cada curva del camino, sentía cómo la tensión crecía en su interior.

"No me han llamado en vano," pensó, mientras sus dedos acariciaban la cruz de su pecho. El sacerdote sabía que en ese pueblo se escondía algo más que un simple evento de sociedad. Había murmullos de cosas que escapaban a la comprensión terrenal. *"Dios me guiará,"* murmuró, más para sí mismo que para el vasto campo que lo rodeaba.

El viaje continuaba, y aunque el camino era largo, el sacerdote estaba decidido a cumplir con su deber. Sabía que su llegada traería consigo no solo bendiciones, sino también la verdad, una verdad que podría cambiar el destino de todos aquellos involucrados en lo que estaba por ocurrir. El motor ronroneaba mientras la luz del sol se desvanecía, y en el horizonte, las primeras estrellas comenzaban a brillar, iluminando el camino que lo llevaba hacia el corazón del misterio.

Al llegar a un punto donde casi se podía divisar el borde del bosque que rodeaba el pueblo, el sacerdote hizo una señal de la cruz y susurró una oración en voz baja. Lo que le esperaba allí no sería fácil, pero estaba listo para enfrentar la oscuridad que se cernía sobre esas almas perdidas.

Los Chismes del Pueblo

El sol brillaba con una intensidad que parecía contradecir el estado de ánimo sombrío de Elena mientras caminaba por las calles polvorientas del pueblo acompañada por Concha y Márgara. El propósito de su salida, buscar telas para cambiar las cortinas de la mansión, parecía insignificante comparado con el peso que llevaba en su corazón. Los últimos meses habían sido un calvario para ella y su familia, y la tristeza por la situación de Amelia la carcomía desde dentro.

"Será bueno que distraigas la mente, doña Elena," comentó Concha, mientras ajustaba la bolsa en su brazo. "Cambiar las cortinas siempre da un aire nuevo a la casa."

Elena asintió sin decir palabra, su mirada fija en el suelo. Sabía que Concha intentaba animarla, pero nada podía mitigar el dolor de ver a su hija atrapada en su propia tristeza.

Márgara, por su parte, caminaba en silencio, notando la tensión en el ambiente. El grupo se adentró en una pequeña tienda de telas, donde las señoras del pueblo solían reunirse a murmurar sobre los últimos escándalos. No habían pasado ni cinco minutos dentro cuando los susurros comenzaron a llenar el aire.

"Dicen que hoy llega un nuevo sacerdote al pueblo," dijo una mujer, su voz cargada de curiosidad maliciosa.

"¿Ah, sí? ¿Y a qué viene?" preguntó otra, con un tono claramente interesado.

"Viene para casar a don Federico Castaño y a la señorita Sofía Lázaro," respondió la primera, su voz bajando aún más. "Parece que finalmente se ha decidido. ¡Vaya sinvergüenza esa Sofía! Se fue a meter a la casa de los Castaños sin casarse. ¿Quién sabe por qué lo hizo? Seguro ya venía con su 'domingo siete.'"

Elena sintió cómo su pecho se tensaba al escuchar esas palabras. Las manos le temblaron mientras tomaba una tela entre sus dedos. Su mirada permanecía clavada en el mostrador, pero su mente estaba con Amelia, con su hija encerrada en esa mansión, sufriendo en soledad mientras la vida seguía afuera, sin piedad.

Otra mujer se unió a la conversación, añadiendo más leña al fuego. "Y menos mal que no se casó Federico con esa Amelia. Siempre la noté rara, como si tuviera algo oscuro. Quizás fue lo mejor para él. Esa muchacha daba miedo a veces." Esas últimas palabras fueron el detonante. Elena soltó la tela y dio un paso hacia las mujeres, su rostro encendido de furia. "¡No saben nada de lo que están hablando!" gritó, con la voz quebrada por la ira y el dolor. "¡Mi hija no es lo que ustedes dicen, ni Sofía tampoco! ¡Cómo se atreven a esparcir esas mentiras!"

Las mujeres se quedaron en silencio, sorprendidas por la explosión de Elena, pero pronto recuperaron su compostura, susurrando entre ellas con una mezcla de asombro y desdén.

"Elena, por favor," murmuró Concha, tomando suavemente a su patrona por el brazo. "No vale la pena rebajarse a su nivel. Son solo palabras. Vámonos de aquí, no tienen idea de lo que ocurre en nuestra casa."

Elena, con los ojos llenos de lágrimas, permitió que Concha la alejara de la tienda. Márgara, nerviosa, las siguió de cerca, sin saber qué decir para consolar a su madre.

El camino de regreso a la mansión fue silencioso. Elena se cubrió la cara con las manos, tratando de contener el llanto, pero no pudo evitar que las lágrimas rodaran por sus mejillas. *"No pueden hablar así de Amelia, no saben lo que ha sufrido..."* pensaba, mientras las palabras crueles de las mujeres seguían resonando en su cabeza.

Cuando finalmente llegaron a la mansión, Elena no pudo más y rompió a llorar. Se dejó caer en un sillón del salón, mientras Concha y Márgara la rodeaban, tratando de consolarla.

"Todo estará bien, doña Elena," dijo Concha, acariciándole el brazo. "No deje que esas palabras la destruyan. Amelia la necesita fuerte."

Pero Elena, con el corazón destrozado, solo pudo sollozar, mientras en su mente se repetían las palabras llenas de veneno de aquellas mujeres.

❦

El Secreto Descubierto

Sofía se encontraba sola en la habitación, ajustando los últimos detalles de su vestido de novia. La luz suave del atardecer entraba por las ventanas, y todo parecía estar en calma. Sin embargo, en su interior, una mezcla de ansiedad y emoción la consumía. La boda estaba a punto de celebrarse, y aunque Federico había aceptado casarse con ella, Sofía sabía que no lo tenía completamente en sus manos. Había mucho más en juego, y lo sentía en cada fibra de su ser.

De repente, la puerta se abrió suavemente, y por el espejo, Sofía vio la figura imponente de Ignacio entrar en la habitación. Él cerró la puerta detrás de sí, su mirada fija en ella, con una intensidad que la hizo estremecerse. El silencio entre ellos era pesado, cargado de secretos no confesados.

Sin decir una palabra, Ignacio se acercó a Sofía, sus ojos oscuros brillando con una mezcla de posesión y determinación. Al llegar a su lado, él tomó su rostro entre sus manos, acercándose lentamente. La habitación parecía cerrarse sobre ellos, el aire denso por la tensión.

"Recuerda, Sofía," murmuró Ignacio con una voz firme y baja, "aunque te cases con mi hijo, siempre serás mía."

Sofía no respondió de inmediato, su respiración acelerada y sus pensamientos confusos. Sabía que había un pacto silencioso entre ellos, una relación que había ido más allá de lo permitido. Ignacio era poderoso, y ella lo había permitido todo, buscando el control y la ventaja en sus tratos con él.

Pero, fuera de la habitación, Isabel, la esposa de Ignacio, pasaba por el pasillo cuando escuchó un murmullo procedente del interior. Se detuvo, curiosa, y al asomarse, lo que vio la dejó helada. A través de una rendija apenas abierta, observó la cercanía entre su marido y Sofía, el lenguaje corporal y las palabras en susurros que no dejaban lugar a dudas.

El corazón de Isabel latía con fuerza mientras observaba la escena. Su primera reacción fue intervenir, pero algo la detuvo. Sus pensamientos se entrelazaron con el dolor de lo que veía, pero también con la realidad de que su hijo estaba a punto de casarse con esa mujer. ¿Cómo podría romper esa ilusión y sumirlo nuevamente en la desesperación?

Isabel retrocedió, sus manos temblando. "Juzgué mal a Amelia," se dijo a sí misma, "ella siempre fue una señorita decente... no como Sofía." Mientras se alejaba, sintió que el peso del silencio y la traición la aplastaba, pero decidió no decir nada. Federico no debía saberlo. No en ese momento, no con todo lo que ya había sufrido.

Isabel caminó lentamente por el pasillo, sabiendo que esa decisión la atormentaría por siempre.

Capítulo 40:
La Odisea del Sacerdote y la Espera de la Boda

E l sol se encontraba alto en el cielo cuando el sacerdote, el padre Manuel, continuaba su viaje hacia el pueblo. Su rostro, curtido por los años, reflejaba la gravedad de la misión que llevaba en el corazón: celebrar una boda que, aunque parecía como cualquier otra, escondía más de lo que las apariencias sugerían. Había algo en el aire, una sensación ominosa que no podía ignorar, pero su fe era inquebrantable. El camino era largo, y el destino incierto.

A poco de haber comenzado su trayecto por la carretera que cruzaba un espeso bosque, el coche en el que viajaba sufrió un desperfecto mecánico. Detuvo el vehículo en medio del camino polvoriento y descendió con una mueca de frustración. Observó el motor, pero sus conocimientos sobre autos eran tan limitados como su capacidad de resolver ese problema. Miró alrededor, esperando ver alguna señal de ayuda, pero todo lo que encontró fue el vasto bosque seguido por claros desérticos de tierra y colinas que se extendía ante él. Solo el viento parecía responder a su llamado.

El padre Manuel decidió caminar en busca de un pueblo cercano. El sol abrasador golpeaba con fuerza, y el polvo levantado por el viento dificultaba la visión. Con cada paso, parecía que el pueblo al que se dirigía se alejaba más. Cruzó campos desolados, colinas áridas, e incluso un riachuelo que, en un intento de saltar, casi lo arrastró corriente abajo. Exhausto y con la sotana rasgada por las ramas de los árboles que había encontrado en su camino, el sacerdote miró al cielo, buscando alguna señal divina.

"Este es un viaje que parece no tener fin", murmuró mientras avanzaba, su fe tambaleándose por primera vez en años. Sin embargo, no se rindió. Su corazón le decía que debía llegar a ese pueblo, que había algo allí que requería su presencia.

La familia Castaño

Mientras tanto, en el pueblo, la mansión Castaño estaba envuelta en una atmósfera de lujo y expectativa. Los preparativos para la boda estaban en su punto álgido. La música resonaba por los alrededores, un suave vals que flotaba en el aire, envolviendo a todos los presentes en una sensación de ensueño. Los invitados comenzaban a llegar, sus atuendos elegantes y sus rostros llenos de sonrisas forzadas, como si la felicidad que mostraban fuera una fachada que ocultaba los rumores y secretos que corrían entre ellos.

El altar había sido adornado con rosas blancas y lirios, cuyas fragancias inundaban el aire. Las cintas doradas ondeaban en las brisas cálidas del día, y el pastel de bodas, una obra maestra de varios pisos, estaba listo, esperando ser cortado. Las campanas de la iglesia del pueblo resonaban con fuerza, anunciando el acontecimiento que todos esperaban. Era una celebración que debía ser perfecta.

Sin embargo, entre los invitados, Isabel Castaño no compartía el júbilo general. Sentada en una esquina, con las manos entrelazadas sobre su regazo, observaba a los presentes sin prestarles verdadera atención. Su mente estaba en otro lugar, atrapada entre la verdad que había presenciado en la habitación de Sofía e Ignacio y la duda que la corroía. Las palabras que había escuchado esa noche, las promesas que su esposo había hecho a Sofía, la desgarraban por dentro.

A su alrededor, la vida seguía su curso. Los músicos afinaban sus instrumentos, los sirvientes iban y venían, y los invitados cuchicheaban mientras observaban el esplendor del lugar. Pero para Isabel, todo eso parecía un espectáculo vacío, una pantomima grotesca que ocultaba la fealdad de los secretos que se escondían detrás de cada sonrisa.

Las campanas de la iglesia seguían sonando, y el tiempo pasaba lentamente. Todos esperaban con ansias la llegada del sacerdote, pero este no daba señales de vida. El retraso comenzaba a preocupar a algunos de los invitados, pero las miradas cómplices y las risitas nerviosas mantenían el aire de celebración. Nadie se atrevía a romper el encanto que rodeaba a ese día tan esperado.

La mansión Lázaro

En la mansión Lázaro, todo estaba en silencio. Alejandro, con su ramo de flores en las manos, caminaba lentamente por el sendero que llevaba a la mansión. Su rostro, habitualmente radiante, estaba sombrío, reflejando la tristeza que lo invadía. Había hecho esto todos los días, trayendo flores para Amelia, esperando que algún día ella saliera de su encierro para recibirlas. Pero ahora, con la boda de Sofía y Federico a punto de celebrarse, sabía que este sería su último gesto. Amelia ya no volvería a ser la que fue y perdió toda esperanza con ella.

"Este es el último ramo, Amelia", murmuró para sí mismo mientras avanzaba, sus palabras cargadas de una melancolía profunda. Cada paso que daba hacia la mansión le pesaba más que el anterior. Las flores, que antes habían sido un símbolo de esperanza, ahora parecían un adiós definitivo. Alejandro levantó la mirada hacia la mansión, preguntándose si Amelia lo vería alguna vez como él la veía a ella, pero sabía que era un sueño que nunca se cumpliría.

El viento soplaba suave, y la tarde comenzaba a caer lentamente, oscureciendo el cielo con tonos anaranjados y dorados. Mientras Alejandro caminaba, con los ojos clavados en el suelo, el eco de las campanas de la iglesia le llegaba débilmente. Pero para él, esas campanas no anunciaban una boda, sino el final de un capítulo que había deseado nunca tener que cerrar, pues como era sabido, la boda de Federico con Sofía representaba la muerte en vida de Amelia.

$$\text{\textcircled{\tiny ·}}\text{\ss}\text{\ss}$$

La Tensión Crece

El crepúsculo comenzaba a envolver el pueblo en un manto dorado y rojizo, anunciando la inminente llegada de la noche. Los murmullos entre los invitados, que se mantenían al principio suaves, ahora se hacían cada vez más audibles, como un murmullo creciente que resonaba entre las flores y las cintas doradas que adornaban el lugar. Los relojes marcaban el paso del tiempo de manera implacable, y la tardanza del sacerdote se sentía como una sombra que caía lentamente sobre la boda de Federico y Sofía.

Federico estaba de pie frente al altar, con el semblante tenso, su mirada perdida en la distancia. Los susurros a su alrededor, aunque apagados, lo golpeaban como una lluvia fina, constante y molesta. Cada vez que alguien consultaba su reloj de bolsillo o miraba al cielo con preocupación, él sentía el peso de la expectativa y la decepción caer sobre sus hombros. Los invitados, vestidos con sus mejores galas, comenzaban a cambiar de pie, inquietos por la tardanza.

Desde una puerta lateral, Sofía, oculta tras una cortina de encaje, miraba hacia el altar con una mezcla de desesperación y rabia. El vestido blanco que había soñado vestir toda su vida parecía ahora una jaula, apretando su cuerpo con una presión que crecía con cada minuto que pasaba sin la llegada del sacerdote. Sabía que las bodas no debían celebrarse de noche. Era un mal augurio, una superstición que no podía ignorar, y la idea de que su boda pudiera estar maldita si la oscuridad caía sobre ellos la atormentaba.

Isabel Castaño, notando la angustia de su hijo, caminó lentamente hacia él. A pesar de los murmullos y la inquietud a su alrededor, se movía con calma, como si el caos no la afectara. Cuando llegó a su lado, colocó una mano suave en su hombro, atrayendo su atención.

"Federico," le susurró al oído, sus palabras apenas audibles para los demás. Hay algo que debes saber..." Lo que dijo fue escuchado nada más por Federico y nadie más.

La expresión de Federico cambió sutilmente. Lo que le había dicho su madre era suficiente para arrancarle una pequeña sonrisa, una que apenas levantó una comisura de sus labios, pero que fue suficiente para relajar ligeramente la tensión en su rostro. Aún no sabía exactamente qué hacer, pero algo en las palabras de Isabel le ofreció un respiro que no había sentido en todo el día.

Desde su lugar, Sofía observó la escena, sus ojos llenos de ansiedad. Su respiración se aceleró mientras veía cómo Federico, aparentemente relajado tras la conversación con su madre, sonreía ligeramente. Sofía no entendía qué ocurría, pero sentía que algo estaba fuera de su control, y la desesperación se apoderaba de ella con cada segundo que pasaba.

Mientras la tarde avanzaba, la luz comenzaba a menguar, y las sombras empezaban a alargarse, anunciando la inminente llegada de la noche. Los relojes seguían marcando el paso del tiempo, y los cuchicheos de los invitados ya no eran discretos. Algunos miraban al altar, otros a Sofía, y muchos intercambiaban miradas incómodas. Se sentía la tensión en el aire, el incómodo pensamiento de que quizás esta boda no llegaría a realizarse.

"¿Dónde está el sacerdote?", preguntó alguien en voz alta, rompiendo finalmente el silencio incómodo. Una mujer murmuró a su amiga: "Dicen que el sacerdote del pueblo también desapareció, como tanta gente aquí..."

Isabel miró hacia los invitados, su rostro sereno, pero su corazón palpitaba con fuerza. Sabía que el tiempo se acababa.

Capítulo 40:
Un Último Ramo de Flores

La tarde caía lentamente sobre la mansión Lázaro, cubriéndola con un velo melancólico. El aire fresco arrastraba las hojas caídas por el sendero que conducía a la entrada, y el sonido de los pájaros se había desvanecido, dejando solo el susurro del viento como testigo del dolor que rondaba entre esas paredes. Alejandro, con el corazón cargado, se acercó a la puerta. Llevaba consigo un ramo de flores frescas, el último que se había prometido traer.

Al entrar, encontró a Elena sentada en la sala. Su postura, siempre altiva y dominante, ahora parecía la de una mujer rota, derrotada por las circunstancias. Cuando Alejandro la vio, ambos intercambiaron una mirada que hablaba más de lo que las palabras podían decir. Finalmente, Elena rompió el silencio con una voz temblorosa, cargada de arrepentimiento.

—Alejandro, nunca pensé que terminaría así —murmuró, levantando apenas la vista—. Lo que hice... todo lo que intenté hacer... era por temor, por esa maldita ambición que ha arruinado todo. Quise manipular, controlar, y en el camino lastimé a tantas personas, incluyéndote.

Alejandro la escuchaba con atención, pero no había rencor en sus ojos, solo comprensión.

—No puedo cambiar lo que pasó, señora Elena —respondió él con calma—. Pero todos cometemos errores. A veces, lo único que queda es pedir perdón y seguir adelante.

Elena asintió lentamente, con lágrimas silenciosas en sus ojos.

—Amelia... ¿ha salido de su habitación? —preguntó ella, con la voz rota.

Alejandro negó con la cabeza.

—No, aún no. Pero lo hará —afirmó con una certeza que ni siquiera él sabía de dónde provenía.

En ese momento, Fernando apareció desde la sombra del pasillo. Su rostro, marcado por la preocupación, se suavizó al ver a Alejandro. Se acercó y, sin decir palabra, le dio una palmada en la espalda. Un gesto que significaba más que una despedida de hombres; era un mensaje silencioso de confianza, de esperanza. Como si le dijera: "Salva a mi hija de este abismo".

Alejandro subió las escaleras, su corazón latiendo con fuerza. Cuando llegó al pasillo, se sentó fuera de la puerta de la habitación de Amelia. Se recostó contra la fría madera, apoyando la cabeza en la pared. Sabía que no podía forzarla, que no podía entrar sin más. Así que habló, como lo había hecho en las últimas semanas, con palabras simples pero llenas de cariño.

—Traje otro ramo de flores, Amelia... —su voz resonó suave, casi un susurro—. Este será el último. No quiero seguir interrumpiendo tu vida... pero antes de irme, quiero que sepas algo.

Hubo un silencio en el otro lado de la puerta. Alejandro continuó.

—Te he amado en todas tus facetas, Amelia. No solo por tu belleza o por lo que eras antes de todo esto. Te amé como eres ahora, de día y de noche... incluso cuando creíste que eras un monstruo. Para mí, siempre fuiste perfecta.

La puerta se abrió lentamente, revelando a una Amelia abatida, con el rostro marcado por el llanto. Lo miraba con una mezcla de tristeza y sorpresa.

—Alejandro... ¿Sabías todo este tiempo? —preguntó con voz temblorosa.

Él asintió.

—Lo supe desde hace un tiempo. Lo descubrí en aquellas fotografías que tomé. —Sonrió con nostalgia—. Pero nunca lo dije... ni siquiera a Federico. Estuve a punto, es cierto. Hubo un momento en el que casi revelo tu secreto.

—¿Por qué no lo hiciste? —Amelia lo miró con curiosidad.

Alejandro se tomó un segundo antes de responder, sus ojos llenos de una profunda sinceridad.

—Porque el amor no es una soga que te amarra y te asfixia —respondió, su voz suave pero firme—. "Siempre supe tu secreto, pero nunca lo revelé, porque te mereces ser quien tú quieras, no lo que los demás esperan. "Yo no iba a ser esa soga que te atara a ti y alejara a Federico. Cuando vi cómo ustedes dos se reencontraron, después de todo lo que él y yo pasamos, comprendí algo: ambos se aman intensamente, y nadie tiene derecho a separar ese amor.

Amelia lo miró, con los ojos llenos de lágrimas. Había tanto dolor, pero también tanta verdad en sus palabras que no pudo evitar sentir una oleada de gratitud.

—Nunca imaginé que sentirías así por mí —murmuró ella—. Ni que entenderías lo que soy.

Alejandro sonrió, acercándose un poco más.

—Te amé por lo que eres, Amelia. En todos tus estados. Y por eso mismo, decidí callar. Porque entendí que mi amor no tenía que ser correspondido para que tú fueras feliz. —La miró con ternura—. "El amor no te ata, te libera. Y yo jamás quise ser esa cadena que te impida volar." Y ahora, debes pelear por lo que es tuyo. No dejes que nadie te quite lo que mereces, ni siquiera Sofía.

Hubo un momento de silencio. Amelia tomó aire, mirando a Alejandro con ojos agradecidos. Se acercó y lo abrazó, sintiendo el peso de las palabras que habían compartido.

—Gracias... por todo —murmuró ella, con una voz rota pero decidida.

Alejandro la abrazó con fuerza, sintiendo que este era el momento de su despedida. Sabía que debía irse, pero no sin dejarle algo más que flores. Le había dejado un mensaje, un legado de amor desinteresado y sincero.

—Vive, Amelia. Vive y lucha. Esa será la única forma de vencer a todo lo que te atormenta. "El día y la noche pueden pelear dentro de ti, pero siempre tendrás el poder de decidir quién gana. "No importa quién seas de día o de noche. Lo que importa es que el corazón que tienes sigue siendo el mismo." "Te dejaré ser libre, Amelia, porque el amor verdadero no retiene, sino que empuja a ser más fuerte." "Al final, no es el destino lo que nos define, sino cómo luchamos por lo que realmente amamos." "Si me voy, es porque sé que lucharás por lo que amas. Y sé que vencerás, porque en ti hay más fuerza de la que imaginas."

Con esas palabras, Alejandro se levantó y caminó hacia la salida. Sabía que había plantado una semilla en el corazón de Amelia, una que la impulsaría a enfrentar lo que le esperaba. Mientras caminaba, el viento fresco le golpeaba el rostro, y con una última mirada a la mansión, se despidió en silencio, dejando detrás de sí la esperanza de que Amelia encontraría su camino.

⚜

L a Llegada del Sacerdote
La tarde comenzaba a caer en el pueblo, y la mansión Castaño estaba impregnada de una tensión palpable. Los murmullos entre los invitados se intensificaban a medida que las agujas del reloj avanzaban sin que nada sucediera. Las flores que adornaban el lugar desprendían un aroma dulce y embriagador, pero el ambiente estaba lejos de ser encantador.

Federico, vestido impecablemente con su traje de novio, permanecía de pie en el altar, mirando hacia el horizonte con el ceño fruncido. Su rostro reflejaba una mezcla de ansiedad y frustración.

Todos esperaban al sacerdote, quien parecía haberse desvanecido en el aire. Las bodas en el pueblo nunca se celebraban de noche; era un mal augurio. Y la oscuridad se aproximaba.

Entre los invitados, los cuchicheos se hacían más fuertes.

"¿Qué estará pasando? Siempre supe que algo no iba bien con esta boda," murmuró una mujer mayor, echando un vistazo inquieto hacia el altar.

"¿Dónde está el cura? Esto nunca había sucedido en una boda decente," agregó otra, revisando su reloj por enésima vez.

Los pies de los presentes se movían inquietos, algunos ya considerando la posibilidad de irse, cuando la puerta lateral se abrió de golpe. Sofía apareció corriendo, su rostro empapado de sudor, con el vestido de novia arrugado y el cabello ligeramente desordenado. El brillo de desesperación en sus ojos era evidente.

"¡No se vayan, por favor!" gritó, con la voz quebrada por la angustia. "El padre... ¡el padre está por llegar! ¡Les aseguro que ya viene!"

La multitud se volvió hacia ella con miradas de sorpresa y suspicacia. Sofía levantó las manos, rogando que esperaran un poco más. "¡Por favor! ¡No se vayan! El sacerdote llegará en cualquier momento," insistió, intentando sonreír, pero su sonrisa era forzada, apenas contenida por la tensión que la embargaba.

Federico, desde el altar, la observaba sin moverse, su mirada más perdida que nunca. Sabía que algo iba mal, pero no podía descifrar exactamente qué. A su alrededor, los murmullos continuaban. Los invitados intercambiaban miradas preocupadas, y algunos incluso comenzaron a levantarse de sus asientos.

Cuando todo parecía al borde del colapso, un sonido inesperado rompió el caos. Las campanas de la iglesia, que parecían haberse mantenido mudas todo el día, comenzaron a sonar en la distancia, resonando como un eco sagrado entre las casas del pueblo.

De repente, desde el fondo del salón, las puertas principales se abrieron lentamente, y el sacerdote apareció en el umbral. Su figura era imponente, su sotana negra ondeando con la brisa, y en su rostro se dibujaba una expresión severa y cansada. Se detuvo en la entrada, con la luz tenue de la tarde bañándolo como si fuera un mensajero celestial. El silencio cayó sobre los presentes como un manto. Todos se giraron para ver al hombre que finalmente había llegado, sintiendo una mezcla de alivio y expectación. El sacerdote avanzó con pasos lentos pero firmes, su mirada fija en el altar donde Federico seguía esperando.

Sofía soltó un suspiro de alivio, pero la tensión no abandonaba su cuerpo. Algo en la mirada del sacerdote la inquietaba, como si él también supiera que el destino de esa boda estaba marcado por algo oscuro.

Federico observó al sacerdote acercarse y, por primera vez en toda la tarde, dejó escapar un suspiro, aunque su mente seguía dividida entre la boda y los secretos que rodeaban su vida.

El clímax de la noche estaba por comenzar.

Capítulo 41:
La Decisión de Amelia

Era el día de la boda. El aire en la mansión Lázaro era pesado, como si la incertidumbre y el dolor de las últimas semanas se hubieran condensado en cada rincón. El bullicio de la gente en el pueblo, los preparativos y los murmullos sobre lo que podría suceder, todos esos ecos resonaban en los oídos de Amelia, aún encerrada en su habitación.

Por fin, después de semanas de aislamiento, Amelia se levantó lentamente. El vestido de novia, arrugado por el paso del tiempo y las lágrimas, colgaba del armario, recordándole los sueños rotos. Aún así, algo en su interior la impulsaba a moverse. Caminó hasta la puerta y la abrió. La luz del sol entró tímidamente, como si supiera que dentro de esa habitación había un alma que había sufrido demasiado.

Al salir al pasillo, su padre, Fernando, estaba allí, esperando. Sus ojos, llenos de ternura y preocupación, la miraron con un brillo que no había mostrado en años. Sin decir una palabra, se acercó a ella y la abrazó con una fuerza que solo un padre puede ofrecer.

"Siempre has sido mi niña consentida," dijo Fernando, su voz rota por la emoción. Amelia sintió el peso del amor paternal, algo que siempre había deseado pero que nunca había sentido tan profundamente como ahora.

"Papá..." murmuró Amelia, con los ojos llenos de lágrimas. "No sé qué hacer."

Fernando la miró a los ojos, acariciando su rostro con una ternura inesperada. "No tienes que hacer nada más que ser feliz, Amelia. Lo que decidas, estaré contigo."

Ambos compartieron un largo abrazo, uno que parecía sanar heridas antiguas. Después de unos segundos, Amelia descendió las escaleras, aún insegura de lo que haría.

Al llegar al salón, vio a su madre, Elena, sentada en una silla, agotada y consumida por los errores del pasado. Sus ojos, normalmente fríos y calculadores, estaban hinchados por el llanto, y al ver a Amelia bajar las escaleras, todo el control que había mantenido durante años se desmoronó.

"Amelia..." dijo Elena, con la voz temblorosa, levantándose lentamente. "Perdóname... por todo. No sé cómo pude ser tan ciega, tan cruel. Solo quería lo mejor para ti, pero lo arruiné todo."

Amelia, que siempre había visto a su madre como una figura distante y autoritaria, sintió una oleada de compasión. Las lágrimas comenzaron a correr por el rostro de ambas, y sin pensarlo, Amelia la abrazó.

"Te perdono, mamá," susurró Amelia entre lágrimas. "Solo quiero que todo termine... quiero paz."

Elena lloraba abiertamente, sosteniendo a su hija con una desesperación que jamás había mostrado antes. "Te amo, hija... Solo quiero que seas feliz. Haz lo que creas que es correcto."

Fernando, que había seguido a Amelia, puso una mano en el hombro de su hija, dándole un último empujón hacia la libertad. "Es tu vida, Amelia. Lo que decidas, nosotros estaremos aquí para apoyarte."

Amelia se apartó de ellos, su corazón latiendo con fuerza. Las emociones la abrumaban, pero sabía que debía tomar una decisión. ¿Iba a luchar por Federico o se quedaría atrapada en el dolor que la había consumido?

El inicio de la boda

Mientras tanto, la boda entre Federico y Sofía estaba a punto de comenzar. La noche avanzaba lentamente, como un manto oscuro que se extendía sobre el pueblo. El cielo, teñido de grises, dejaba entrever los últimos destellos del sol que moría en el horizonte. Las nubes se arremolinaban en lo alto, y los tonos rojizos y naranjas del atardecer se mezclaban con el negro cada vez más dominante, como si la naturaleza misma anunciara un presagio sombrío.

Un cuervo se posó en la rama de un árbol cercano a la iglesia, observando con ojos atentos el ritual que estaba a punto de llevarse a cabo. Su silueta oscura contrastaba con el ligero brillo del sol lejano, y de vez en cuando emitía un graznido que se perdía entre el tañer de las campanas. Las campanas de la iglesia resonaban, haciendo eco entre las paredes de piedra, y ese sonido parecía calar hondo en los corazones de los presentes, que esperaban inquietos en sus asientos.

La iglesia estaba adornada con flores blancas y cintas de colores pálidos, pero la tensión en el aire desentonaba con la belleza del entorno. Los murmullos de los invitados crecían mientras intercambiaban miradas impacientes. Las sombras de la noche envolvían todo, y algunos observaban los relojes con impaciencia, preguntándose si la boda se celebraría antes de que el día cediera por completo.

Federico, de pie en el altar, miraba con desconcierto a su alrededor. Su traje, impecable, contrastaba con la tormenta de emociones que lo invadía. Los recuerdos de Amelia lo asaltaban una y otra vez, haciéndolo sentir cada vez más ajeno a lo que estaba por ocurrir. Aunque tenía a Sofía a su lado, su corazón no estaba presente. Su mente viajaba a esos momentos compartidos con Amelia, a las promesas hechas en silencio, y a todo lo que podría haber sido.

El sacerdote, que finalmente había llegado tras múltiples percances en su camino, se encontraba frente a los novios. Con su voz grave y solemne, comenzó a hablar, intentando infundir un aire de solemnidad al momento.

"El matrimonio es una unión sagrada," dijo el sacerdote, sus palabras rebotando en los muros de la iglesia. "Es un vínculo entre dos almas que se eligen para caminar juntas en esta vida, compartiendo alegrías y penas, sueños y decepciones. Hoy nos encontramos aquí para presenciar la promesa de amor entre Federico Castaño y Sofía Lázaro, quienes han decidido unir sus vidas en este sagrado sacramento."

Los presentes, inquietos, escuchaban atentamente, aunque algunos apenas podían disimular su impaciencia. El sol casi se había extinguido por completo, y las sombras se alargaban en el interior de la iglesia. El cuervo, aún en su rama, graznaba de nuevo, como si presintiera que algo estaba por suceder.

Federico apenas escuchaba al sacerdote. Sus pensamientos estaban lejos, vagando en el recuerdo de Amelia. Cerró los ojos un instante y recordó su rostro, su sonrisa, la dulzura con la que solía mirarlo. La confusión lo embargaba. ¿Cómo había llegado hasta aquí? ¿Por qué se encontraba de pie en ese altar, dispuesto a unirse con alguien que no era la mujer que realmente amaba?

"En los votos matrimoniales, ambos prometen amarse y respetarse, en la salud y en la enfermedad, en la riqueza y en la pobreza, hasta que la muerte los separe. Es un compromiso de vida, una promesa eterna que hoy seremos testigos de presenciar."

Las palabras del sacerdote se alargaban en el aire, mientras el tiempo parecía detenerse en ese preciso momento. Las luces de los candelabros se balanceaban levemente por la brisa que se filtraba desde las puertas abiertas, y las miradas de los invitados se tornaban cada vez más nerviosas.

El cuervo, inmóvil en su observación, extendió las alas con un leve aleteo, como si estuviera listo para alzar el vuelo.

La muerte anda rondando

La noche en que la boda estaba por celebrarse, en lo profundo de la casa de Don Toribio, la penumbra se hacía más densa con cada minuto que pasaba. Solo la luz titilante de las velas iluminaba el lúgubre cuarto en el que se encontraba su hermana, la sombra de lo que alguna vez fue una mujer. Deshidratada, demacrada, y con una piel que parecía a punto de romperse, la figura de la hermana de Toribio yacía en un rincón, respirando con dificultad.

Cada vez que intentaba hablar, su voz sonaba como un susurro rasgado por el viento, apenas perceptible. Sus manos esqueléticas temblaban, y la desesperación se reflejaba en su mirada apagada.

"Toribio..." murmuró con un hilo de voz, sus ojos hundidos buscando a su hermano. "Amelia... Amelia ya no me teme... Su fuerza crece cada día, y su decisión de vivir me ha condenado a este estado. Cada vez que se enfrenta a sus propios miedos, mi existencia en este mundo se debilita. No puedo mantenerme aquí por mucho más tiempo..."

Su cuerpo tembló, como si fuera a desaparecer en cualquier momento. Toribio, que la observaba desde la oscuridad, se acercó lentamente, su expresión seria y calculadora.

"Debo regresar, hermano... no puedo quedarme más en este estado miserable. Si Amelia sigue ganando confianza, no podré sostenerme en este plano. Necesito un cuerpo... uno fuerte... una joven con vida en sus venas para poder regresar físicamente. No puedo seguir siendo solo una sombra..."

Toribio, sin apartar la mirada de su hermana, dejó que una sonrisa malvada se formara lentamente en sus labios. La frialdad en su rostro contrastaba con la desesperación en los ojos de su hermana.

"Hoy escuché rumores, Toribio... rumores de una boda en el pueblo. Esta es la oportunidad que necesitamos. Una boda significa una joven, pura y llena de vida. Sacrifícala para mí... déjame usar su cuerpo, y regresaré con más fuerza que nunca."

Toribio asintió, su rostro deformado por la crueldad. La oportunidad era perfecta. Nadie sospecharía de él en medio del bullicio de una boda. Era el momento ideal para cumplir con los deseos de su hermana.

"Lo haré," respondió Toribio, su voz fría y calculadora. "Esta noche será la última noche de paz en este pueblo. Encontraré a la joven, y pronto tendrás el cuerpo que tanto deseas."

La sonrisa en su rostro se ensanchó mientras se giraba para preparar lo necesario. Su hermana, por su parte, cerró los ojos por un momento, casi aliviada, aunque su forma seguía desmoronándose como si ya estuviera rozando la inexistencia.

La noche avanzaba, y mientras la iglesia del pueblo se preparaba para la boda, en la casa de Don Toribio se gestaba una oscuridad más profunda, una que estaba a punto de desatarse sobre el pueblo.

Capítulo 42:
¿El sí o el no?

El cielo, cubierto por nubes espesas y oscuras, había perdido completamente los tonos cálidos del atardecer. La noche había caído sobre el pueblo, y las sombras se arremolinaban alrededor de la iglesia como si el mismo aire estuviera cargado de presagios. Las velas parpadeaban, proyectando destellos inestables en las paredes de piedra, mientras el cuervo que antes había observado desde su puesto en el árbol, graznaba una vez más, elevándose en un vuelo silencioso y espectral.

Dentro de la iglesia, la atmósfera era sofocante. Los invitados, antes inquietos, ahora parecían contener el aliento. La sensación de que algo inexplicable estaba a punto de suceder se filtraba en los corazones de todos los presentes. El sacerdote, imperturbable, continuaba con la ceremonia, aunque incluso en sus ojos se notaba una leve sombra de incomodidad.

Federico se encontraba rígido en el altar, su mente batallando con las emociones que lo consumían. El rostro de Amelia seguía flotando en su mente, mientras las palabras del sacerdote resonaban, cada vez más distantes.

"¿Sofía Lázaro, aceptas a Federico como tu legítimo esposo, para amarlo, respetarlo, y serle fiel en lo bueno y en lo malo, en la salud y en la enfermedad, todos los días de tu vida, hasta que la muerte los separe?"

El eco de las palabras del sacerdote parecía extenderse en la iglesia, rebotando en las paredes como un oscuro presagio. Sofía, con el rostro tenso y las manos entrelazadas, apenas pudo contener su impaciencia. Quería que esa boda terminara lo antes posible, que Federico le perteneciera por completo, y que los fantasmas del pasado quedaran sepultados para siempre. Con un tono casi apresurado, dijo: "Sí, acepto."

Un murmullo recorrió la iglesia, pero el silencio pronto volvió a imponerse mientras el sacerdote dirigía su mirada hacia Federico. La tensión en el aire era palpable, casi insoportable.

"¿Federico Castaño, aceptas a Sofía como tu legítima esposa, para amarla, respetarla, y serle fiel en lo bueno y en lo malo, en la salud y en la enfermedad, todos los días de tu vida, hasta que la muerte los separe?"

Federico permaneció inmóvil, sus labios temblando apenas. Los segundos parecían alargarse, y su mente estaba en caos. Cerró los ojos un instante, incapaz de articular palabra. El sacerdote lo miró con extrañeza y repitió la pregunta, esta vez con una voz más firme, mientras el eco resonaba una vez más en las paredes de la iglesia.

"¿Federico Castaño, aceptas a Sofía como tu legítima esposa?"

En ese preciso instante, un recuerdo vino a su mente. Un flashback que lo sacudió hasta lo más profundo de su ser. Su madre, Isabel, acercándosele momentos antes de que comenzara la ceremonia. Recordó el momento exacto en que ella le susurró algo al oído, con los ojos llenos de una mezcla de tristeza y compasión.

"Federico," había dicho Isabel con un tono grave y cargado de pesar. "Acabo de descubrir que Sofía y tu padre son amantes, hijo. Lo siento tanto... No sabía que las cosas habían llegado a este punto. Sé que no amas a Sofía, así que te apoyo en la decisión que tomes. No permitas que tu vida quede marcada por una mentira."

El recuerdo lo sacudió como una corriente de aire frío. Su madre, siempre sabia y tranquila, había lanzado una verdad que se incrustaba en lo más profundo de su conciencia. Sintió como si el suelo bajo sus pies comenzara a moverse, y la iglesia a su alrededor se volvía más oscura, más asfixiante.

Federico abrió los ojos, mirando fijamente al sacerdote. Las palabras parecían atorarse en su garganta, mientras la expectación crecía entre los invitados. Nadie sabía qué estaba pasando realmente, pero algo en la postura rígida de Federico indicaba que el momento estaba cargado de una gravedad que pocos podían comprender.

El sacerdote, al ver el silencio prolongado de Federico, inclinó la cabeza ligeramente y repitió por tercera vez:

"¿Federico Castaño, aceptas a Sofía como tu legítima esposa?"

Federico respiró hondo, tratando de acallar el caos en su mente. Cerró los ojos por un momento más, y cuando los abrió de nuevo, su voz temblaba ligeramente mientras decía:

"Padre, yo..."

La tensión Crece

El aire en la iglesia estaba cargado de tensión, el murmullo incesante de los invitados se mezclaba con el sonido lejano de los cuervos graznando sobre los árboles oscuros que rodeaban el edificio. La tarde agonizaba, y los últimos rayos de sol morían lentamente en el horizonte, tiñendo el cielo de un ominoso rojo y naranja, como si la naturaleza misma supiera que algo terrible estaba a punto de suceder. Sombras largas se proyectaban dentro de la iglesia, danzando en las paredes, mientras las campanas resonaban con un eco sepulcral.

El sacerdote, de pie frente a la congregación, trataba de mantener la calma mientras miraba a los novios. Federico estaba en el altar, sus manos tensas, su rostro demacrado. Sofía, a su lado, mantenía una sonrisa nerviosa, pero su mirada no podía ocultar la ansiedad que la carcomía. Sabía que estaba perdiendo el control.

El mundo pareció detenerse. Federico tragó saliva, su mirada perdida en el suelo. Entonces, de repente, un recuerdo golpeó su mente como una avalancha: el momento en que su madre, Isabel, se había acercado al altar más temprano, cuando le susurró al oído:

"Hijo, acabo de descubrir que Sofía y tu padre son amantes... Sé que no amas a Sofía, así que te apoyo en la decisión que tomes."

El peso de la verdad lo golpeó como una descarga eléctrica. Su cuerpo tembló, y cuando regresó al presente, sus ojos se llenaron de furia. Giró bruscamente hacia el sacerdote, y, con una voz cargada de resolución, rompió el silencio con una sola frase devastadora.

"Padre... yo... no acepto casarme con la amante de mi padre."

La iglesia se sumió en el caos. Gritos ahogados se escucharon desde las bancas, y el rostro de Sofía palideció al instante. El mundo parecía desmoronarse a su alrededor. Ignacio, que había estado sentado entre los invitados, se levantó de golpe, incapaz de esconder su vergüenza. Sin decir una palabra, empujó a la multitud y salió huyendo hacia su coche, dejando a todos conmocionados.

Sofía, humillada y con lágrimas de rabia en sus ojos, intentó hablar, pero las palabras no salieron. La vergüenza la envolvió como un manto sofocante. Los murmullos crecieron, y el pánico se apoderaba de cada rincón de la iglesia. Los asistentes empezaban a levantarse, listos para marcharse, cuando de repente, las puertas de la iglesia se abrieron de golpe.

Amelia entró, vestida en un impresionante traje negro, su figura etérea y hermosa caminando por el pasillo central. Pero a medida que avanzaba, algo extraño comenzó a suceder: su rostro y cuerpo parecían fluctuar entre su forma humana, bella y angelical, y una versión espectral de sí misma, esquelética y aterradora. Cada paso que daba hacia el altar la transformaba por momentos, y los murmullos que antes eran de admiración y sorpresa se tornaron en jadeos de horror.

—¡Dios mío! ¿Qué está pasando? —murmuró una mujer en la primera fila, su rostro pálido como la cal.

—¿Es eso... una bruja? —gritó alguien desde el fondo, levantándose de su asiento con los ojos desorbitados.

Las luces de las velas temblaron, como si la propia iglesia se estremeciera ante la dualidad imposible que se revelaba frente a los ojos de todos. Amelia caminaba firme, sus pasos resonando como un eco fantasmagórico. Su rostro cambiaba de lo sublime a lo grotesco, como si estuviera atrapada entre dos mundos. Un lado de su rostro era el de la joven hermosa que todos conocían, pero el otro lado era una máscara de huesos, vacía y aterradora. Su vestido ondeaba a su alrededor, como si una fuerza sobrenatural lo moviera.

Los presentes retrocedieron, algunos incluso cayeron de rodillas, murmurando oraciones o palabras incomprensibles, convencidos de que estaban presenciando algo más allá de lo humano.

—¡Es un demonio! —gritó un hombre, mientras se cubría los ojos con las manos, incapaz de soportar la visión.

A medida que Amelia avanzaba, su figura fluctuaba violentamente, los gritos de terror se hicieron más fuertes. Al llegar casi al altar, frente a Federico, su forma humana regresó brevemente, pero la amenaza de su monstruosidad aún colgaba en el aire, como si pudiera reaparecer en cualquier momento. Los ojos de Federico se agrandaron, incrédulo, incapaz de procesar lo que veía, pero en el fondo de su ser, la reconocía.

—¡Yo me opongo a esta boda! —exclamó Amelia, su voz reverberando como un trueno, tan hermosa como terrible.

Federico no podía moverse, ni siquiera hablar. A su lado, Sofía observaba la escena con una mezcla de incredulidad y odio. Amelia se giró hacia él, sus ojos cargados de emociones intensas y contradictorias.

Su voz resonó en las paredes de la iglesia como un trueno, tan fuerte que parecía capaz de romper los cimientos del mundo mismo. Federico, que aún estaba procesando todo lo ocurrido, volteó hacia ella, atónito. Amelia caminaba con paso firme, sus ojos llenos de una mezcla de dolor y determinación.

"Yo me opongo," repitió, avanzando entre los bancos mientras todos observaban con incredulidad cómo su apariencia comenzaba a fluctuarse. Por momentos, su belleza diurna se desvanecía, y su forma esquelética nocturna emergía. Su rostro cambiaba, pasando de la hermosura a la monstruosidad en un ciclo desconcertante y aterrador.

Federico retrocedió un paso, incapaz de comprender lo que veía, pero no podía apartar la vista de ella. Era la misma mujer que había amado, pero también era algo más, algo oscuro y aterrador.

"Federico," dijo Amelia, su voz temblando con la fuerza de sus emociones, mientras su mirada se clavaba en él como una súplica, pero también como una verdad indiscutible. "Te amo, con todo lo que soy. Sé que en tu corazón, tú también me amas, y aquí estoy, frente a ti, sin esconderme más. Esta soy yo, con mi belleza y con mi fealdad, con mis sombras y mi luz. Soy todo lo que ves y mucho más de lo que te imaginas. No soy perfecta, y no lo pretendo ser. No puedo cambiar lo que soy, ni escapar de lo que me atormenta. Pero lo que sí puedo, lo que elijo, es amarte con todo lo que soy, sin máscaras, sin mentiras."

Amelia avanzó un paso, con el dolor y el amor reflejados en sus ojos.

"Te ofrezco mi verdad, Federico, toda mi verdad. Porque el amor verdadero no se construye sobre lo que queremos mostrar, sino sobre lo que somos, sin pretensiones. No es la perfección lo que hace el amor, sino la capacidad de ver al otro, con todas sus cicatrices y aún así, elegir quedarte. Yo te elijo, una y otra vez, sabiendo que soy compleja, sabiendo que en mí hay oscuridad... pero también hay luz. Tú me has visto en mis peores momentos, y aún así, aquí estás."

Se detuvo, su voz bajando a un susurro lleno de vulnerabilidad y valentía.

"Si no puedes aceptarme así, con mis monstruos internos y mis días de sombras, lo entenderé. Pero si me amas, si de verdad me amas, te pido que lo hagas sin condiciones, que me aceptes tal como soy. Porque amar es eso, Federico. Amar es aceptar la imperfección, es ver al otro con todas sus fallas y decidir que, pese a todo, no hay otro lugar en el mundo en el que preferirías estar. Y yo prefiero estar contigo, aun si significa caminar juntos por caminos oscuros. Prefiero enfrentarnos a cualquier tormenta, si al final del día sé que puedo tomar tu mano."

Las lágrimas comenzaron a caer por su rostro, pero su voz se mantuvo firme.

"El amor no se trata de vivir en la comodidad de la luz, sino de aprender a danzar en las sombras, de encontrar la belleza incluso en los momentos más oscuros. Tú me has dado esa esperanza, me has mostrado que incluso en los rincones más sombríos de mi alma, puedo encontrar un reflejo de amor. Y ese amor eres tú."

Los invitados observaban en completo silencio, sus corazones palpitando con la emoción que emanaba de Amelia.

"No te pido que me salves, Federico. No te pido que seas mi refugio. Lo que te pido es que camines a mi lado, que seas mi compañero, que aceptes tanto la luz como la oscuridad que habitan en mí. Porque en mi imperfección, en mi dualidad, hay un amor tan profundo y tan sincero que sería capaz de iluminar hasta las noches más largas."

Amelia respiró hondo, y sus palabras finales resonaron como un eco que nunca se apagaría.

"Si decides amarme, será con todo lo que soy, con mis sombras y mi luz, con mi dolor y mi alegría. Y prometo que, si me eliges, te amaré como nadie lo ha hecho jamás. Te amaré en los días más brillantes y en las noches más oscuras. Porque no sé ser de otra manera, y porque amarte es lo único que sé hacer, incluso en medio del caos que soy."

El silencio que siguió a sus palabras era palpable, cargado de emociones que flotaban en el aire.

El silencio era absoluto. Ni un solo susurro rompía la quietud, mientras Amelia hablaba desde lo más profundo de su alma.

"Si no puedes aceptarme así... si no puedes amarme incluso con mi extrañeza, entonces prefiero irme. Pero sé que en tu corazón... tú me amas tal como soy."

Federico la miró, sus ojos llenos de asombro y confusión. La iglesia parecía estar atrapada en un limbo entre la luz y la oscuridad, entre la realidad y la fantasía. Entonces, como si el tiempo se moviera en cámara lenta, Federico dio un paso hacia ella. Luego otro. Y otro más.

Cada paso era una declaración, un acto de fe, hasta que finalmente se paró frente a Amelia. Lentamente, levantó su mano y tomó la de ella.

El contacto entre ambos era como una chispa que encendió algo dentro de él.

"No comprendo completamente lo que eres," dijo Federico, con voz temblorosa pero firme. "Pero sé que te amo, Amelia... Te amo incluso con tu extrañeza, con todo lo que te hace ser quien eres. Si eso significa caminar contigo en la oscuridad... lo haré. Si significa enfrentarme a tus miedos... lo haré. Porque te amo, y lo único que quiero es estar contigo."

El susurro de asombro de los presentes llenó la iglesia. Ante la vista incrédula de todos, Federico se inclinó y besó a Amelia, sellando su promesa de amor eterno en un gesto cargado de fuerza y emoción.

La gente observaba en silencio absoluto, atrapada entre el terror y el asombro. Nadie se atrevía a moverse, la incredulidad y el miedo eran palpables, mientras la forma cambiante de Amelia seguía lanzando destellos de su verdadero ser.

El silencio fue roto por el sonido de las campanas de la iglesia, como si el mismo universo celebrara su unión. Mientras sus labios se encontraban, las sombras se disiparon, y aunque Amelia seguía fluctuando entre sus dos formas, el miedo y la zozobra se desvanecieron en un instante de pura magia.

En ese momento, frente a todos, Federico y Amelia se juraron amor eterno. Y así, el amor venció incluso a la oscuridad más profunda.

※

La furia de Sofía

La iglesia, que había permanecido en silencio ante las palabras de Amelia, estalló en un murmullo ensordecedor cuando Sofía, fuera de sí, gritó con una voz desgarrada.

"¡No puedes hacerme esto, Federico! ¡No a mí!" sollozó Sofía, su rostro deformado por la desesperación. Se adelantó hacia el altar, sus ojos desorbitados y llenos de lágrimas. "¡Esta boda era mía, Federico! ¡MÍA!" Sus gritos resonaban por todo el templo, su voz llena de ira y dolor.

La multitud se quedó boquiabierta, observando cómo Sofía se derrumbaba emocionalmente frente a todos. Algunos comenzaron a murmurar, y otros a reír, apuntando a la mujer que hasta hacía un momento se había mostrado tan segura.

Isabel, con paso firme y una expresión de desaprobación, se acercó a Sofía y la miró con frialdad. "Ten un poco de vergüenza, Sofía," le dijo en voz baja pero llena de fuerza, lo suficiente para que todos la escucharan. "Te muestras tan bella, pero tu verdadera monstruosidad está dentro de ti. Nadie puede amarte cuando ni tú misma te respetas."

El silencio cayó brevemente antes de que las risas y los gritos de la multitud llenaran el espacio sagrado. Las personas comenzaban a señalar y a susurrar con burla. "¡Vete!" "¡Qué desvergonzada!" "¡Cómo se atreve!"

Sofía, desconcertada por la reacción del público y humillada como nunca antes, comenzó a retroceder lentamente, sus ojos llenos de odio y furia. "¡No! ¡No pueden hacerme esto!" gritaba entre sollozos. "¡No me humillen así! ¡Me las van a pagar todos!" Debí pasarte mil veces encima con ese coche, maldita. Con razón no comprendía cómo seguías con vida después de haberte atropellado.... Maldita, malditos todos. ¡LOS ODIO!

La multitud se convirtió en un mar de risas y burlas, mientras Sofía, completamente descompuesta, corría por el pasillo entre las bancas, llorando y gritando como una mujer fuera de sí. "¡Me vengaré, malditos! ¡Se arrepentirán de haberme humillado así!" Sus gritos resonaban con una promesa oscura mientras huía de la iglesia, bajo la mirada atónita de todos.

El eco de sus maldiciones quedó flotando en el aire, mientras la puerta principal de la iglesia se cerraba con un golpe fuerte detrás de ella, dejando a la congregación en un estado de asombro y alivio.

❦

La caída de Ignacio

Ignacio aceleró con furia el motor de su camioneta. La humillación aún quemaba en su pecho después de la revelación pública hecha por su hijo, donde se expuso su relación con Sofía, su amante. Cada palabra de la confrontación resonaba en su mente, como cuchillos afilados, mientras huía de la escena que lo había dejado en ruinas.

Llegó a su casa con un rugido de llantas, el freno chirrió al detenerse bruscamente frente a la entrada. Ignorando el golpe en el pecho y el temblor en sus manos, Ignacio salió disparado del vehículo, el terror y la rabia combinados en cada movimiento.

La puerta de su hogar se abrió con un golpe seco. Ignacio corrió hacia su oficina, el cuarto que había sido su refugio y su fortaleza, y comenzó a sacar los billetes de su escondite. Sus manos temblaban mientras los metía apresuradamente en el bolso de cuero, el mismo que había usado para guardar su fortuna. La sensación de pérdida y desesperación era palpable, pero no se detuvo.

Mientras llenaba el bolso, su mirada se desvió hacia la piedra de oro en el escritorio, un símbolo de su ambición y orgullo. La tomó con manos que se sacudían, sintiendo el peso frío del metal precioso. Sin pensarlo dos veces, la metió en el bolso junto con el dinero, el oro y la fortuna mezclados en una última tentativa de salvación.

Con el bolso a cuestas, Ignacio salió de la casa. Cada segundo contaba, el reloj de su vida parecía estar en una cuenta regresiva implacable. Subió a la camioneta, sus ojos desorbitados mientras el motor rugía de nuevo. La carretera ante él era un camino lleno de curvas traicioneras, y la presión de la situación lo mantenía en un estado de pánico casi animal.

Manejaba con desesperación, cada curva se sentía más amenazante. La camioneta comenzó a deslizarse, las llantas luchando por mantener el agarre en el asfalto húmedo. Ignacio intentó maniobrar, pero el control se le escapaba mientras las curvas se volvían más severas.

En una curva particularmente cerrada, la camioneta perdió el control. Ignacio giró el volante con fuerza, pero era demasiado tarde.

El vehículo se desvió violentamente, chocando contra el borde del precipicio. La tierra cedió bajo las llantas, y la camioneta cayó, el descenso incontrolable llevándola al borde del desastre. La caída fue brutal. La camioneta chocó contra las rocas y luego estalló en una explosión de llamas y escombros que iluminó la noche. El resplandor era el último adiós de Ignacio, atrapado en el interior, un final brutal para un hombre cuya vida había sido marcada por la traición y la desesperación. Cuando el fuego se extinguió, la noche recuperó su silencio. La carretera permaneció inmutable, testigo mudo del colapso final de un hombre quebrado por la humillación y la desesperación.

Capítulo 43: Un amor que une

En medio del caos, los gritos de la multitud y el terror palpable, Fernando y Elena, los padres de Amelia, se abrieron paso entre los invitados que intentaban huir o rezar. Sus rostros reflejaban determinación, no el miedo que consumía a todos los demás. En sus corazones, sabían que debían estar con su hija en ese momento crucial, sin importar lo que ocurriera a su alrededor.

Fernando llegó primero a Amelia, su mano temblorosa, pero su expresión llena de amor y orgullo. Tomó la mano de su hija, todavía fluctuando entre lo humano y lo monstruoso, y la apretó con fuerza. La mirada de Amelia, llena de miedo y culpa, se suavizó al sentir el contacto cálido de su padre.

—Hija, siempre has sido mi niña consentida. —La voz de Fernando era firme, cargada de emoción—. Nada de lo que eres cambiará lo que siento por ti.

Amelia, con los ojos llenos de lágrimas, miró a su padre y luego a su madre. Elena, que había estado a un lado, caminó con paso decidido hasta ellos, con una mezcla de tristeza y arrepentimiento en su rostro.

—Amelia, te fallé en muchas cosas, lo sé. —La voz de Elena temblaba mientras las lágrimas caían por su rostro—. Pero te amo, siempre te he amado. Perdóname por todo lo que he hecho, por todo el daño... —Elena abrazó a su hija, y por primera vez en mucho tiempo, Amelia sintió el calor de un amor sincero de su madre. Madre e hija lloraron juntas, unidas por el dolor y el perdón.

Mientras tanto, Isabel Castaño, con una expresión más relajada, se acercó a Fernando y a Elena. Tras ver la escena de la reconciliación, se inclinó hacia ellos con una propuesta.

—No es momento para huir ni para más dolor —dijo Isabel en voz baja—. Hablemos con el sacerdote. Él debe ser quien oficie la verdadera boda, aquí y ahora. Esta es la única forma de que Amelia y Federico encuentren la paz.

Fernando asintió lentamente, sus ojos reflejando una decisión firme. —Tienes razón. Hablaré con él.

Juntos, Fernando, Elena e Isabel se acercaron al sacerdote, quien aún estaba en shock por todo lo ocurrido, pero manteniéndose firme en su papel. Después de una breve conversación, y tras ver la transformación de la situación, el sacerdote asintió con una mirada solemne.

—Está bien —dijo el padre—. Oficiaremos la boda de inmediato. El amor, al final, es más fuerte que cualquier diferencia. Vamos a reunir a todos.

⊙∝∾∾

La verdadera boda

La iglesia, que hasta hacía poco había sido escenario de caos, comenzó a ordenarse de nuevo. Los murmullos cesaron, y los invitados que aún permanecían sentados, miraban asombrados el desarrollo de los acontecimientos. Poco a poco, la calma volvió a la sala sagrada.

Fernando, con el brazo firme alrededor de su hija, caminó con Amelia hacia el altar, donde Federico los esperaba. El rostro de Federico, antes lleno de incertidumbre, se transformó en uno de absoluta devoción cuando vio a Amelia acercarse. A pesar de la dualidad visible en su aspecto, él la amaba sin reservas.

Con una sonrisa contenida, Fernando entregó a Amelia en las manos de Federico, quien la recibió con un gesto lleno de ternura.

—Cuídala —le susurró Fernando a Federico, asintiendo con aprobación mientras retrocedía.

Elena e Isabel se sentaron en la primera fila, al lado de Concha y Márgara, quienes miraban la escena con lágrimas en los ojos. Por primera vez en mucho tiempo, las tensiones y las sombras parecían disiparse. Una sonrisa genuina se dibujó en los rostros de las cuatro mujeres.

El sacerdote, ya frente a los novios, tomó una profunda bocanada de aire y empezó su sermón, uno que resonaría en los corazones de todos los presentes.

—El amor, mis queridos hermanos, no se trata de la perfección. No se trata de la belleza o la fealdad, de la vida o la muerte. El amor trasciende las barreras que nuestros ojos nos imponen, trasciende las diferencias y los miedos. El amor, cuando es verdadero, ilumina incluso las noches más oscuras.

La iglesia, ahora en silencio absoluto, absorbía cada palabra del sacerdote. El cuervo que antes se posaba en el árbol fuera de la iglesia, observaba desde su percha, mientras las últimas luces del día se desvanecían completamente en el horizonte. Las sombras largas de la noche cubrían ya el pueblo, pero dentro de la iglesia, el ambiente estaba lleno de esperanza.

—Hoy, presenciamos un amor que desafía las leyes del tiempo, de la apariencia, incluso de la vida misma. Porque el amor... —el sacerdote hizo una pausa, mirando a Amelia y Federico con afecto— ... es lo único que perdura, lo único que nos hace verdaderamente humanos.

Los presentes, algunos todavía conmocionados por lo que habían presenciado, comenzaron a sonreír. El ambiente se transformó en uno de calidez, y la unión que antes parecía imposible ahora brillaba con una luz propia.

L a caída de Sofía

Sofía corría sin rumbo fijo, con los tacones golpeando el suelo de piedra mientras las lágrimas mezclaban su maquillaje en una maraña oscura. Estaba destrozada, humillada ante todo el pueblo. El rostro de Federico rechazándola y la imagen de Amelia resplandeciente la atormentaban a cada paso. Su respiración se hacía cada vez más agitada, sus sollozos eran profundos, cargados de desesperación.

Mientras corría por las calles vacías del pueblo, la noche ya había caído por completo, y las luces de los faroles apenas iluminaban su camino. Su vestido de novia se enredaba entre sus piernas, haciéndola tropezar una y otra vez. Al final, exhausta, cayó de rodillas en una esquina oscura, cubriéndose el rostro con las manos.

—¡No puede ser! ¡Esto no puede estarme pasando! —gritó entre sollozos.

En ese momento, una figura sombría apareció desde las sombras. Era Don Toribio, su rostro apenas visible bajo el ala de su sombrero.

—¿Estás bien, Sofía? —preguntó con una voz baja y ronca que resonó en la quietud de la noche.

Sofía levantó la cabeza lentamente, sus ojos llenos de rabia y dolor.
—No... no estoy bien. —Su voz temblaba—. Me lo quitaron todo... Me humillaron.

Toribio sonrió de manera siniestra, inclinándose ligeramente hacia ella. —¿Quieres venganza?

Sofía lo miró fijamente, sus labios temblando mientras asentía con la cabeza. —Sí... quiero hacerlos pagar... a todos.

—Entonces ven conmigo. —Toribio extendió la mano hacia Sofía, quien, tras un momento de duda, la tomó.

La llevó hasta su casa, la misma que se erguía como una sombra malévola en los límites del pueblo. Abrió la puerta y la invitó a entrar. En cuanto Sofía cruzó el umbral, la oscuridad la envolvió, y tras unos segundos, un grito ahogado y aterrador se escuchó desde dentro. El silencio que le siguió fue más espeluznante que cualquier sonido.

La unión final

En la iglesia, el ambiente había cambiado por completo. Las lágrimas de emoción reemplazaron el miedo y la sorpresa que habían reinado minutos antes. Federico y Amelia, frente al altar, se tomaban de las manos con una mirada llena de amor y promesas silenciosas.

El sacerdote, con una sonrisa cálida en su rostro, levantó una mano y comenzó a hablar con la solemnidad que requería el momento.

—Hoy, ante Dios y ante todos los presentes, celebramos una unión sagrada. Federico Castaño y Amelia Lázaro, se han jurado amor, respeto y fidelidad el uno al otro. —Su voz resonaba en la iglesia—. El matrimonio es un vínculo que trasciende todo, incluso la muerte, incluso el dolor. Y hoy, en este altar, ante el cielo y la tierra, unimos sus vidas como una sola.

Federico y Amelia se miraban intensamente, sus manos entrelazadas con firmeza, sus corazones latiendo al unísono.

—Federico Castaño —continuó el sacerdote—, ¿aceptas a Amelia Lázaro como tu legítima esposa, para amarla, honrarla y respetarla todos los días de tu vida, en la salud y en la enfermedad, en la riqueza y en la pobreza, hasta que la muerte los separe?

—Sí, acepto —respondió Federico sin dudar, sus ojos llenos de devoción.

El sacerdote giró hacia Amelia, su voz aún más suave.

—Amelia Lázaro, ¿aceptas a Federico Castaño como tu legítimo esposo, para amarlo, honrarlo y respetarlo todos los días de tu vida, en la salud y en la enfermedad, en la riqueza y en la pobreza, hasta que la muerte los separe?

—Sí, acepto —respondió Amelia, con lágrimas de felicidad en sus ojos.

El sacerdote sonrió y levantó las manos en señal de bendición.

—Entonces, por el poder que me confiere la Iglesia y ante los ojos de Dios, los declaro marido y mujer. Lo que Dios ha unido, que no lo separe el hombre.

Los presentes aplaudieron con fuerza mientras Federico y Amelia se inclinaban para compartir su primer beso como esposos. Era un beso lleno de promesas y de amor eterno. Un beso que sellaba su unión para siempre.

Epílogo: El regreso

Mientras la algarabía llenaba la iglesia, lejos, en la penumbra, Sofía estaba de pie en una colina que dominaba el pueblo, su figura solitaria envuelta en sombras. Su rostro, antes hermoso y orgulloso, ahora mostraba una expresión sombría, llena de misterios oscuros.

A su lado, la figura de Don Toribio se materializó, con una sonrisa maliciosa en sus labios. Las campanas de la iglesia seguían resonando a lo lejos.

Frente a Sofía, en el reflejo de una persiana rota, apareció el rostro de Milagros, distorsionado y espectral, como si estuviera observando desde el más allá. El aire alrededor de ellos parecía vibrar con una energía oscura y amenazante. Mientras las luces de la iglesia brillaban a lo lejos, en el reflejo de esa persiana, el destino del pueblo parecía cambiar para siempre.

El futuro seguía siendo incierto. El final de una historia había dado paso a un nuevo comienzo lleno de sombras.

FIN...

Don't miss out!

Visit the website below and you can sign up to receive emails whenever Jamil Ausking publishes a new book. There's no charge and no obligation.

https://books2read.com/r/B-A-JUNPC-TZGDF

BOOKS 2 READ

Connecting independent readers to independent writers.